张行方 ◎ 著

正在回航

中国文史出版社

图书在版编目（CIP）数据

正在回航 / 张行方著 .-- 北京 : 中国文史出版社，
2025.3.--ISBN 978-7-5205-5124-3

Ⅰ.I267

中国国家版本馆 CIP 数据核字第 2025U3F152 号

责任编辑：牛梦岳

出版发行：中国文史出版社
社　　址：北京市海淀区西八里庄路 69 号院　邮编：100142
电　　话：010-81136651 81136602 81136603（发行部）
传　　真：010-81136655
印　　装：廊坊市海涛印刷有限公司
开　　本：787mm×1092mm　1/16
印　　张：17.5　　　　字数：240 千字
版　　次：2025 年 5 月第 1 版
印　　次：2025 年 5 月第 1 次印刷
定　　价：68.00 元

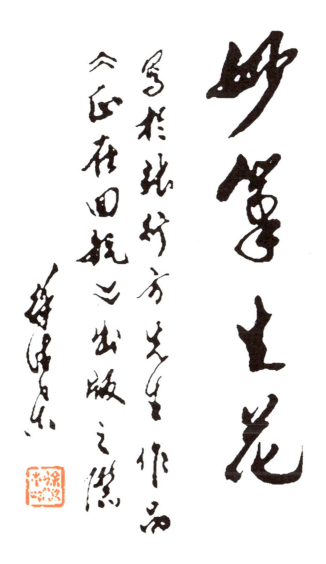

妙笔生花

写于张松林方生生作品
《正在出版之际》出版之际

中国文学艺术界联合会副主席、中国音乐家协会原副主席徐沛东题词

文由心生

贺张升行方大正石画册之出版发行

二〇二四年八月 吴雪

中国书法家协会理事、中国书协创作委员会委员、安徽省书法家协会主席吴雪题词

妙趣横生

祝贺张行 方先生《正在回航》出版发行

甲辰秋朱德扮演者陶贤锋於北京

中国电影家协会会员、中国电视艺术家协会诗书画艺术委员会副会长陶贤锋题词

著名歌唱家、演员，中国文联文艺志愿者协会理事金波题词

福壽祥和

昌兆藏行方正在四轨出版之際
歲在甲辰春杜旭東書於京華

一级演员杜旭东题词

作者张行方题词

文字的盛宴

徐沛东

《正在回航》是作家张行方"回航三部曲"的第二部，是其涉猎祖国山水，借景借事借情借物，描述事物人心的情感记录，撷取其在疫情发生时至今日五年多时间里的所见、所闻、所历和所思。

作家张行方的作品崇尚简朴生活，热爱自然风光，叩问心灵，启迪智慧，内容丰厚，表情达意，语言生动，值得玩味。

《正在回航》由75篇散文组成，在四季循环更替中，记录了作家张行方内心的渴望、寄托、思考、独处和自我调整的心路历程，表明了作者用文字来浸润个人灵魂，布洒和煦阳光，温暖整个人类的智慧与思考的心田。赏析之后，抚案沉思，再一次唤起冷静思考和蓬勃向上的甜美，给人启迪，使人欣喜。

在"合肥行吟"一章中，作者通过《我的合肥》《最美的鸟语花香》《雨巷》等描述其钟爱合肥，寄情山水，解读人心，寻找情愫，开始自省自悟的生活，展现霸都的瑰丽多姿。

在"人生随感"一章中，作者通过《小院兰香》《两瓶绿萝》《日子是烟火》等文章，描述了自己观山越水，走读生活，解码人生的迷人之处，在风景里，在人性中，在对话间，纵横捭阖，自由驰骋。

在"山水游踪"一章中，作者通过《有一个地方叫定远》《滁州妹子》《凤凰古城故事多》《侯家寨，我来了》等文章，展现了其组合文字、遣使文字、排列文字的娴熟老辣，游刃有余，宛如指挥两军交战的将帅，千里奔袭，

行进在祖国的山南海北，关里关外。

入眼处，皆美好：田园即景，村姑洗衣，鞭牛耕耘，历史典故，频入眼底，展现祖国山河锦绣，旖旎风光。由此作者顿悟，来也美好，去也美好，活着真好；追求现实，知道满足，活在当下：现实才是生活所应该追求的全部。

在"书斋雅趣"一章中，作者通过《在文字中纵横捭阖》《也说散文》《文字的盛宴》等文章，阐述了对读书生活的看法与评介，倡导读书、访友、采风，是陶冶心灵、拓宽视野、怀抱全世界的磅礴之举，使人加深对现实生活的理解并提升认知。一本优秀的书能使人得到进步，一篇催人奋进的文字能使人坚持不懈、百折不挠，使人生瑰丽多姿，波澜壮阔。

在"情感心事"一章中，作者通过《那一汪晶莹》《春风十里不如你》《你的生命里我曾来过》《我想为你活一天》等文章，描述了呵护生命、珍惜友情、有情人终成眷属的美好愿望，字里行间流溢满满的似水柔情和诗情画意。

在"四时律动"一章中，作者通过《最美四月天》《秋雨一场凉一场》《跟着雨点向前》《雪压东风》等文章，描述了作者钟情美好生活，朝看花开，暮赏星月，人间好景笔端出，看不够，赏不尽，又登程的孜孜追求和美好愿景。

全书文章，立意高远，情感丰沛，却不落凡窠，文笔细腻见微，而别具一格，于微小之中，见证文字的雄浑力量，见证句读的磅礴之姿，可读、可爱、可喜。美的散文，愉悦心灵，美的语言，过目不忘。《正在回航》带给读者一份清新自然的文字之美。

作家张行方能在短短的时日成文出版第二部新作，当祝贺。期望在以后的日子里，能有更多的精品力作问世，为构建和谐社会添砖加瓦，在文化强国的时代，不忘初心，踔厉前行。

总之，作者所选文章展示了自己对祖国的热爱，对大众的关怀，每一串文字都带给人欣喜向上的力量，宛若我们体内潺潺不息的生命之水，正在无穷无尽地注入文字的动力，逢春，向阳，沐雨，经雪，逆风飞扬……

徐沛东

2024 年 12 月

目　录

第一辑·合肥行吟

我的合肥

我的合肥，今非昔比，声名远播，无论你是合肥的"老土著"，还是刚刚来这里的"新合肥人"，不管你认识她多久，交往多久，体验多久，在这里生活，对她，你一定有着别样的感情。

关于合肥的古往今来，你到底搜罗了多少，看了多少，又了解多少呢？

合肥一年四季都有美景，春天有科大的樱花，三十岗的桃花；夏天有逍遥津的垂柳，大兴的荷叶；秋天有金桂路的桂花，芜湖路的梧桐落叶；冬天有大蜀山的冬雪，环城公园的塔松。

我的合肥，有安徽省最大的图书馆，收藏文献达447万余册，是国务院批准的首批全国古籍重点保护单位之一。馆内丰富的藏书以及众多座位极大地满足了广大合肥市民的阅读要求，提高了民众精神文化生活的质量，"书香合肥"实至名归。

我的合肥，有最文艺的街——中隐于市，它是合肥首席城市怀旧人文休闲街区，位于合肥市曙光北路55号，安徽省人大常委会会议中心东侧。

小隐隐于野，中隐隐于市，大隐隐于朝。这里是霸都文艺青年耳熟能详的地方，即使不是文青，大概也慕名去过几次。看点无处不在：老建筑、晒太阳的猫咪、墙上充满想象力的画，每一处都是风景。街道的设计根据曙光路老建筑的原有布局，因地制宜，外立面改造采用了《东西均》的理念，并融入"新徽派"的建筑风格。

其实合肥的文艺街道有许多，但是中隐于市确是出类拔萃，这里到处充斥着文艺气氛，充满格调的咖啡轻食馆、安静的酒吧、点一杯饮品就能随意翻阅的书店，太适合消磨周末下午的时光了，因此这里深受年轻人的喜爱，每到一处都想拍照留念。

我的合肥，夜晚热闹非凡。罍街的小龙虾传来阵阵令人垂涎欲滴的香味；1912 酒吧街上灯红酒绿，充满笑语欢歌；三孝口的新华书店 24 小时营业，别有洞天；淮河路步行街上人流如织，陪伴着星星纳凉。

我的合肥，天鹅湖万达广场是最大的商场，位于合肥市政务区中心，其中购物中心面积达 18 万平方米。这里吃喝玩乐一应俱全，除了商场里面，天鹅湖金街也有很多好吃好玩的，每逢节假日，这里人头攒动，熙熙攘攘，可以说是附近小伙伴们绽放味蕾、享受美食的不二之选。

我的合肥，蜀秀湖汽车电影院是最大的电影院，位于高新区玉兰大道与丰乐河路交叉口往西 200 米，相较于普通的电影院，这里自然是大得多，私密得多，舒服得多，美美的。坐在汽车里看电影，一定是一次特别的观影体验，最重要的是，汽车电影院的私密性是普通电影院难以比拟的，也不用担心影响其他人。

我的合肥，有安徽省最大的体育中心——奥林匹克体育中心，位于蜀山区政务文化新区，总占地面积 34.7 万平方米，建筑面积 15.3 万平方米，总投资约 15 亿元。体育中心由一座能容纳 6 万人的主体育场、一座容纳 3000 人的游泳跳水馆和一座容纳 8000 人的综合馆三个主要场馆组成。

2006 年 10 月 16 日，全面竣工的奥体中心成功承办安徽省第十一届运动会，这是合肥新奥体中心首次投入使用。

我的合肥，是世界第一台 VCD、第一台仿生搓洗式全自动洗衣机、第一台变容式冰箱的诞生地。这些"世界第一"使得家电业成为合肥最具代表性的产业之一，并最终成就了合肥"全国最大家电生产基地"的地位。

我的合肥，有游客最喜欢去的滨湖湿地森林公园，它位于包河区大张圩，靠近巢湖北岸南淝河入湖口，每日游人如织。

滨湖湿地森林公园是中国首个退耕还林后经生态修复建成的国家级森林公园，动物资源多为林栖型鸟类，如白鹭、红嘴鸥、喜鹊等，植物资源多为人

工种植，开创了人工林成功晋升国家级森林公园的先河。

我的合肥，有市民休闲的好去处——海卉花市，市场位于潜山路与望江路交叉口东南角。总规划建筑面积约 10 万平方米，是合肥裕丰花市的两倍大小。这里物种多样，应有尽有，包罗万象。没事的时候，和好友或家人来这里看看花，赏赏鸟，不失为一段惬意时光。

我的合肥，有安徽最大的开放式草坪——滨湖岸上草原，位于合肥市庐州大道与环湖北路交口以南的沿湖地带，东起江西路，西至北涝圩桥，总长约 1.6 公里，总面积约 32 万平方米，其中草皮铺设面积约 28 万平方米。

岸上草原自开放后就成了合肥市民周末出行的"新宠"。选择一个天气晴朗的周末或节假日，带上家人去岸上草原来一场独特的聚餐，不失为一种温馨幸福的生活方式。

我的合肥，有合肥最长的高架桥——阜阳北路高架桥，它北起蒙河路，与合水路对接，南部终点为沿河路，道路全长 16.5 公里，其中高架路段约 16 公里，据说，随着铜陵路高架的延伸，不再独占花魁，可能退居第二。

我的合肥，有合肥最宽的马路——环湖北路，位于滨湖新区巢湖岸边。这里的风景毋庸置疑，蓝天大湖迎着微风，堪称合肥一景，马路最宽处达 122 米，连上海的世纪大道都心甘情愿地俯首称臣。

在这样的道路上自由驰骋，远离市区的喧嚣、拥堵，欣赏着蓝天、白云、碧水，呼吸着没有雾霾的新鲜空气，该是多么怡然自得。

我的合肥，有安徽最短的马路之一操兵巷，是位于今合肥市政府宿舍大院北边的一条僻静小巷，西接荣事达大道，东至四湾巷，东西长 200 多米。其名字源自三国时期，传说曹操曾在此驻军，张辽曾在此操练士兵。

经历岁月的打磨，曾经的风貌已经被历史洗刷得没有任何痕迹。除了狭窄的巷道、零星的小店、密集的住房，颇有名气的合肥寿春中学也在这里，琅琅的读书声为小巷带来了许多生气。巷子里很干净，来来往往的人们似乎并没有留意过这里曾经发生的故事。

　　我的合肥，有安徽最大的公园——环城公园，位于合肥市老城区周围，环绕护城河，公园总长 8.7 公里，总面积为 137.6 公顷，是以原环城绿带为基础，运用造园艺术，点缀园林建筑和山石形成的线带状敞开式公园。

　　它抱旧城于怀，融于新城之中，绿树、碧水、雕塑、霓虹像一条条环带束于其间，被海内外宾朋誉为"一串镶嵌着数颗明珠的翡翠项链"。

　　我的合肥，大蜀山森林公园坐落在合肥西郊的大蜀山，距市中心约 10 公里，面积约 13000 亩。大蜀山山峰孤耸，海拔 284 米，是合肥近郊唯一的一座大山，市民休闲登山，其乐融融。

　　我的合肥，繁华大道是最长的干道，总长约 27 公里，西至肥西紫蓬镇，东至重庆路，是合肥重要的东西向交通干道。如果乘坐出租车，司机师傅一直带你在繁华大道上转，这个时候不要怪他，因为这条路确实太长了。

　　我的合肥，有全市最大的植被群——合肥植物园，地处合肥清溪路口以西，西郊董铺水库东南岸一环形半岛上，占地面积约 70 公顷，现栽植各类植物 800 余种，200 余万株。该园是按照既有园林风貌又有科学内容的建园指导思想进行规划建设的，是安徽省唯一一座集植物科研、科普、观赏游览和生产相结合的多功能、综合性植物园。

　　合肥植物园每年都会举办梅花展、桂花展、荷花展，特别是一年一度的中国合肥桂花展已成为国内花事节庆的著名品牌。

　　我的合肥，享受美食的地方就更多了，喜欢吃红烧肉的话，可以去毛家饭店；喜欢吃家常菜可以去庐州太太，一盘豆芽韭菜，也就十来块钱；请客吃饭，同庆楼是个不错的选择，高端大气上档次；宴请贵宾，各类不同标准的私房菜会所遍布巷弄楼堂。

　　庐州烤鸭，好多人从没放在心头，一直以为只有北京烤鸭，还有南京的烤鸭。但是，相信你在合肥品尝过庐州烤鸭后一定会有不一样的体验。庐州烤鸭吃起来非常酥脆，油脂丰富，口感很棒。

　　三孝口牛杂，是喜欢重口味的人必点的佳肴。那种奇妙的口感，只有

在吃牛杂的时候才能淋漓尽致地体现出来，但是价格可能会偏贵，要有心理准备。

作为一个吃货，喜欢的早点有生煎、狮子头、锅贴饺，这是我的合肥所独有。撒汤、豆腐脑、糍糕、油香，外地少有且不完全一样。

我的合肥，地名里数字很多：一里井；二里街；三里街、三孝口、三里庵；四里河、四牌楼；五里庙、五里墩、五里冲、北五里井；六中巷、六安路；南七、东七、西七里塘、七桂塘、七公里；八里岗；九狮苑、九狮桥、十里庙、十里店……

合肥的数字地名还有十三里庙、十五里河、十八岗、二十埠、东二十埠、三十埠、三十头、南三十岗、四十铺和百花井。

我的合肥，701路是最长的公交线路之一，从经开区停保场经过明珠广场，朝着市区方向到火车站一直到瑶海停保场，全程38站，总长26.8公里，不知道大家有没有坐过全程呢？

坐公交也许是感知一个城市最快速的方法，跟着公交一起穿行在大街小巷，看着窗外闪过的建筑，无事的周末可以来体验一把，只是可惜701路是夜班车。

我的合肥，马路每天都有人打扫，绿化做得也很好，每天都干干净净的。公园多且规模都不小，建得很漂亮，散步时心情都会好很多。

我的合肥，美好和骄傲数不胜数，迷醉所有来此的四方商贾、名家政要，相信每个人都会给它一个公平的评价，亲爱的你有何感触？

在合肥生活，节奏不会过快。它犹如一坛陈年老酒，经历了岁月的封藏之后才能品味其中真味，让你流连忘返。

坝上街一瞥

国际化巨浪铺天盖地,席卷而来,旧城改造,日新月异,万象更新。合肥市妇孺皆知的坝上街就像一面旗帜,一直迎风而舞,迎风而歌,又如一朵奇葩,桀骜不驯地开在南淝河岸边,花香四溢,渗入老合肥人心底,挥之不去。

坝上街位于合肥瑶海区核心地段,历史上这里商旅络绎不绝,热闹非凡,有着百年商业传奇,见证了合肥昔日的繁华,也见证了合肥的华丽转身。

在历史的记忆中,坝上街成了老合肥最具代表性的标志,它不仅仅是一个地名,更是一种情怀,一种寄托,一种骄傲和文化的传承。

旧时坝上街位于古城合肥威武门外(现孝肃桥)南淝河岸边的堤坝上,并因此得名。早在 2600 年前,司马迁在《史记·货殖列传》中云:"合肥受南北潮,皮革、鲍、木输会也。""输"即运输,"会"即汇合,意为合肥是当时江淮之间商业和水运中心。

坝上街的繁荣最早可以追溯至明代。明正德年间(1506—1521),庐州知府徐珏为防御刘七农民义军攻城,令人封闭了庐州城西关水流,使穿城而过的金斗河(今南淝河城区河道)改道。此后,商船便不能驶入庐州城内,城内舟楫"千樯鳞次、画舫栉比"的景象不复存在。其后,为了合肥城区的繁荣,水埠又在"木滩街"(今坝上街一带)疏通航道。

古代的漕运码头、粮仓重地,近代的菜篮子、果盘子,都成了坝上街留给历史的一个个难忘的标签。

说起坝上街,老合肥们总能回忆起它一串串的辉煌往事。20 世纪 80 年代的坝上街,经过两次大改革,大型专业市场初具雏形。到 90 年代初,坝上街一举成为安徽最大的农副产品批发市场。每天 35 万元的交易额,50 万斤的交

易量，10万人次的人流量，坝上街人潮涌动的熙攘盛景，成就了一幅合肥的"清明上河图"。

40年来，坝上街担负着合肥民生的大任，成了真正的"菜篮子、米袋子、果盘子"。从早晨一碗浓香四溢的豆浆到傍晚携子买菜的匆忙身影，各种买卖喊价的声音、各种蔬果米面的味道，交织在一起，构成了坝上街独特的繁华气息。

关于坝上街的故事，安徽最近拍摄上演的《坝上街》做了生动诠释，该剧是一部全景式反映安徽改革开放30年奋斗史的电视连续剧，以肥西小井庄包产到户这一震惊全国的事件为切入口，以坝上街普通百姓的众生相为"舞台"，精心塑造了"三老甩"、汪邦强等一大批"坝上街人"在改革开放大潮中奋勇搏杀、艰难创业的生动故事。

历史在飞速发展，一个城市，总有一种能代表着其独特文化的城市地标。在成都，宽窄巷子以浓厚的历史文化氛围享誉全国；在上海，东方明珠以400多米的高度俯视黄浦江畔；在合肥，同样有着这样一座既承载着浓厚历史文化，又能俯视城心的城市新地标——坝上街环球中心。

作为一个繁华的大型商贸中心，其两幢让人瞩目的分立于长江东大街两侧的68层双子塔楼，将竖立合肥的"第一高度"，成为合肥又一标志性建筑，形成合肥新的"大东门"。

"双子星座"之间有十字立交连接，地下还建有商场、通道，空中地下互联互通，十分方便。

滚滚长江东逝水，坝上街的脚步奔腾向前，势不可当。合肥第一高也好，东方曼哈顿也好，迪尼斯乐园也好，一切都不能替代过去的璀璨，一切又将超越曾经的辉煌，凤凰涅槃，自当名噪一方。坝上街的荣耀将由它的未来去创造，这未来值得所有人去期待，去守候，去见证。

坝上街的明天一定会更好！

走马观花城隍庙

合肥古称庐州，庐州府城隍庙是合肥的文化地标，看大戏、拜城隍、赏徽州三雕，追寻"庐州记忆"，探究庐州文化的渊源，这里成了合肥名副其实的"亮丽名片"，到合肥，不能不来这里一睹风采。

城隍庙位于合肥市安庆路西段，始建于北宋皇祐三年（1051），为清代庐州府庙。清咸丰四年（1854），太平军攻打合肥，城隍庙毁于战火。清同治十年（1871），地方官筹款重建，因经费缺乏，中途停工。清光绪五年（1879），由李鸿章之弟李鹤章出面募捐续建。

昔日，大庙前旗杆矗立，山门口石狮相对，山门3间，左右耳房各5间；戏楼5间，两旁耳房各4间；大殿3间，两侧耳房各3间；大殿和戏楼之间东西厢房各12间。

大殿前有铁香炉一座。殿中有城隍像，厢房中有城隍夫人像。东西供奉十殿阎王，并有阴司刑狱设施。旧时，每年春节和农历七月二十九日城隍寿诞期间，庐州府和合肥县大小官员、善男信女都要前来拈香、礼拜，戏楼上有连台《目连救母》酬神戏演出，小商小贩和游人也蜂拥而至，庙街顿成闹市，人流如织，熙来攘往，摩肩接踵，络绎不绝。

20世纪50年代，山门口石狮被砸，庙内塑像一扫而光，古建筑也遭破坏，仅存山门、戏楼、大殿、娘娘殿等建筑。

如今，街道中央是城隍庙和一座高塔，两边是购物街和美食街，基本上都是仿古建筑，小巧精致。这里是小吃的天堂，人气旺，很有生活气息，街面上干干净净，一尘不染，改造后的商街光鲜整洁，管理有序，让来此游览购物的人们有个好心情。

夜景惊艳，华灯四射，霓虹闪烁，古香古色，缤纷璀璨。

喷泉广场以北，是一组以科技、自然、生命为主题的抽象派系列雕塑，有反映江淮儿女博大情怀的"双手·世界"；有揭示人与自然关系的"生命·运动"；有昭示世界无穷的"恒"；有展现古代文明的"日晷"；有表达人类美好祈愿的"和平"；还有三根粗壮的汉白玉雕塑立柱，用写意的技法体现了科学发展的过去、现在与未来，给游人留下无限遐想空间。

大火之后，重建的城隍庙多了些现代的气息，有一种古代文明与现代社会混搭的感觉，与其他各地的城隍庙区别不大了，少了一些自己的独特味道，实在可惜呀！

走进如今的城隍庙，"刘鸿盛""五味斋"等中华老字号陆续营业，徽州毛豆腐、陶永祥炒货等特色名小吃在这里云集，百味园变身现代美食荟萃之地，以"龚万巷""龙门巷"为代表的合肥街巷文化在这里重现，张家四姐妹的成长故事在这里广为流传……作为最具合肥特色的文化地标，城隍庙见证了合肥城市文明的进程。

这里与李鸿章故居、淮海路步行街、安徽博物馆（老馆）相距不是很远，三个景点之间步行即可前往，极为方便。

我是大年三十晚上去的城隍庙，所有的店铺都已关门了，游人也只有零星的几个，很难得，可以安安静静地走走，抚今追昔。我觉得晚上的城隍庙是最美的，没有嘈杂的人流，可以随意拍照，不用怕别人乱入，也许只有大年三十的晚上才能有这种待遇吧！

过地拜城隍，发财找财神。相信未来通过深挖历史文化资源，把"最合肥"的资源禀赋转化为发展优势，进一步丰厚"老城记忆"内涵，让每一栋建筑可阅读，每一条街巷可流连，每一缕乡愁可寄托，每一个典故可追溯，全景呈现名人故居、历史名巷，我们会把城隍庙打造成为名副其实的"城市会客厅"。

罍街拽住了脚步

每个城市都有一条美食街，是游客必去光顾的景点。在安徽省合肥市也有这么一条美食街，但很多游客去了也叫不出名字，因为这条街叫"罍街"，没有点古文功底还真不认识"罍"这个字，由此也能看出合肥是个有文化底蕴的城市。

罍是中国商周时代一种用于盛酒的青铜器。安徽人爱喝酒，尤爱用大杯碰杯之后一饮而尽，称之为"炸罍子"。罍街就是以2008年安徽蚌埠双墩一号墓出土的春秋时期圆口镂空龙耳罍为标志建设的。

罍街位于合肥市宁国南路与水阳江路交叉口，东至马鞍山路，西至徽州大道，南至南二环路，北至合巢路，覆盖面积达2.2万平方米，包含文化创意、美食街区、旅游、绿地公园、创客空间、艺术家村、文创街区等多个功能区。

罍街以老字号和特色餐饮为主，方便广大食客体验舌尖上的中国小吃，街上的美味令人垂涎欲滴，赞不绝口。街区还有合肥首家具有地方特色的茶馆式剧场，充分体现了合肥及安徽的文化元素及地域特色，传承着合肥的城市记忆和本土风俗民情。

华灯初上，罍街的夜生活拉开序幕。邀上三五好友，寻一家小店，点上特色美食，配上美酒，市井长巷，处处充满生活的烟火气，人们在繁华都市里尽享快意生活。

到了罍街，你一定要看看镇街之宝，罍街广场上有一个2.5米高的大型罍雕塑，原型是安徽蚌埠双墩一号墓出土的"春秋镂空龙耳罍"——现存于安徽省博物馆。雕塑在原物基础上放大100倍，用上等青铜耗时2个月制作而成，目前是中国最大的罍仿制品，值得一睹为快。

合肥有性格，罍街很合肥，来合肥一定要来罍街，吃喝玩乐啥都有。刚到门口，映入眼帘的是整面墙的关于合肥这座城市的介绍，让不了解合肥的人认识到这个新一线城市的魅力。

在罍街，吃，就要吃得尽兴；玩，就要玩得痛快。听听徽腔徽调，尝尝罍街"肥"味，斟满老酒干一杯……在罍街感受最纯正的"罍"文化，逛罍街、喝罍酒，再痛痛快快地"炸罍子"，难怪很多游客来了就不想走。

罍街，夜晚的灯亮起是真的很有感觉。人山人海，摩肩接踵。你可以找个街角人少的地方歇歇，闲看路边风景。一抬头，半个月亮像是挂在天上的路灯，皎洁明亮。

人间烟火味，最抚凡人心。在罍街，热爱随时发生。

淮南土豆片吃了，黄山烧饼吃了，顶顶糕吃了，梨大爷粑粑吃了，油条包麻薯吃了，片皮烤鸭吃了，脆皮包浆豆腐尝了，黄桃红豆酒酿喝了，卡旺卡也喝了……桂花酸奶太好喝啦！还有心心念念的经典徽菜臭鳜鱼，真的很不错！

安徽美食有三件套：卡旺卡、老乡鸡、詹记。每次我只要回合肥，第二天一早便会打车去罍街吃久违的锅贴和辣糊汤，接下来的每一天都沉浸在合肥美食里无法自拔，心想啥广东美食啊，能有我们合肥的这些好吃？

罍街两边的酒肆餐馆鳞次栉比，灯笼飘舞，乐声四起。复古风格的音乐响起，艺术气息很浓厚，我刚好路过，见一鼓手在大众面前洒脱自在，激情四射。

刚下过雨，走在罍街上，暖色的灯光映在步行街的石板上，更增添了几分韵味。

这条徽州建筑风格的商业街把历史和现代商业完美结合，整体感觉古色古香，配上身后高高的商业大厦，给人以独特的体验。

罍街的凌霄花已自由绽放，一眼望去，热烈而美丽。听雨落，闻风鸣，身处罍街的寻常浪漫中，愿你也在此寻得心中的自在。

香 街

女人街，那里藏有你童年的记忆吗？

提起女人街，你会想起什么？

走进女人街，你又会发出什么样的感慨？

作为合肥最早出现的至今仍存在的商业街区，曾几何时，女人街的名号在合肥无人不知，无人不晓，闻名遐迩，远播海外。

过去，这里人流如织，繁华似锦，是女性购物的天堂，也是美食天堂，还是小摊贩发财致富的风水宝地。

2012 年，她华丽变身为具有浓厚艺术和时尚气质的街区——香街。

一时，烽烟起，云飞腾，褒贬不一的声音沸沸扬扬。

"香街紫陌凤城内，满城见者谁不爱。"香街在古时喻指繁华大街，得此殊荣者一定满是人间烟火，无尽繁华，七彩霓虹，彻夜通明，人满为患，红裙迷醉，熙来攘往，川流不息。

她之所以被称为"香街"，与七桂塘的桂花飘香、女人街的香色犬马一脉相承。时尚的香街，提起亲切，闻之神往，初见怦然，再见无感，三见乏言。兀立街头，目光所及，市声零落，繁华散去。

她的梅开二度，为何少有人提及？曾经的风光怎么就不能沾点潮流时尚的仙风显赫于世呢？她难道徒有虚名，是个绣花枕头中看不中用吗？

亲爱的香街，她顺应潮流，变得高大上了，却没有了我们喜欢的"江湖气"了；她哗众取宠，却缺乏天地气韵，少了人间烟火味了。

往日的繁华如过眼云烟，那些轰轰烈烈的过去正在以想象不到的速度离我们远去，头也不回，果断，决绝。

然而，时光不停留，时代在改变，街道追不上时光，也赶不上时代，繁华离去是无奈的割舍，是现实的昭示，是文明进步的必然。

你好，香街；再见，女人街！

等你繁荣回归的那天，我们见你，再约，再见，再分享。有诗为证——

字生向往莫名来，

久推商户门不开。

声色犬马烟云过，

女人街去风采在。

一地杏花孝满园

但丁说，世界上有一种最美丽的声音，那就是母亲的呼唤。

孝爱文化在中国源远流长，它是一种理念与精神，是为人的立身之本，是社会责任意识的源头，是中华传统文化的重要组成部分。在祖国的四面八方，我们随处可见的传统木雕、砖雕和刺绣上，常见这类题材的精美图案，内容生动，惟妙惟肖。

毛泽东和身边工作人员谈话时，多次强调要孝敬父母。"儿行千里母担忧呵。这回你们该懂了吧？所以说，不孝敬父母，天理难容。""连父母都不肯孝敬的人，还肯为人民服务吗？当然不会。"

子游问孝。子曰："今之孝者，是谓能养。至于犬马，皆能有养；不敬，何以别乎？"

"鸦有反哺之义，羊知跪乳之恩。""早把甘旨勤奉养，夕阳光景不多时。""弟子入则孝，出则弟，谨而信，泛爱众，而亲仁。行有余力，则以学文。"

这些至理名言，字字珠玑，句句散发着智慧的光芒，照亮人，鼓舞人。大爱无言慈母泪，其中有化学分析不了的高贵而深沉的爱。

走进杏花公园，映入眼帘的都是诸如此类的关于孝道的名言警句、感人故事，图文并茂，扣动心灵。这里是名副其实的孝心基地、爱心海洋。

我漫步在碧草如茵、花团锦簇的景色中，回味着孝心故事，反省自己对父母子女的关爱，怡然自得，其乐融融。

东大门广场用花岗岩和彩色道板铺就，广场上道路曲径通幽，养怡亭、揖秀亭、悠悠亭古色古香；西区"欢乐岛"新颖别致，有很多大型娱乐设施，

包括摩天轮等；假山、小桥巧夺天工，露天舞台堪称一流；鸽舍鸽场引人瞩目，不但是小朋友们的乐园，更是少男少女喜欢逗留的地方。

"筝笛浦""藏舟浦"是杏花公园中的两处三国遗址。在清朝嘉庆年间，这里还标有"筝笛浦""藏舟浦"等标识。筝笛浦是曹军娱乐、休闲的场所，据《庐阳名胜便览》记载，大战间隙，曹操携几名歌女乘船到此游玩，船翻了，曹操被救起，妙龄歌女却被河水吞没。三国时期，杏花公园附近港汊密布、芦苇丛生，张辽与孙权军队大战时，曾将战舰隐藏于此，故有"藏舟浦"之称。

春天，这里风景如画，游人如织，令人流连忘返。

步入大门，你就会看见一条长长的曲曲折折的林荫大道，两边生长着一棵棵郁郁葱葱的参天大树。其中有火红的枫树，高大的槐树，还有笔直的梧桐树，它们上面开着淡紫色的小花，就像吹响了春天的号角。一阵微风吹过，树叶摇摇晃晃，哗哗作响；花儿浓香四溢，沁人心脾。

林荫大道的尽头连接着一片碧绿的草坪，有两个足球场那么大，草坪上游人熙来攘往。有的在散步，有的在做游戏，但更多的人是在放风筝。他们放的风筝也不尽相同：有的长若蟒蛇，有的像美丽的小鸟，有的像逼真的战机，还有的像个大大的圆环。

地上游人来来往往，天上风筝竞相争艳。

硕大的合欢树缠绵悱恻，浓密的枝叶宛如绿云，华盖似的庞大树冠浓荫重重，蔚为壮观。听朋友说，合欢树的特异之处就是树叶日张夜合，夜愈深香味愈浓。

再往里走，穿过一个小亭子，便来到了小湖边。湖面荡漾着一叶叶小舟，上面满载了休闲的人们。湖边环绕着一棵棵柳树，嫩绿的柳条如同少女的发辫随风飘扬，在湖水的映衬下，煞是好看。

秋天的杏花公园，仿佛是上帝打翻了染色盘，呈现出红、黄、蓝、绿的渐变色调，如果不是亲眼所见，真的很难想到，这小小的公园在秋日里竟然如此千娇百媚，婀娜多姿。

秋天的杏花公园很凉爽，在里面逛了许久，一点也不觉得累，清爽的空气令人心旷神怡。如果你错过了绿树成荫的夏季，请一定不要错过色彩斑斓的秋季。

欣赏着美景，默读孝心警句，心里暖暖的。

大孝无痕。有一种爱，很小。孝，无须惊天动地，无须甜言蜜语，小处著精神，微处见真情，爱在细微处，一杯水、一张相片、一个电话、一句叮咛，便是生活里点滴爱的流淌。

孝，贵在恒，像溪水绵绵不绝，不管四季变化，时空更迭，孝心当如夜空中的月亮，将淡淡清辉洒向父母，循环往复，生生不息！

最美的鸟语花香

天还没亮，就感觉有鸟鸣声钻入耳朵，倏然惊醒，坐起，缓神，调匀气息，开始梳理关于鸟鸣的来龙去脉。

昨晚，从凤阳给师傅拜年归来，规划了今天去合肥杜集生态鸟岛游玩的攻略，夜不能寐。

去年，我曾路过合肥杜集生态鸟岛，因为不熟悉环境，走马观花，浮光掠影，只看到了"五七"干校旧址，至于鸟岛风景如何，还只是纸上谈兵。由于赶时间，当时没能继续寻宝，留下了一个遗憾，成了一个心结，一直想了此心愿。今天，终于有了机会。

准备好茶水饮料，苹果橘子，随着发动机激越高昂的轰鸣声，迎着暖阳，一溜烟向东南方向驶去。

今天是少有的好天气，20摄氏度的气温很温柔，将饥渴的心呵护得酥软舒爽。乡村田野上一片连着一片的麦苗扑面而来，醉人，养眼，好看。

荒沛河适逢大集，街上人头攒动，摩肩接踵，东西南北的主干道上车多人稠，加之小镇没有红绿灯调节，匆忙的脚步声、喇叭声、叫喊声、机器的轰鸣声此起彼伏，煞是热闹，倒也符合过大年的喜庆氛围。

我们的车在人群与车流里像滑溜的泥鳅，东拐西绕，南进北出，突出重围，在柏油路面的017县道上全速前行。

导航小姐热情地提醒行程：前方900米左拐就是本次导航的目的地——合肥杜集生态鸟岛。

我们一溜烟开了进去，直达北观鸟台，熄火，下车，端水杯，沿着游览指示牌寻景而行。

合肥杜集生态鸟岛旅游区总规划面积 5 平方公里，景区以荒沛河为玉带，串联起鸟岛、"五七"干校旧址、翠月湖三颗珍珠。

鸟岛三面临水，过去是荒芜的河渚，通过 60 年的植树造林，如今杨树、柳树、榆树、槐树、椿树、海桐、紫荆、千瓣白桃、红叶石楠、西府海棠等已浓荫蔽日，蔚为壮观。

如果是在夏日来逛，这里处处呈现一派鸟语花香的景象。良好的生态环境和丰富的自然资源吸引了白鹭、灰鹤、白头翁、灰喜鹊、啄木鸟、斑鸠、画眉等 20 多种鸟类在此栖息繁衍。

鸟岛发端于定远的沛河，境内全长 12.8 公里，流域面积 5 万亩。荒沛河宛如一条曲曲折折弯弯绕绕的翠玉绶带缠水绕岸，一反常态，西行流淌，串联起鸟岛、"五七"干校旧址、翠月湖等诸多景观，在杜集镇留下了大片的河滩和葱郁的大树。这里自然环境优美，空气新鲜，生态良好，两岸绿树成荫，森林覆盖率达 90% 以上。

初期，一个名叫陆凤奎的老人在这个河滩上不断种树，筑路，开荒，修渠，环境愈来愈好。随着绿化面积的不断扩大，植物种类的不断增加，环境逐渐改善，吸引了大批鸟儿来这里"安家置业"，逐渐形成了一座远近闻名的原生态鸟岛。每年都有从全国各地慕名而来的游客光临打卡。

绿树掩映、灰瓦红墙的"五七"干校就矗立在鸟岛的东南侧。

杜集"五七"干校旧址建于 1968 年，是合肥地区唯一的"五七"干校，占地 2100 多亩，设有大礼堂、食堂、会议室、阅览室、干部宿舍等，如今"文革"时期的历史文化遗迹保存完好，建筑主体结构基本完整，校内地面平整，校舍整齐，树木葱茏，环境优美。

当年合肥市的许多干部职工为响应毛主席的号召，纷纷从机关、学校、工厂来到这里读书学习，生产劳动，接受锻炼。

另一个著名景观翠月湖，形似月牙，是瓦东干渠长丰境内最后一座水库，位于杜集镇南部，占地面积有 6000 多亩，湖区面积 4800 亩。湖区自然环境优

美、空气新鲜、生态良好，堤岸上绿树成荫，是天然的生态氧吧。翠月湖内有甲鱼、青虾、草鱼、鲢鱼等各种野生、无公害淡水动物。环境优美、水质清澈的翠月湖是休闲娱乐、品茗赏景的好去处。

作为鸟岛，这里生活着众多的鸟类，比较典型的是翱翔长空的雄鹰。鹰象征着自由、力量、勇猛和胜利，给人印象最深刻的莫过于它们的双眼，它们在高空中徘徊，寻找和发现猎物，然后以最快的速度俯冲，将猎物牢牢地控制在双爪之下。陆地上生活的人类一直以来都希望自己有雄鹰一样犀利敏捷的双眼和雄鹰般的勇猛精神，在奋斗路上披荆斩棘，一往无前。

鹰的故事告诉人类，要活得精彩和有意义，就要像它们一样，在天空盘旋，寻找目标，要一直擦亮双眼，看清自己的猎物，然后以闪电般的速度朝着目标进攻，一招制敌。

这里更有家喻户晓的天鹅。《本草纲目·禽》云："鸿鹄通称天鹅，羽毛白泽，其翔极高而善步，一举千里，展翅凌云。"《说文》又说："天，颠也；至高无上，从一，从大。"

西方以天鹅象征典雅、高贵、优美、纯洁。天鹅一生严守一夫一妻制，若一方死亡，另一方则不食不眠，一意殉情，所以人们把天鹅视作忠贞爱情的象征。天鹅还是和平、善良、忠诚、勇敢、志向高远的象征，自古以来人们称之为"美善天使"。

这里还有亭亭玉立的白鹭。白鹭向上奋力振翅，寓意为进取努力和飞跃。白鹭是厦门市的市鸟，这里面也蕴含着厦门开拓进取、敢拼才会赢的精神。

这里更有让人神往的丹顶鹤。在中国，人们常把仙鹤和挺拔苍劲的古松画在一起，作为长寿的象征。其实，传说中的仙鹤就是丹顶鹤。

丹顶鹤性情高雅，形态美丽，素以喙、颈、腿"三长"著称，直立时可达一米多高，看起来仙风道骨，被称为"一品鸟"，地位仅次于凤凰。

除此之外，鹤在中国的文化中占据着很重要的地位，它跟仙道和人的精神品格有密切的关系。鹤雌雄相随，步行规矩，情笃而不淫，具有很高的德行。

　　古人多用翩翩然有君子之风的白鹤比喻具有高尚品德的贤能之士，把修身洁行而有时誉的人称为"鹤鸣之士"。

　　我们一边走一边拍照，一边品评，一抬头，观鸟园正冲着我们微笑呢。

　　观鸟园绿地占地面积60多亩，是环保卫士陆凤奎一家所栽种。20世纪60年代，陆凤奎一家在荒沛河畔插柳栽树，经年累月良好的生态环境吸引了大量的鸟类来此栖息，这才有了鸟岛。

　　鸟岛聚居着白鹭、白鹤、灰喜鹊、画眉等20多种珍禽，每年到了农历三四月就会有大批候鸟来此栖息繁衍后代。目前园区内修了公示牌和鸟类科普展板，为游客近距离与鸟类接触，深入了解鸟类知识提供了便利和信息渠道。

　　为了便于鸟类生存，鸟岛引进的植物种类繁多，特别是千瓣白桃更是难得一见，吸引了我们的眼球。该品种系桃属植物桃的变种，叶为窄椭圆形至披针形，长15厘米，宽4厘米，边缘有细齿，暗绿色有光泽，属于观赏桃花类的半重瓣及重瓣品种，统称为碧桃。华东地区碧桃花期是3—4月，花朵丰腴，色彩鲜艳丰富，花型多，常见的品种有红花绿叶碧桃、红花红叶碧桃、白红双色洒金碧桃等多个变种。碧桃具有很高的观赏价值，是在小区、公园、街道随处可见的美丽植物。

　　值得一提的还有西府海棠，为木兰纲蔷薇科苹果属的植物，小乔木，高达2.5~5米，树枝直立性强，是中国的特有植物。西府海棠在北方干燥地带生长良好，是绿化工程中较受欢迎的树种。宝鸡古有西府一称，西府海棠之名由此而来。2009年4月24日，海棠被选为陕西宝鸡的市花。

　　这里还有好看的红叶石楠更引人瞩目，是蔷薇科，石楠属杂交种，为常绿小乔木或灌木，乔木高可达5米、灌木高可达2米。叶片革质，长圆形至倒卵状、披针形，叶端渐尖，叶基楔形，叶缘有带腺的锯齿，花多而密，复伞房花序，花白色，梨果黄红色，5—7月开花，9—10月结果。主要分布在亚洲东南部、东部和北美洲的亚热带、温带地区，在中国许多省份也已广泛栽培。红叶石楠做行道树，其杆立如火把；做绿篱，其状卧如火龙；修剪造景，形状可

千姿百态。

红叶石楠因其新梢和嫩叶鲜红而得名，常见的有红罗宾和红唇两个品种，其中红罗宾的叶色鲜艳夺目，观赏性更佳。春秋两季，红叶石楠的新梢和嫩叶火红，色彩艳丽持久，极具生机。在夏季高温时节，叶片转为亮绿色，给人清新凉爽之感觉。

这里更有让人一眼万年的海桐。海桐枝叶繁茂，树冠呈球形，下枝覆地；叶色浓绿而有光泽，经冬不凋，初夏花朵清丽芳香，入秋果实开裂，露出红色种子，颇为美观，通常可作绿篱栽植，也可孤植、丛植于草丛边缘、林园或门旁，列植在路边。因为海桐具备抗海潮及吸收有毒气体的能力，故又为海岸防潮林、防风林及矿区绿化的重要树种，并宜作城市隔噪声和防火林带的下木。

由此可见，杜集鸟岛不仅生态优美，而且候鸟云集，鸟语花香，植物丰富，让人流连忘返，不失为忙里偷闲、为心灵放假的最佳场所。

环城公园

一座城，一条璀璨夺目的翡翠项链。

一条河，一股默默奔流的淙淙小溪。

城，因河有名，名闻遐迩。

河，因城赋能，潺潺不息。

你的总入口处位于东门外马鞍山路与环城东路之间，这里建有一座大型的作为合肥市景标志的九狮雕塑广场，醒目，磅礴。

九只狮子昂首挺胸，寓意着欣欣向荣的合肥热烈欢迎五湖四海的宾朋好友，凤栖枝头，花落庐州，又象征着合肥这座古老而又年轻的城市有勇气、有信心吸纳天地之精华，敢教日月换新天。

一座真正的创新高地、大湖名城，在万众瞩目中款款走来。

在老合肥人的记忆里，你是一座幽雅、静谧、平和、美好的公园。

任时光匆匆流转，四季风光变幻，你陪伴老合肥人走过懵懂的童年、青葱挺拔的少年、华彩四射的青年、成熟稳重的中年，最终也必将陪伴他们迈向白发苍苍的老年。

一座城，一处园林，美妙的景色，别处少有企及，故而，你上榜国家园林城市，令海内外"驴友"艳羡不已。

风景在远方，也在近处，更在脚下。

环城公园，我们因你而骄傲。

家门口的绝胜烟柳，迷醉了多少南来北往的游客，他们纷纷驻足，落笔抒怀，妙笔生花，排列感叹，歌之，咏之，末了，一步三回头，看了一眼后还要再看上一眼，流连忘返，不忍别离。

绕行环城公园的南淝河，对合肥人来说，不仅是合肥的母亲河，也是合肥的护城河，这条河流见证了合肥几千年的文明历史、沧桑变迁。

你抱旧城于怀，融于新城之中，绿树碧水像一条绿色环带束于其间。你是一处不可多得的美景胜地，同时也成为提升合肥城市品位和形象的一道亮丽的风景线。

你硕大的玉体上镶嵌着西山、银河、包河、环东、环北、环西六个风格各异的钻石，形成了包河、银河以荷花为主体的夏景，包河中还有以包公祠、包公墓、浮庄为主的风景名胜；西山冈峦起伏，枫树成林，形成秋景；环西、环北连接杏花公园，以杏花为主，构成春景；环东拥三国古战场逍遥津公园，松柏连片，寒梅绕林，构成冬景。

你的南半环水面开阔，以人工造景为主，精雕细刻，呈现清新秀雅的园林风光；北半环则以苍郁的乔木林为主，朴实粗犷，呈现自然浓郁的山林野趣。

你在地势起伏的西山景区，结合丰富的植物群落，塑有成群结队的珍稀动物，形成了自然生态野生动物雕塑群，成了名副其实的水清林绿、莺飞草长的生态环境走廊，你为改善合肥市的人居环境发挥着无可比拟的作用。

环城公园，你见证了合肥日新月异的变化，你让合肥名闻海内外，并张开双臂迎接更美好的未来。

雨 巷

合肥有名的巷子很多，如梨花巷、飞骑桥巷、银屏巷、茂林巷、劳动巷、东西蝴蝶巷等等，但最近在网络上又发现一个"名城雨巷"，简称雨巷，颇有文艺范儿，说者动容，听者动心，令人心驰神往。

为了一睹风采，在一个和风习习的早晨，走起。

徽派建筑的门头映入眼帘，下着小雨的巷道，不禁让人放慢脚步。

走进雨巷，首先映入眼帘的便是墙面上那首戴望舒先生的诗歌《雨巷》，满满的文艺感扑面而来，或许这就是二人巷改名雨巷的原因所在。

"撑着油纸伞，独自彷徨在悠长、悠长又寂寥的雨巷，我希望逢着一个丁香一样的结着愁怨的姑娘，她是有丁香一样的颜色，丁香一样的芬芳，丁香一样的忧愁……"还记得戴望舒先生这首家喻户晓的《雨巷》吗？

这个诗意盎然曲径通幽的小巷位于合肥银河公园旁，几年前还破败不堪，坑坑洼洼，凹凸不平，少人问津，现在这里整洁、浪漫，富有文艺气息，还重新有了个诗意的名字——"雨巷"。

这条巷子的前身叫"二人巷"，东接劳动巷，西至金寨路，全长约163米，巷子两边为居民住宅，最宽处3米，最窄处仅2米，只能容纳2人并行通过，因此得名"二人巷"。

雨巷入口的马头墙上书写着戴望舒先生的诗歌成名作《雨巷》，巷内两壁绘有民国四大才女、庐阳八景、庐州四艺等彩绘图案，展现出老城记忆和雨巷文化的熠熠风采。

雨巷两边的墙壁上爬墙虎编织成一个个赤橙黄绿青蓝紫的网，煞是好看，又加上墙壁上一些很文艺的诗词，给雨巷增添了无限的文化魅力。

巷道的上空也缠满了各种绿植藤条，遮天蔽日，像一条幽深的战壕，隐秘，寂静，把太阳拒之巷外。

踏着潮湿的青石板路，于街巷深处，邂逅满地未扫的秋叶，体会老城深处的优美，相信它能唤起你心底一段段逝去的记忆与时光。

巷内偶有行人经过，文静，悄然，像无声的微风划过荷塘田田的叶子，不留痕迹。

因为巷子不是直直的，所以雨巷看起来窄而深，加之两边是居民生活楼，整条巷子空荡荡的没什么人，除了一些墙角下的花花草草，就只有墙壁上的文字和壁画了。

如今的"二人巷"经过精心设计，已升级为合肥"雨巷"，弯曲幽秘的雨巷内处处呈现江南水乡之画韵神采，凸显静、雅、韵、丽。

雨巷的设计匠心独运，围绕小而精、静与形、意与情、声与色，逐块把巷道分为四个环环相扣的区域，分别通过琴棋书画的意境元素来表达情调，一张张油纸伞在这里绽放，一幅幅精美伞画在这里铺呈……

撑着伞，和心爱的人牵着手漫步灰瓦白墙，一回眸，仿佛走进了戴望舒的《雨巷》，一种朦胧而又幽深的美感。

轻步而过，仿佛能听到脚下流水潺潺，竹影墙面和竹子构架形成的光影韵律，有丝竹管弦的和鸣之声不绝于耳，让人叹为观止。

雨巷的设计灵感就来源于戴望舒先生的成名作《雨巷》，给人一种朦胧而又幽深的美感。

一张张油纸伞在这里绽放，一幅幅精美伞画在这里展开，以油纸伞为主题的画区，已成为合肥老城里最文艺最撩人春思的风景。

花褪残红青杏小。燕子飞时，绿水人家绕。枝上柳绵吹又少，天涯何处无芳草？墙里秋千墙外道。墙外行人，墙里佳人笑。笑渐不闻声渐悄，多情却被无情恼。

在这样的诗情画意中最容易浮想联翩，缠绵悱恻，物我两忘。

喧闹都市中有这样一条迎风而舞，迎风而歌，幽静、浪漫、蕴含文艺气息的老城记忆巷道，虽不长，却精致，给人的感觉非常良好，非常入眼，告别了传统巷子的脏乱差，让其充满了文艺气息，未来一定会成为年轻群体感受浪漫的新去处。

撑着油纸伞，独自彷徨在悠长、悠长又寂寥的雨巷，我希望飘过一个丁香一样的结着愁怨的姑娘……

城市记忆不仅存在于著名景点，这些藏在时光里的小街小巷也值得细细回味。

老城是一座城市的历史印记，也是这座城市的文脉和根！

我轻轻地背诵着诗文，依依不舍地告别，轻轻地来，悄悄地走，一步三回头。这正是——

> 庐州城里满树秋，
> 霸都小小巷条条。
> 诗意盎然花独放，
> 诗情名扬戴望舒。

我在时埠里等你

从小义乌美容美发市场出发，沿着二十埠河蜿蜒曲折的走向西行，不知不觉来到了智慧公馆的西边，一路上走走停停，按部就班，拈花抚草，如蜻蜓点水，浮光掠影。

夜色好像被霓虹感染，依然热情似火，道路两旁的草木花朵绿意盎然，盛情相邀，不厌其烦。走在热浪包裹的沥青路面上，晚风在热浪的围歼下溃不成军，早已遁逃。我，汗流浃背，掌过脸颊，汗珠坠落，傲然前行。

虽无三两好友邀约，形单影只，但散步已成了每日的必需，马虎不得，是生活中的重点工程，不论风霜雨雪、阴晴圆缺从不懈怠，一如今晚，兴致勃勃赴盛夏之约。

徜徉在这熟悉得不能再熟悉的路上，陪着夏天载歌载舞，去哪里已不重要，最重要的是不要辜负整个夏天。

就这样忘情地想着，机械地走着，炎热早已被我丢到了爪哇国，此时最好，大有城市最美在脚下的荣耀，心，自然也明媚起来，清凉起来，舒畅起来，笑意爬上脸庞。

人声鼎沸，扑面而来。一抬头，一个醒目璀璨的"时埠里"立标跳入眼帘，熙来攘往的人流涌动，烤串的香味扑鼻，广场舞的音乐随风入耳，好奇心引领我拐向扎堆的人群。

热闹，始终是人们的看点。

合肥的时埠里，仿佛一颗耀眼的明珠，高挂在天宇。东西南北四个耳熟能详的字符，圈出了一座城市的边界，也圈起了一段文化的轮廓，更造就了时埠里的过往和今昔。

东，春方也，朝气也；东方，华夏也，睡狮也，巨龙也。

时埠里是合肥首个创意型河畔文化旅游街区，地处瑶海区广德路以西、长江东路以北，紧邻二十埠河景观带，位置得天独厚。改造后的街区以"时空漫步，唤起瑶海记忆"为内涵，以"工业＋景观＋消费"融合为理念，充分挖掘瑶海区悠久的历史人文内涵，发挥特色文旅项目的优势，重现合肥人记忆中的场景，为游客呈现具有浓厚文化气息与独特风土人情的现代时尚文旅街区。如今时埠里已建成生态挡墙、景观水体和绿化环环相扣的团体景观，成功打造成了清水穿城、绿色长廊伴城的良好人居环境。

就这样，一个现代艺术街区在万众期待中悄然诞生，傲然矗立在二十埠河两岸。

一面弯弯曲曲的墙体上，斗大的"我在时埠里等你"让你不忍拒绝，沿着她的纤纤灵指的指引，我开始阅读墙面上对时埠里休闲景观广场的简介，心潮澎湃。

遥想合肥当年，百废待兴，一穷二白的城市需要振兴，人民生活需要改善，一批致力于改变现状的企业家呕心沥血，奔走呼号，不遗余力，一批老旧企业发挥余力，吐故纳新，新兴企业如雨后春笋开始崛起。

1910年，民族资本家洪氏兄弟在小东门（现瑶海区胜利路街道）创建洪远记毛巾厂，成为合肥第一家工业企业。

1923年，清末将领叶志超之子叶斗南等人集资4万银圆，在合肥市东门外的木滩街创建了合肥耀远电气股份有限公司。1926年9月中旬，耀远公司开始发电，装机容量65千瓦，供给少数士绅及商铺使用。

1949年12月，合肥汽车修造厂选出7名工人参加工厂管理委员会，企业重大问题由工厂管理委员会决定，这是合肥市首家实行民主管理的企业。1950年，合肥新华染织厂、人民烟厂、合肥电厂、皖北日报社印刷厂等工业企业也先后建立工厂管理委员会。

1955年，地方国营企业安徽省合肥砂轮厂成立，这是新中国第一家砂轮

厂，后来成为机电部第一家磨料磨具定点生产厂。

1954—1960年，上海陆续内迁56家企业到合肥市，东郊成为上海工业转移聚集地。这些企业在合肥市东郊形成"十里连营"的工业带，造就了当时的"合肥东部工业中心"。其中代表性企业有合肥面粉厂、安徽针织厂、合肥无线电二厂、合肥好华食品厂、合肥搪瓷厂、安徽印染厂、合肥电机厂、合肥开关厂、合肥塑料厂、合肥电缆厂等。

1957年，合肥工业年产值迎来了"亿元时代"。瑶海区在此后的40年里，对合肥市经济贡献显著，代表性企业有合肥钢铁公司、安徽纺织总厂、合肥化工厂、合肥矿山机器厂、安徽拖拉机厂。

1984年，安徽合肥第一台BY-158冰箱正式下线，命名为"美菱"牌电冰箱，开启了美菱冰箱厂的"制造时代"。

在时埠里艺术街区，映入眼帘的是焕发生机、风格迥异的老厂房、老机车，伸手可触的是记忆里熟悉的锅炉楼、锻造车间、荣事达楼、建材厂楼、无线电楼、好华楼、印染厂楼、金笔厂楼、搪瓷厂楼、安纺楼、美菱楼、国风楼、矿机厂楼、合钢楼等耳熟能详的工业遗址，扑面而来的是融入骨髓的浓浓的怀旧文化氛围。

忆往昔，峥嵘岁月稠；看今朝，霸都合肥，勇立潮头，乘风破浪，继往开来。

时埠里，以未来为画卷，以怀旧为画笔，绘制了一幅大美生活长卷。

我，走过最美的林荫路，也听过最悠扬的钟声，时埠里就像是小时候的学校，虽然是泥课桌、杂棍窗、木头黑板，可是学校的铃声永远是最悦耳的音符。

在时埠里，花样生活千姿百态，兴致来了，旁边的广场上不只有花香鸟鸣，还有阔步舞姿、篮球竞赛、音乐咖啡、烤肉串串……

时埠里，深谙生活之道，扎根理想之城，虽是由砖瓦垒砌，但大自然的恩赐随处可见；虽无高楼林立，但园林绿化清新怡人；虽是旧厂老房改造，但匠心永恒。

时埠里，是合肥星空里的一点红、一抹绿、一叶舟、一片景、一首诗、一幅画、一曲歌，组合成一个小康社会新蓝图、振聋发聩的新交响，激励人们踔厉奋发不止步，一马当先立潮头。

朋友，你心动了吗？

记得，我在时埠里等你。

不见不散。

爱情隧道

——不负初秋不负卿

来到合肥，你可以不去城隍庙，可以不逛环城公园，也可以不爬大蜀山，但桥头集爱情隧道一定要走一遭，才不负这秋日的美好。

风，那么轻柔，带动着小树、小草一起翩翩起舞，当一阵清风吹来，如同母亲的手轻轻抚摸自己的脸庞。我喜欢这种感觉，带有丝丝凉意，让人心旷神怡。

享受生活，不一定要有山珍海味，不一定要有绫罗绸缎，大自然便是上帝赐予人类最珍贵的礼物。

漫步在爱情隧道，一望无际，没有尽头，没有岔路口，一直通向茫茫无涯的远方。鹅行鸭步地行走在铁轨上，手牵手一起向前走，可以忘记时间，忘记冷暖，忘记疲累。你看着我，我看着你，心满意足，不约而同地盟誓"不负如来不负卿"。这句话很浪漫、很甜蜜，是情侣们馈赠对方的至高无上的赠语之一，我们也不例外。

初秋，正值爱情隧道两侧植物的茂盛期，树枝互相依偎交织在一起，形成了天然而浪漫的墙壁和天花板，清新、安静、文艺，又充满活力。

据说，跟心爱的人一起在隧道里许个愿，如果彼此真心相爱，那么他们就会得到天荒地老的爱情，哪怕是贫穷苦难也拆不散、打不断。

桥头集爱情隧道原是一段废弃的铁路，由于两旁树木繁茂，形成了一条天然的绿色长廊，网友沿用乌克兰爱情隧道的名称将其称为合肥版的爱情隧道，名副其实。

这条铁路大约长20公里（可供观赏的长约2公里），属于运输线路，修建于20世纪70年代，废弃于20世纪90年代末。

每一个来合肥游玩的人，都要特意绕到这里走一走，看一看，拍几张小照留念。特别是正在热恋中的情侣，或者刚结婚的小夫妻，他们顺着铁轨找寻着恋爱的酸甜苦辣，婚姻中的柴米油盐。

每隔几条轨道，水泥枕木上就能看到用铁片标明的表示结婚时间的雅称，比如牵手走过十年称"锡婚"、二十年称"搪瓷婚"、三十年称"珍珠婚"、四十年称"红宝石婚"、五十年称"金婚"、六十年称"钻石婚"。不管是年轻的小夫妻，还是经历半生的老夫妻，都会在这里牵手而行，久久注目，感受漫漫时光的弥足珍贵。

每个时代都有它的爱情烙印，虽然形式和内容大相径庭，但不变的是那份浪漫和情分。

铁路两边的树木枝繁叶茂，连成天然的拱形长廊，将铁轨化身为"爱情隧道"。一到夏秋季节，树叶绿了，知了在枝头歌唱，此时便是爱情隧道颜值的巅峰时刻，来此沾添喜气的情侣络绎不绝，蔚为壮观，给写手们带来了难以计数的灵气和素材。

走在这条窄窄的轨道上，因年代久远而产生的沧桑感扑面而来。假如你非常细心，会看到很多水泥枕木上还清楚地印着"北京特冶制造CB2230–03"等不同的编号，很有年代感、沧桑感，值得玩味和评鉴。

爱情隧道，若不身在其中，何来感同身受？

踏入这条长长的隧道，我牵着你的手，祈求将遇到你的喜悦洒满每根枕木，从此我的生活变得多姿多彩。

我们在隧道里穿越，你在前面开路，我在后面为你撑伞，如果你在前面举着伞，我只能紧紧跟随在你身后，像一个陪衬。

我们一起走过的路，就好像是一条长长的隧道。穿梭在隧道里，我们也许会偶遇，但不会永远碰面。

穿越爱情隧道，在现代与你再次相遇，今世的你是否还记得前世的我以

及我们的约定？说一句"我爱你"，奉赠一个轻轻的吻，是否能让你记得我？

爱情是世界上最伟大的冒险。

我的船很小很小，我的帆很大很大。

余秋雨说：我藏不住秘密，也藏不住忧伤，正如我藏不住爱你的喜悦，藏不住分离时的彷徨。我就是这样坦然，你舍得伤，就伤。如果有一天，你要离开我，我不会留你，我知道你有你的理由。

如果有一天，你说还爱我，我会告诉你，其实我一直在等你；如果有一天，我们擦肩而过，我会停住脚步，凝视你远去的背影，告诉自己，那个人我曾经爱过。

爱情隧道，绿树如盖，鸟鸣风轻。最近，桥头集荣膺"中国诗歌小镇"称号，并发布爱情隧道进军 AAAA 级景区的规划蓝图。

一点聚焦，花开满城。因为爱，更有力量；因为力量，汇聚更多爱。

长江东路改造

曾经光滑的面庞，眉清目秀，让多少慕名而来的男女醉倒，膜拜，折腰。

如今已是半老徐娘，风韵不再，脸颊上坑坑洼洼，布满了褶皱。

你辛苦操劳，任劳任怨，几十年无怨无悔，栉风沐雨，积劳成疾，需要治疗顽疾，养颜，动刀，美体。

穿了一层又一层的衣衫，实在显得寒酸，难登大雅之堂，摇摇晃晃的身影，经不起城市车水马龙的殷勤拜访。你，已经不再年轻。

专家云集，针对你的病情会诊，筛选方案，组织实施。

你，是合肥的名片，是人们记忆里骄傲的谈资，抹不去的牵挂，始终具有收藏的价值。

你，虽然霜染华发，身板却不佝偻。

你，虽然裸露躯体，姿色仍旧迷人。

晴天，大风起兮云飞扬，朦朦胧胧的尘埃中你仍然神采奕奕，血统高贵。

雨天，水花织成闹市中少有的精彩片段，亲近你，要付出代价。

农民工憨厚实在，在你的躯体上缝缝补补，粗糙的大手缝制出一幅幅精致的艺术品，却不知道炫耀。机器不再唱歌，忘我地欣赏你渐宽渐美的丰腴腰肢。

路的这端，一只鸣叫的蟋蟀是杜甫，正慢条斯理地吟唱《茅屋为秋风所破歌》，用崭新的内容讴歌国富民强，溢彩流香，很多人循声而来，了却心愿。

路的那头，一只跳跃的蚂蚱是苏轼，正境界宏阔地朗诵《念奴娇·赤壁怀古》，和着铿锵的节奏，人们张开明眸皓齿，奢侈地欣赏你坦荡无垠的美，

忘乎所以。

　　他们昂着头，旁若无人，时而激越高亢，时而雄浑磅礴，我行我素。

　　暮色也受了感染，一高一低地跟着节奏舞蹈，疯疯癫癫，推波助澜。

　　你的手术做得很成功，并成了业界的典范，被标榜，被推崇，中国工匠的又一个标杆被竖起。

　　合肥，再次因你而声名鹊起，天下无人能敌。

　　你就是你，一枝独秀，魅力独特，无法复制。

合肥模式

巢湖之滨,南淝河穿流而过。淝水之战的硝烟已散尽千年,一场以弱胜强、以寡胜多的"投资战役"又在这片土地上打响。

大别山环抱,长江水簇拥,这里是被誉为"鱼米之乡"的安徽省。安徽地处我国中东部,素有"小中华"之称,域内既有发达的工商业,也不乏绵延的山川丘陵,南方水乡风光与北方古朴村落交织其间。安徽还是长三角区域的重要组成部分,与上海、江苏一起被列为改革开放的前沿窗口。

安徽省会合肥如今已变成各种新技术的试验田,新一代梦想家的起始地。合肥开放包容,准许各类合法企业的存在,很多你想不到的行业都会在合肥诞生。

我国政府投资基金在实际运作中涌现出"深圳模式"、"苏州模式"和"合肥模式",这三种模式都取得了一定的成效,特别是"合肥模式"广受关注,取得了巨大的经济效益和社会效益。在促进地方经济发展上,这三种模式的政府投资基金定位是不一样的。

合肥模式:政府投资基金的定位是打造产业链,促进产业集群发展。合肥模式是一种非常典型的"基金招商"模式,也就是过去传统的财政资金补贴招商方式的模式升级,即采用股权投资的方式吸引大项目落地。针对战略主导产业及行业龙头企业,通过股权投资基金直接投资,实现了产业重点突破和跨越发展。

苏州模式:政府投资基金的定位是促进战略新兴产业的发展。这种模式主要是通过吸引和促进创业投资基金的积聚,以创投引领创新,实现创业、创新、创投相结合,促进战略性新兴产业发展,以及中小企业的创新创业,实现

地方经济的快速发展。苏州模式与以色列模式更为接近，都是通过鼓励创投的发展带动了战略新兴产业的发展。

深圳模式：政府投资基金的定位是支持科技创新。深圳市创投机构非常活跃，是创投基金积聚的城市，但是早期投资具有难度大、风险高的特点，聚焦投资初创企业的投资机构并不多。因此，深圳市设立天使投资引导基金，围绕股权投资的薄弱环节，聚焦天使投资领域，即有针对性地推出系列政策扶持天使投资机构的发展，通过扶植天使投资机构，健全创新生态环境。

凭借合肥模式，过去10年合肥GDP以213%的增幅撕掉了"全国最大县城"的标签，一举跻身"新一线城市"。战略性新兴产业产值占安徽规上工业比重从24.4%提高至43.6%，墨子传信、悟空探秘、热核聚变、铁基超导、九章计算等一批具有世界领先水平的原创成果在此汇聚，智能语音集群入选国家先进制造业集群……

究竟什么是合肥模式？合肥模式又是如何带动这座城市完成蝶变，进而引领全国的？

在合肥，招商引资早已突破传统的招商思维，构建起了一种有为政府＋有效市场＋资本招商的大投资生态，把"买卖"式的招商行为提升成"资本"式的合作行为，政府和企业共生共荣。

资本招商，简单来说就是确认潜质项目后，通过国有资本领投，撬动更多社会资本共同进行项目培育、产业培育。如此一来，政府不仅是"服务商"，更是市场参与者，项目方不仅是"投资方"，更是"受助者"，双方黏性大大增强。

通俗一点讲，就是要想引进一家高成长性的企业，首先要以战略入股的方式投资它，然后，再引进到本地。合肥也因此被称为"中国最牛的风投机构"。

合肥一直把握国家政策导向和产业需求，坚持前瞻布局，从领导到各部门，都有产业思维，都有意识寻找下一个产业的风口。

合肥是讲格局的，聚焦"国之大者"，抓痛点、难点、聚焦点、敏感点，以敏锐的产业眼光发现并抓住潜在的行业投资机会。

合肥模式可简单理解为政府打造国有投资平台，以"股权投资"的思路，通过直投或者通过市场化运作的产业基金等方式，投资上市公司定增（进而上市公司募集的定增资金又在当地落地产业项目）或者在当地合资打造IPO项目实体，项目成熟后期通过二级市场减持或者项目IPO、项目并购转让等方式将股份脱手，盈利后继续扩充投资基金，争取达到一笔投资获得一个产业集群的效果。

众所周知，合肥模式打造了一批成功的项目案例，比如合肥京东方项目、合肥长鑫存储项目（DRAM项目），以及后期名声大噪的合肥蔚来汽车项目等。但鲜为人知的是，当年合肥引进京东方六代TFT-LCD产线的同时，合肥也同步引进了安徽鑫昊等离子面板项目（液晶显示与等离子是面板不同的两条技术路线），这场"豪赌"的结果是合肥京东方项目的成功，而安徽鑫昊等离子面板项目以失败告终。

在做投资决策时，顶格倾听、顶格协调、顶格推进；在回答"投什么"这一问题时，能给出有针对性、前瞻性的产业规划；在资本运作上，充分发挥国资引领带动作用，既保障重大项目融资需求，又有效地支持产业培育和转型升级；在"投后管理"上，为企业提供"金牌"服务、"保姆式"服务。

地方政府以国资充当产业基金押注产业投资的做法容易造成误读，如有外媒就将其理解成"地方政府主导风投"，并片面地将产业基金的设立视作"砸钱开路"，其实这些都是片面看法。

从结果来看，哪怕个别产业基金介入的投资项目效果不及预期，也在为当地经济创造税收、就业等价值，借助各类基金组合投资后，具体项目的投资风险能得到有效分散。

当地政府设立产业引导基金，着眼于提振地方产业经济、提高综合社会效益。项目建成后能带动产值增长，也包括上下游产业链带动、延伸和拉动效应。

理解地方政府培育新产业的科学逻辑后，再分析"合肥模式"的资本招商策略就能发现，这是全产业链招商模式下精心布局的产业配套投资，是找准适合当地发展的产业，确定适合当地发展现状模式后的科学做法。

在"合肥模式"中，政府分享到项目的投资回报，随着落地企业的成长壮大也拉动了当地新型产业发展，使得产业结构得以优化升级。

"合肥模式"的真正精髓是铺好产业基础，找准产业方向，优化配套条件，以科技创新提升发展高度；以产业创新夯实发展厚度，真正做到"把每一笔投资投在最需要的地方"。做到这一点，复制"合肥模式"的成功并不困难。

"合肥模式"可以总结为坚定不移投科创，进退有序调结构，只是这既需要前瞻性的资本眼光，更需要可贵的战略定力。这一切源自合肥市在投资领域坚持的长期主义，不被短期利益所诱惑，恰如当下中国的缩影。

沉淀力量创新求变，运转模式与时俱进，用光阴酿酒，倒入时代的杯中，方能品味到陈酿的芳香。

合肥模式，是中国经济破局的一次重大创新；合肥模式，是中国跨越中等收入陷阱的最佳榜样；合肥模式，是中国改革开放的又一次探索践行。合肥，它的终点不是追赶南京，碾压深圳，而是要霸气冲天起，震撼全世界！

第二辑・人生随感

小院兰香

有人说，喜欢养花的人，都有一份精致的人生，一份绵长的怀想，一份望尽天涯的牵肠。

寻一个人，安一个家，种一院繁花，然后花前月下，琴棋书画，一辈子。

城市里的喧嚣、职场中的竞争，总会让人忍不住想要回归田园，采菊东篱下，悠然见南山，过一过养花种菜、自给自足、怡然自得的生活。

很多人都希望在今生有限的时光里修建一座小小庭院，栽花种草，插柳植梅，笑迎佳友，举杯对饮。一笑泯恩仇，一笑泯烦忧，不去理会世间的琐事、苟且之徒、无聊之人，也不管院外的岁月还剩多少，何种花儿在独占鳌头。一门心思经营属于自己的一方天地，不管春夏秋冬，自得其乐，活出自己的风采与个性。

我有这样一座小院，白墙青瓦，简洁又奢华，衣食住行，诗书画印，一应俱全。傍晚时分，万籁俱寂，读书、喝茶、听音乐，把简单的日子过成一首美好的诗。

在门前种花，码字累了，伴着花香安然小憩，简单而精致，优雅而从容，舒心而放松。

兰花自古以来便受到人们的喜爱，养兰也是现在很多人修身养性的不二之选。兰花有君子之称，它的造型优雅美观，香气扑鼻，是许多文人墨客创作的源泉。

我对梅兰竹菊四君子皆爱之有加，爱兰尤甚，于是乎，我从一个小白开始，恶补兰草养护知识，引进各色兰草，配料、施肥、浇水、灭虫以及光照与通风，每个环节都亲力亲为，搬动摆设，不厌其烦，精心侍弄兰草，忙得不亦乐乎。

　　几个月下来，近百盆兰草葳蕤生姿，青翠欲滴，各色花朵争奇斗艳，你不让我我不让你地开满小院，香满小院。

　　"气如兰兮长不改，心若兰兮终不移。"养兰花需要慢慢地养，美美地享受过程，不能操之过急，养兰也是养心、静心，是从浮躁归于禅定。

　　"芝兰生于深林，不以无人而不芳，君子修道立德，不为穷困而改节。"兰花超凡脱俗、气质高雅，姿、色、香、韵、形俱佳，是我国十大名贵花卉之一。兰花的气节操守曾给予无数人深刻的启迪和极大的鼓励，因此人们热爱兰花，歌颂兰花，更是用兰花的品格自勉自律，陶冶情操，激励斗志，鼓舞信心，发愤努力。

　　我沉湎于自己小院的静谧，静静地守着一盆盆绽放的兰花，在一片馨香中度过每一个朝朝暮暮。

　　花做篱笆，诗意为墙，音乐伴读，在我的小院，幸福就是这样悄无声息，清爽淡雅，静静流淌，令人羡慕。

　　生命绝不会辜负每一次付出，不管何时不要忘记，唯有劳动才能获得应有的回报，唯有播种才能收获满意的硕果。

　　养兰就是养心，养心就是修身。

　　花开时，绚烂、迷人、惊艳；花落时，浪漫、眷顾、美妙。每一天都应该让平淡的生活写满诗情，让每一份喜悦都亦歌亦舞，让每一朵花瓣都香远益清。

　　兰花有一种让人沉醉的清香，那朵朵盛开的花瓣，有的简约，有的张扬，有的玲珑洁雅，有的巧笑嫣然，每一种姿态都绽放着生命的华美与精致。

　　花儿一开，小院香得醉人，人就挪不动腿，懒得出去，总想坐下来，闻着绵绵不绝的香气，看看亭亭玉立的花剑，享受着无与伦比的自在，还有更好的生活乐趣吗？

　　世界很大，远方很美，但那不属于我，真正与我休戚相关的只有这满院兰花，我这样的生活是不是很另类？走在兰花之间，时刻都被花香包围，即便

是乌云遮日、心情低落的时候，看到这些绽放的花儿，似乎所有的抑郁、所有的愁绪也都随之烟消云散了。

心安处，即是家，想开了，即是福。徜徉在兰花中间，我的眼里只有花朵，花草相伴的小院，即是我最迷恋、最向往的家。

生活的恩典，是自己赐予的；理想的生活，需要不折不扣的努力，要想享受，需要创造，要有耐心，更需要付出，这个过程漫长，不知道想要的哪天会来，但肯定一直在路上。假如你忽悠了生活，忽悠了兰草，它就死给你看。不忘初心，长久经营，方能长闻兰香，连绵不绝。

宋代苏辙有《种兰》云：

> 兰生幽谷无人识，
> 客种东轩遗我香。
> 知有清芬能解秽，
> 更怜细叶巧凌霜。
> 根便密石秋芳草，
> 丛倚修筠午荫凉。
> 欲遣蘼芜共堂下，
> 眼前长见楚词章。

读完苏辙种兰诗，心潮澎湃，拿笔疯癫，一首《兰花吟》也应运而生。

兰花吟

> 诗思遇春句句亲，
> 更喜兰草院中生。
> 高风亮节比君子，

盆盆开花为何人？

寒风欲擅春风巧，

催出花剑似梅蕊。

侍弄不嫌香薰醉，

搬搬弄弄避天阴。

一花开后一花至，

花花围绕花中君。

书香岁月晴方好，

芝兰如影伴终身。

2022 年 2 月 12 日作于七里塘听雨斋

养兰，写兰，赏花，读书，美哉！

苔痕上阶绿，草色入帘青，谈笑有鸿儒，往来无白丁。居住在这样一个如诗如画的小院子里，最好是两个人、一只狗，故事也随四季兰香印刻在其中。

岁月漫漫，我自逍遥，南阳诸葛庐、西蜀子云亭，谁能比高下，小院好景，唯我独尊。

看花开花落一辈子，心旷神怡，怡然自得，美不胜收。

两瓶绿萝

岁末年初，天寒地冻，冷得出奇。

凌晨五点多钟我就揉着惺忪的睡眼，千不情万不愿地爬出热乎乎的被窝，浑身哆嗦着，左一层右一层地把自己包裹在内衣外套之中，搓着双手，瑟瑟缩缩地打着冷战，洗脸刷牙，都在加速度中瞬间完成，出奇地利索。

掏出手机看了看，离农班公交车六点发车还有五分钟，赶紧关灯、锁门、戴口罩，一溜烟跑到大门口。黑黢黢的站牌下，已经有早行的乘客在跺着脚，哈着手，不停地喊着"真冷"。

天阴沉沉的，刺骨的寒风呼呼地刮着，吹到脸上像刀割一样。偶尔老树上的寒鸦惨叫几声，天地旋又恢复肃杀和寂静。

身上厚厚的保暖棉衣无法抵御外面的寒气，我紧紧裹住围巾，还是感觉寒气直往脖子里灌，彻骨地冷。

夏日再热最多也只是感觉到窒息、喘粗气，降暑还是有多种解决方法的，而冬日的寒风是真真实实地扎进血肉里的。

呼啸的疾风咆哮着带着冰冷之气袭来，横扫千军如卷席，又如一把叛逆的利剑，透支着空气中仅存的温暖，寒冷汹涌肆虐，桀骜不驯。

街道的尽头，第一趟农班公交带着飕飕的寒风嘎吱一声停在了我的面前，上车、扫码、付费，利索地找到一个合适的座位，稳稳地坐下。

偌大的车厢里只有四五个乘客，零星地分布在各自认为合适的地方，或闭目养神，或翻看手机，或隔窗眺望，各有各的心思。

车子分秒不差地驶向县城方向，一路上出奇的安静，也许是因为寒冷，人们连说话都害怕消耗热量，故而紧闭双唇，拢紧胸怀，毫无表情，鸦雀无声。

偶尔有乘客上下车时，才感觉到一潭死水荡起了波浪，生了涟漪，溅起了水花。

东方渐渐明亮起来，鸡鸣狗叫声给大千世界带来了生机。早行的小商小贩或骑着电瓶车，或开着电动三轮，抑或驾驶着农用运输车，拉着各色农副产品，急急地向城里奔去，以期撞个头彩，卖个好价钱，然后再回购一些过新年的礼物，开开心心地过个欢乐祥和的幸福年。

举目四顾，原野上万木枯萎，单调乏味，大地一片萧瑟，凛冽的寒风一阵一阵地吹过，不留情面。

路上都是缩着脖子、拉紧了衣服领口、急匆匆的行人，空气中到处飘荡着寒冷之气，就连路旁的小花小草都缩紧了身子，只有香樟、冬青树还傲慢地伫立在道路两旁，给人一抹打眼的绿色，带给人一片惊喜。

寒风刺骨，像针一样穿透心灵，路边的行人已经绝迹，飞鸟走兽也消失得无影无踪，而我还独立于寒冷风口，为自己的痴爱不惜经霜斗寒走一回。

远处雾蒙蒙的，隐约闪现着小城的楼房和平房，模模糊糊。它们的顶上覆盖了一层厚厚的、白绒绒的霜，高高低低，错落有致，煞是好看。

路边的水塘里水清见底，少有的清澈给人带来一种暖洋洋的满足。

最近，忙里偷闲，把自己在政府大院的几间房子收拾了一下，改造成一处集书画创作、吟诗作文、聚餐品茗功能于一体的休闲之地，为一帮志同道合的朋友提供了一处节假日雅聚的根据地。

今天进城就是准备买几盆花草点缀一下环境，增加根据地的生机和活力。

连续逛了几家花艺馆，都没有找到合适的花卉能在这天寒地冻的季节养殖观赏，我带着不甘心走进一家姐妹经营的店铺。

宽敞的空间里布满了琳琅满目的花草，墙壁上、花架上、橱窗上、天花板上或放或摆、或挂或插摆满了大小不同、形状迥异的盆栽、瓶栽、插花，五彩缤纷，养眼，醉心，迷人，销魂。

我宛如刘姥姥进了大观园，惊叹不已。

啊，这才是我想要的效果，这才是我所羡慕的布局，这才是我梦寐以求的花花世界。

小姑娘见我全神贯注的模样，便走上前来怯生生问我想买什么。我告诉她想买两盆绿植放在书房增添一些诗意，寄托人文情怀，附庸风雅一番。

她笑着说，这样的天气什么花都不好养，同时建议我买点仿真花做摆设，我摇了摇头，说那样太呆板，更没有生机和活力了。

我一边继续欣赏她们的杰作，一边随口询问什么花卉在这个季节容易养。

她告诉我这个季节花都很难养，只好建议我买几盆绿萝试试，这种花不娇气，对环境、温度、水分、光照等要求不太苛刻，属于懒人花一类的品种，既可以土质盆养，也可以用玻璃器皿水养。

小姑娘滔滔不绝地普及养花常识，我受益匪浅。

绿萝是一种室内装饰植物，在家里栽上一盆绿萝，任其茎蔓从容下垂，宛如翠色浮雕，既能充分利用空间，也能净化空气，为室内平添几分秀色。

如果将绿萝放在办公桌或者书橱上，它那一条条的茎蔓就像是绿色的瀑布垂挂下来，那样的细软，那样的娇嫩，让人心生欣喜。

如果仔细观察一片嫩叶，能看到叶柄处长出的清晰的叶脉，在每条长蔓的顶端都有一个打着卷儿的小嫩芽，正生机盎然地茁壮成长。

绿萝的叶子碧绿碧绿的，像一颗颗绿色的小爱心，还像一滴滴绿荷叶上滚动的小水珠，更像小朋友们合拢的手掌。

它的枝叶十分茂盛，密密层层的，叶子摸上去十分光滑。

小姑娘见我站在花架前全神贯注地看着两只硕大的高脚杯里水养的绿萝，忙凑上来说，这两盆绿萝都养了两年多了，茂盛、葱茏、青翠，有着蓬勃向上的朝气，一直没舍得卖。

小姑娘说得情真意切，真的假的且不去论它，绿萝生长得的确旺盛，很有气势，惹人喜爱。

我下定决心，银子多少不论，买下。

　　我让她拿下来，小姑娘依依不舍，磨磨蹭蹭地搭着凳子从高处一一取下，用塑料袋装起，很不情愿地递给我，半天才松开手，隐约可见眼中有泪花在打转。

　　我，心满意足。

　　小姑娘告诉我，回家后用软布把叶片上的灰尘擦拭干净，再用自来水把根部冲洗干净后放入瓶中，最好放在空调房里，千万别养死了。

　　听她的口气，和绿萝确实充满感情，依依不舍。

　　看来我真是夺人所爱了。

　　回到家里，忙不迭地洗刷早已准备好的两只玻璃瓶，把绿萝根部清洗干净后，才小心翼翼地插入瓶里。

　　看着盈盈绿萝，心情瞬间从零下转到零上，从天寒地冻的坚冰瞬间变成热气腾腾的暖阳，心中洒满了阳光。

　　每当读书疲劳的时候，每当写作手麻脚酸的时候，每当思绪枯竭的时候，抬眼看一看生机盎然的绿萝，立刻会受到启迪和感染，精神瞬间由困倦转为斗志昂扬，继续奋笔疾书，策马扬鞭，在文字的海洋里挥斥方遒。

　　我们要学习绿萝的生存法则，学习绿萝的攀登精神，学习绿萝的适应能力，不怕环境恶劣，即使遇到挫折也要坚持不懈，不断地改变自己，使自己变得翅丰羽健，更加强壮。

日子是烟火

日子是烟火，而非风月。诗意和远方只是点缀，一蔬一米，粗茶淡饭，朴素踏实，才是生活的本色。

近日，忙里偷闲又翻起了纸质书，总想从中找回自己朝思暮想的儿时烟火味，调剂自己清心寡欲的生活，小心翼翼地翻开书页，闻着久已忘却的油墨香味，迷醉在铅字的阵营里，静静地享受读书人自得其乐的空闲时光。

读书，也是一种过日子的方式，是一种精致的生活、雅趣的生活、富裕的生活。

日子，就是一半烟火、一半情怀，一半工作、一半休闲，一半读书、一半写作，在世俗世界里同甘共苦。一起哭时，悲伤减半；一起笑时，欢乐倍增。

一个家庭最幸福的地方，一个是有烟火味的厨房，烟火味越浓，家里越兴旺，日子就会红红火火，人兴财旺；一个是有诗书声的书房，吟诵声高昂，家里就会诗书继世，忠孝传家，基业长青，根深叶茂。

好日子，需要烟火的熏烤，需要书香的浸染。烟火气的厨房里，藏着一个家的最大福气；阳春白雪的书房里，往往高朋满座，室雅兰香。

人是个神奇的存在，既喜欢独处时的孤寂自在，又向往人潮拥挤的热闹生活。

饭点儿的缕缕炊烟，是小时候对时间的第一印象，拿着书本心不在焉地等开饭是一种奢侈体验。那时候，早起读书，雷打不动，至于入脑有多少只有天知地知。傍晚，树下乘凉的人你一言我一语，都是人间烟火、至味清欢，读书声也消失在晚自习结束时的嬉闹中。

有时候生活真长，让你一边怀念一边忽略，循环往复；有时候生活真短，一个转身，被你忽略的已变成让你怀念的过往，只能怀想。

此时，我想起元末明初的陶宗仪在树叶上写下的《南村辍耕录》。他隐居乡间，一边耕种，一边教着学生，生活自然是清贫的，但却是自在的、满足的。

草庐简陋，案上却不缺少书籍。他不以落魄为苦，反以农耕为乐，常常身着幅巾布褐，独自放歌田园。在树叶上写字、在月光下弹琴的人，定是有着一颗诗意的心灵，懂得烟火味的甜美曼妙。

我翻阅着古书，徘徊在古人的诗句和故事中，寻找着关于生活的最原始的痕迹、最诗意的烟火、最动人的情节。

古时人们在物质条件无比匮乏的环境下，却能创作出那么多经典优美的诗词，似袅袅升腾的烟火，散发着迷人且深厚的文化底蕴，不但丰富了烟火生活，也倾倒了无数和我一样平凡而又热爱生活的凡人。

在烟火味中，感同身受也罢，不解其意也罢，有懂你的人也罢，无与你相知相和的人也罢，带着至真至纯至诚之心，走进人情世故，好好体验酸甜苦辣的世间百态，才能得到人间烟火的纯净味道。

诗意并不是空灵的，它是生长在生活缝隙中的一草一木、一粥一饭。抛下了诗心，那么我们所剩的就全是俗世之心了。生活原本庸俗，原本单调，如果心灵再披上庸俗的外罩，双眼中的点点星光就会消失在失却烟火味的无止境的枯燥之中。

赏花，听雨，聆风，写诗，画眉，下厨，凡是经过尘世烟火的淬炼，再加上诗心的浸润，一举手一落笔，光阴里便多了生趣，日子也就美了。生活，一半留给烟火，一半用来写诗，美哉，乐哉，悠哉！

汪曾祺说：四方食事，不过一碗人间烟火。生活无非就蕴藏在一粥一饭间。不如意之事常八九，而有烟火气的人无论身处何种境地，总能在柴米油盐里寻回对生活的热忱，那样的人，不会过得太差。有一句话说："孤独的人，

都要吃饱饭。"

人是铁，饭是钢，一顿不吃饿得慌。良言也。

吃得有滋有味，才能活得有滋有味。烟火味是公平的，没有厚此薄彼之分。

其实，我们每个人内心都想过优雅的生活，闲暇时喝喝茶，掼掼蛋，再放上一段音乐，手中有书便更好，和贤哲对话，活出闲雅的姿态，活出闲适的心情。可有时也免不了被生活弄得灰头土脸，再怎么掩饰也掩饰不了满脸的疲惫和憔悴，在这样的情境下，烟火味最能抚平皱褶的心灵。

即便如此，还是想优雅地过着日子，优雅地老去。优雅的前提是无拘无束，行动自如，如此才能摆正自己的心态，才能在烟火味中精彩地胜出。

"人间烟火味，最抚凡人心。"这句话最早见于《一日禅》：小小厨房，一把米，一瓢水，几颗红豆，慢慢熬煮，米豆在罐中低低吟唱，飘出人间幸福味道。红尘世俗，好日子，从烟火中熏出来。

一年到头在异乡奔忙，有吃不尽的快餐，也有尝不尽的美味佳肴，却始终抵不过家人亲手做的一顿家常便饭。

小时候，母亲做的饼还没出炉整个小院就溢出满满的香味，总是让我垂涎欲滴，每周父亲回家时带给我的卤猪尾巴的醇香融化了我。过年了，一家人围在一起烤炉火的画面成了幸福的回忆。

而今，时间都去哪了？它从我们的指缝间悄悄溜走了，这样的时光不会再有，只能一次一次出现在梦中。

张爱玲给人的印象一直是微仰着头，扶着腰际，眼尾斜斜地扫过来，一副高傲的神情，似乎远在俗世之外。前几日翻看张爱玲晚年的散文《谈吃与画饼充饥》，最初以为她写的食物必也是极挑剔、精致的，但在文章中看到的却多是颇具烟火气息的对小吃的精致描写，看来人生在世，无一例外都喜欢烟火味，喜欢烟火味的熏陶，享受烟火味给舌尖带来的美味。

繁华退却，粗茶淡饭才是人间至美。无须华丽铺张，无须精心粉饰，人间至味是清欢，生活难得烟火味。

林语堂说，人生幸福，无非四件事：一是睡在自家床上；二是吃父母做的饭菜；三是听爱人讲情话；四是跟孩子做游戏。凡人俗事，无有例外。

喧嚣市井，一巷一街，一家一铺，一摊一贩，皆是烟火。

世俗红尘，一饭一蔬，一箪一食，一壶一浆，皆是生活。

山河远阔，一叶一花，一草一木，一沙一砾，皆是馈赠。

一个有烟火味的家，仅有勤快的掌勺人是不够的，还要有愿意分享与赞美的家人，这浓浓的亲情才令人缱绻，这样的烟火味才让人留恋。

愿你我都能成为那个能够怀抱玫瑰下厨的女子，愿你我都能成为那个奔驰沙场不忘拾起树叶写字的人，愿你我都是拥有诗和远方的王者。

今日精彩，今生精彩，用烟火味把我们武装起来，在生活中所向披靡，战无不胜，攻无不克。

做一回闲人

在忙碌的生活中，闲人似乎拥有更多的时间去感受生活的美好。他们不被日常的琐事束缚，能够静下心来欣赏一朵花的绽放，聆听一首曲子的旋律，或是感悟一本书的智慧。

闲人的心境，往往能让他们在平凡中发现不平凡，于细微处感受生活的真谛。而忙人，虽然日程满满，却可能忽略了生活中的这些小确幸、小碎片。

我们生活在都市，偶尔放慢脚步，体验一下闲适的生活节奏，不失为一种心灵的放松。

所谓的闲人，看似无所事事，实则内心丰富，有一种超脱世俗的宁静，对生活有着独到的见解和感知。

而那些看似忙碌的人，却往往在追逐名利中迷失了自我。因而，要忙里偷闲，在繁忙的生活中寻找属于自己的宁静角落。

做一个闲人并不意味着放弃责任或逃避现实。相反，它是一种自我调节，一种在快节奏生活中找到平衡的生存艺术。

闲人懂得在适当的时候放松自己，他们知道如何在繁忙与宁静之间找到平衡点，从而让生活更加丰富多彩。他们享受着简单而纯粹的快乐，比如一壶茶、一杯酒、一本好书，或是一次轻松的散步。通过这样的方式，他们能够更好地理解生活，也更容易达到内心的平和。

在这个错综复杂的时代，凡事斤斤计较，是很累的，容易疲惫，容易受伤。因为生活本就不是一场精确的计算，它充满了不确定性和惊喜。缺憾就是美，闲人懂得欣赏生活中的不完美，他们不会被琐碎的得失困扰，而是以一种宽容的心态去接纳生活的每一个美丽瞬间。

他们知道，真正的幸福往往隐藏在平凡之中，而非那些刻意追求的成就和物质之中。

闲人有自己的天地，他知道如何寻找内心的宁静。他们明白，真正的修行不在于形式，而在于心灵的净化和自我格局的打开。

为此，在山林间，他们聆听自然的声音，感受风的轻抚和水的潺潺，从而达到一种与世无争的境界。闲人的心灵与自然和谐共鸣，他们通过与自然的对话，找寻生活的真谛和生命的意义。

人世间，任何关系，走到最后，不过是相识一场。有心者，必有所累，无心者，亦无所谓。情出自愿，不谈亏欠，一念起，天涯咫尺；一念灭，咫尺天涯。

在这样的生活哲学下，闲人对待人际关系也显得格外淡然。他们不会过分执着于人与人之间的纠葛，而是顺其自然，让一切随风起落。

他们懂得，每个人都是独立的个体，相遇是缘分，分离也是必然。在他们看来，真正的友情和爱情，不是束缚和占有，而是相互尊重和理解。

他们相信，即使人海茫茫，真心相待的人总会在分别后再次相遇。因此，他们不会因为失去而过度悲伤，也不会因为得到而过分欣喜，他们的心灵始终保持着一种平和与淡定。

人世间最好的相遇，不是在路上，而是在心里，最好的感情，不是朝夕相处，而是默默相伴，最好的陪伴，是你在，我在，一直在。

在心与心的交流中，无须言语，便能感受到彼此的存在。这种情感的交流超越了时间和空间的限制，它是一种精神上的共鸣，一种灵魂深处的相知。

闲人们珍视这样的相遇，他们知道，真正的陪伴不是形影不离，而是在彼此心中占据一席之地。他们明白，即使身处不同的世界，只要心中有爱，就能跨越一切障碍，感受到对方的温暖和力量。

闲人懂得欣赏生活中的小美好，他们知道幸福不是别人给予的，而是自己内心深处的感知，自我的满足。他们不会被外界的喧嚣所迷惑，而是专注于

内心的平静与从容。

在他们看来，幸福就像是一朵玫瑰，需要用心去感受它的芬芳，而不是仅仅用眼睛去观看。闲人的心中充满了对生活的热爱和对美好事物的追求，他们知道，只有内心充满幸福，才能真正看到生活中的玫瑰。

闲人懂得耐心等待和悉心培养。他们知道，真正的伴侣需要共同成长，而不是一蹴而就。在他们看来，爱情和友情一样，需要用时间去浇灌，去关爱呵护，如此才能开出最绚烂的花朵。

著名画家黄永玉说："要对得起每一顿饭，更何况这是一个这么有意思的世界。"他的童真率性，他的豁达洒脱，他的知世故不世故，他的嬉笑怒骂的生活态度，正是闲人们所追求的。他们不拘泥于形式，不被世俗所束缚，而是以一种轻松自在的心态去面对生活中的每一天。

他们懂得在平凡中寻找乐趣，在简单中发现美好，让生活变得不再单调，而是充满了色彩和活力。

如同一杯陈年佳酿，随着时间的沉淀，愈发醇厚。闲人们懂得，生活不在于拥有多少，而在于感受多少。他们珍视每一个当下，无论是与朋友的欢声笑语，还是独自一人的静谧时光。

在他们看来，生活就像是一幅画，每个人都是自己生活的画家，用经历和情感做画笔，描绘出独一无二的画卷，将人生涂抹得五彩斑斓。

在人生的旅途中，我们或许会遇到许多人，但真正能与我们心灵相通的，却寥寥无几。这种遇见，如同在茫茫人海中找到了自己的灯塔，照亮了前行的道路。这样的遇见，是心灵的契合，是灵魂的共鸣，它超越了言语，超越了时间，成为生命中最珍贵的礼物。

在宁静的夜晚，仰望星空，感受着宇宙的浩瀚与宁静。闲人的心中，没有繁杂的忧虑，只有对美好事物的纯粹欣赏。

汪曾祺说：浴一回月光，落两肩花瓣，踏一回轻雪，活着，看着，欣赏着，却没有患得患失的心情。

闲人知道，生活中的美好往往隐藏在那些不经意的瞬间，如同沐浴在月光之下，花瓣轻轻飘落在肩头，或是踏着洁白的雪地，感受着生命的每一个细节。

闲人在欣赏中生活，在生活中欣赏，他们不追求过多的物质财富，而是追求心灵的满足和精神的富足。他们相信，只有内心充满宁静和喜悦，才能真正地欣赏到生活中的玫瑰，才能在纷扰的世界中保持一颗平静而满足的心。

苏东坡说：且陶陶，乐尽天真，几时归去，作个闲人。对一张琴，一壶酒，一溪云。

闲人不被世俗的纷扰所困扰，不因名利的追逐而迷失。他们追求的是一种简单而纯粹的生活方式，一种心灵上的自由与解脱。在他们看来，幸福不是外在的拥有，而是内心的平和与满足。他们懂得，只有放下那些无谓的负担，才能真正地享受生活，才能在平凡中发现不平凡的瑰丽。

梁实秋有一句广为流传的话："人在有闲的时候，才最像一个人。"

在日常忙碌的间隙，我们不妨"偷得浮生半日闲"，听一曲音乐，读一首诗词，品一杯清茶，焚一炷沉香，换一颗静心，享一段优雅人生。

在这样的时刻，我们能够暂时抛开生活的压力和烦恼，让心灵得到片刻的宁静。这样的宁静，就像一场及时雨，滋润着干涸的心田，让我们的内心重新焕发生机。

在宁静中，我们能够更加清晰地听见自己的心跳，感受到生命的脉动，从而更加珍惜每一个当下。闲适的生活态度，让我们在平凡的生活中发现不平凡的美，让我们的生活变得更加丰富多彩，充满阳光。

在那样的时刻，将所有的得失都抛诸脑后，所有的事也不需计较与安排。闲看庭前花开花落，漫随天外云卷云舒。与清风明月共闲情，让这一刻的雅兴，还你做人的权利与尊严，变日常琐屑为诗与远方。

在这样的闲适时光里，我们仿佛能与古人对话，感受他们笔下的山水田园，体会那份超然物外的闲情逸致。我们的心灵得以与自然界的美好相融合，

仿佛能听到风的低语，雨的呢喃，让心灵得到真正的释放和净化。

在这一刻，我们不再是忙碌生活中的一个小小齿轮，而是成为自己命运的主宰，享受着属于自己的宁静与自由。

闲暇也罢，忙碌也罢，生活中，只有直面孤独，你才能理解生命的富裕和广袤。

闲人大多是孤独的，孤独并非总是负面的，它有时是自我发现和成长的沃土。在孤独中，我们有机会与自己对话，审视内心深处的想法和感受。这种自我对话是理解生命丰富性的关键，它让我们认识到，即使在最孤独的时刻，我们也不是孤立无援的。我们的心灵与宇宙相连，与每一个生命体共鸣。

通过直面孤独，我们学会了欣赏生命中的每一个瞬间，无论是喜悦还是悲伤，都是我们存在的证明。这样的理解，让我们的心灵变得更加宽广，能够拥抱生命的无限可能。

汪曾祺说："我有时走出房门，站在午门前的石头坪场上，仰看满天星斗，觉得全世界都是凉的，就我这里一点是热的。"

汪曾祺的这句话，道出了闲适生活的真谛。在宁静的夜晚，一个人的内心可以变得异常敏感和丰富。那一点温暖，是心灵的温度，是与世界连接的桥梁。在这样的时刻，我们能更深刻地体会到生活的美好，感受到存在的意义。

苏东坡说："谁见幽人独往来，缥缈孤鸿影。惊起却回头，有恨无人省。"人生总有些时刻，我们要独自面对。但正是这些时刻，塑造了我们独特的个性和视角。苏东坡的诗句，描绘了孤独中的自我对话和反思，以及那种难以言说的哀愁。

在孤独中，我们学会了倾听内心的声音，理解自己的需求和愿望。这种自我发现的旅程，虽然有时伴随着痛苦，却也是成长和自我实现的必经之路。通过这样的体验，我们能够更加珍惜与他人的联系，更加珍视那些能够与我们共鸣的灵魂。

人，孤独地来，孤独地去，没有人能永远在你身边，人生的本质就是孤独。然而，正是这种孤独，让我们有机会去探索自我，去理解生命的深度和广度。孤独不是一种缺失，而是一种存在的状态，它教会我们如何与自己相处，如何在寂静中找到自己的声音。

在孤独的旅程中，我们学会了独立，学会了坚强，学会了在没有依靠的情况下，依然能够站立。每个人都是自己故事的作者，孤独是笔，书写着属于自己的锦绣篇章。

叔本华有一句名言："只有当一个人独处的时候，他才可以完全成为他自己。"

孤独并不可耻，也不可怕，反而是上苍给你特别的馈赠，让你在迷茫中找到自己，让你勇敢地面对自己，并且深刻地理解生命，最终抵达静而生慧的崇高境界。

有句民谚：上庙就有烧香拜佛的心。这句话是说在庙宇的宁静中，人们往往能找到内心的平和与安宁。烧香拜佛，不仅是对神明的敬仰，更是一种心灵的寄托和自我反省的过程。

在香烟缭绕中，人们的心灵得以净化，烦恼和杂念逐渐消散，从而更加清晰地认识到自己的内心世界。这种仪式感，让人心生敬畏，也让人在忙碌的生活中找到片刻的宁静。

闲人，就是在这样的时刻，能够放慢脚步，静下心来，感受生活中的每一份美好，让孤独开出花来。

闲与忙的纠缠，分分合合，时至今日，方才明白，我们两个虽然在路上相遇，一直在闲与忙中挣扎，看似有缘，走的却是相反的方向。我们各自背负着不同的故事，朝着各自的目的地踽踽前行。

在人生的旅途中，我们或许会短暂地交汇，分享彼此的孤独与喜悦，但最终，每个人都必须独自面对自己的路。这种相遇与分离，是生命中不可避免的一部分，它教会我们珍惜相遇的每一刻，也让我们学会在分离后继续前行。

正是这些经历，塑造了我们独特的个性，让我们在孤独中成长，在成长

中找到属于自己的幸福。

一天午后，我在花园里看到一只蝴蝶，我深情款款地说：下次再见，要等来年。蝴蝶对我说：若是重逢，已是来生。

我与蝴蝶的对话，仿佛是时间的低语，提醒着生命的短暂和美好。我深知，每一次的告别都可能是最后一次，每一次的相遇都值得我们去珍惜。

在生活的长河中，我们都是过客，而那些短暂的停留，却构成了我们记忆中最温暖的篇章。

我学会了在每一次的告别中寻找新的开始，在每一次的重逢中感受生命的奇迹。就这样，我继续我的旅程，带着对未来的憧憬和对过去的感激，像一只蝴蝶，在花间翩翩起舞。

在生活的旅途中，等风来，不如追风去。我们不应只是被动地等待，而应主动地去追寻那些美好的瞬间。就像追逐风的蝴蝶，不畏惧任何的挑战和困难，勇敢地展翅高飞。每一次的飞翔，都是对自由的渴望和对生活的热爱。我们应当像蝴蝶一样，不被束缚，不被定义，为了心中对美好生活的向往，不断地探索，不断地前行，高傲地飞翔。

在追风的过程中，我们或许会遇到挫折，或许会遇到非议，或许会遇到摧残，但正是这些经历，让我们的生活更加丰富多彩，让我们的心灵更加坚韧不拔。

如此做回闲人，甚好；如此闲上一回，甚好。

忙里偷闲，活得明白，方为高手。

年味回来了

人间烟火处，年味渐浓时。不知不觉，今晚已是 2023 年除夕夜。

每个春节过年的氛围都是从红色开始的，当大门贴上春联和福字，当街头开始张灯结彩，当城市被一片红色包围时才更有年味。

今年的春节如何过？兔年来临前的大街上人来人往，门店坐销，地摊摆卖，各色商品琳琅满目，应有尽有，我们以往熟悉的烟火气悄悄地回来了。

出外打拼的男男女女就像迁徙的候鸟一样飞回家乡，光鲜的衣着和夹杂着普通话的家乡话便是很多返乡年轻人的标签。

迈出家门，社会才会流动，消费才会增长，发展才有增速。

水陆空运的售票处三年后再次排起长队，街头上彩灯再次点亮城市的夜色，娱乐场所重新拥有了昔日的喧嚣，社会流动带来的经济活力正在悄然释放。

跳广场舞的大妈一个个靓丽自信地走起舞步，练太极的大爷们招招式式拳打卧牛之地；商场超市又开始熙熙攘攘，人头攒动，摩肩接踵；饭店又变得人满为患，划拳、碰杯、敬酒，呐喊声阵阵……

药店里，退烧药摆满了货架，再也不会一药难求；口罩、酒精、消毒液价格又回归原点；曾经卖出天价的小儿退烧混悬液、布洛芬、体温计货源充足，再也没有谁去抢购、去囤货了。

医院里，即使是发热门诊也变得冷冷清清，住院部的床位也空了出来，曾经人满为患的小诊所也没人输液了。

放眼全国，春节回家的火车上人满为患，各大商场里人潮涌动，街道上熙熙攘攘，旅游景区人山人海。

年味回来了。

曾记否，一年中我们有大半的时间在外漂泊，只为了那碎银几两，为了那三餐有汤。不论成败，只要年关将至，再忙也会匆匆登途归乡，不为别的，只为能与家人闲坐，年味可期。

故乡今夜思千里，霜鬓明朝又一年。对许多国人来说，即将迎来的癸卯新年是三年来第一个回家团圆的春节。不能不说，这样的团聚，着实来之不易。这是党领导全国人民艰苦卓绝同心抗疫换来的，蕴含着伟大的牺牲，昭示着伟大的胜利，宣告着祖国的强大。

木村久一说：家庭应该是爱、欢乐和笑的殿堂。

年轻时，我们都渴望波澜壮阔的人生，直到岁月历练了我们的心智，才渐渐懂得真正的幸福是静水流深，波澜不惊。

现实生活中，只要家人在侧，笑语盈盈，这一世，便足矣。家人的宽慰，能够治愈我们所有低落的情绪，抚平一切孤单的伤口，使我们击鼓出征，战无不胜。

有人说，过年，是一张车票，一盏灯笼，一副春联，一串中国结；也有人说，过年，是一份红包，一盘饺子，一件新衣，一顿年夜饭……

年味里，总有道不尽的乡情，说不尽的故事，谈不完的语重心长。

辞旧迎新之际，不管你是客居他乡，还是与家人欢聚一堂，都别忘了照顾好自己。把酒言欢，把祝愿写在时光的信笺上收藏，把思念留在烟花里绽放，愿你一生被岁月温柔以待，活成最美好的自己。

疫情三年，没有听到过爆竹声。今年部分地区已允许燃放鞭炮，年终岁尾，爆竹声不断，此起彼伏。家家户户阖家团圆，酒席上，推杯换盏，欢声笑语，其乐融融。

寒随一夜去，春逐五更来。冬天就要走了，跳入眼帘的是雪映梅花梅更红，天气还是有点冷，但自然规律谁也抗拒不了，同时岁月也让我们的青丝变成了白发。

　　光阴如水，年华一去不返。人生当追求快乐，不可错过。珍惜每一天，过好自己的生活，做最好的自己。

　　"遥夜迟迟烛有花，家人欢笑说年华。"感谢上天的恩赐，疫情蚕食之下没去地狱赴宴的人，每人又分得一岁红利！

　　何须红尘问名利，本是兔年第一流。往昔年味眼前现，红红火火中国年。记得小时候过年，贴对联、贴福字是我们独有的特权，那种欣喜，那种快乐，那疯疯癫癫的劲头，无处不在，再忙再累也不知疲倦。箱柜、牛头、架子车、水井、粮囤、猪圈、羊圈、窗户门扇，都要很讲究地贴上内容不同且对号入座的春联，这春联里包含的是我们对新一年生活的美好向往。而今，各种印刷出来的春联越来越精美，却少了一份情怀，少了一份年的味道。

　　春节是游子归家、共享天伦的美好时刻，团圆的动力最强烈，团圆的场景最动人，团圆的氛围最浓厚。

　　除夕夜色越来越暗，窗外逐渐响起了零零星星的爆竹声，声音由小变大，直至响成一片，接天连地，震耳欲聋。

　　在兔年春节到来的时候，大家伙儿都回来了，团聚的习惯没有变，对美好生活的心愿没有变。

　　我凭窗远眺，看着天地间的璀璨，听着烟花冲破天际的鸣叫，默默地回忆着儿时浓浓的年味儿，静静地期盼着新一年的生活能顺心如意，万福平安。

　　烟火回归，生活如常，年味渐浓。人们欢聚过节，既是找回在一起的勇气，也寄托着历经大疫三年考验之后的新希望、新追求。

　　宋代王安石《元日》云："爆竹声中一岁除，春风送暖入屠苏。千门万户曈曈日，总把新桃换旧符。"祝愿人民皆好，天地皆好，祖国皆好，等到春暖花开之际，一切美好都会如约而至。

匆匆，太匆匆

年，就这样以白驹过隙的速度与人辞行，很多人还沉湎在你邀我往的推杯换盏中浑然不觉。

一连几场大雪接踵而至，过惯了安暖舒适生活的人们有些不知所措了，瞳孔放大，懵懂，不知其所以然。

真是难得一见的大雪天气，好多年没看到这样的盛况了。

瑞雪兆丰年，想来今年应该是个好年景，有个好收成，不负农人的含辛茹苦，不负工友的昼夜劳碌，不负早春草长莺飞的美景，不负乡村振兴的踔厉前行。

人生几个秋，眨眼付东流。好看的，要看看；好赏的，要赏赏；好玩的，要玩玩；好吃的，要吃吃；好去的地方，要去去。

黑发垂髫不知愁，而今，白发染两鬓，看山是山，看水是水，看人还是那个人，可是江湖不再是原来的江湖，真的让人无所适从。

一年又一年，饮食已今非昔比，但为了保持身材，好吃的不敢吃，瘦肉嫌太瘦，肥肉又怕腻口，想吃红米饭，喝南瓜汤。可惜的是，不能穿越到饥肠辘辘的年代去寻找，即使去，也找不到，又有谁真的愿意回到贫穷的日子，放弃满嘴流油的幸福生活呢？

灯红酒绿淡化了太多人的危机感，古训已成为笑谈。奢华的饕餮盛宴，消解了对食不果腹的忧患，人们安逸得有些理所当然了。

日子过得有条不紊，忙的，继续忙碌；闲的，依旧看蚂蚁上树，小鸟打架，野狗掐鸡。

这日子过得，恬淡，索然，淡然，消耗的是时光，虚度的是年华，死去的是灵魂。

听说邻村梅花有几千亩，灿然开放，煞是好看。心动，忙里偷闲，乘着雪后初晴，乘着好时光，带着别样的情趣，走起。

赏花是个噱头，实为采风，踏青，访友，时间虽短却从容。一路向前，有雪，有伴，有趣，有盼，有烟火，有诗画，有吟哦；古镇，小巷，回廊，拱桥，亭阁，处处是景，处处炊烟袅袅；梅花正酣放，嫩柳在拱芽……人们各取所需，喜欢看啥就找啥，不负这匆匆时光与无尽的芳华。

赏过这雪景，归巢铺宣纸，照猫画虎，挥毫泼墨，也能栩栩如生，江南北国，跃然纸上。境外意，弦外音，画外味，墨内韵，笔底情，色间美，一应俱全，千愁解。

人生，就是一段一段的旅行，一场一场的遇见，遇见谁都是一场绚烂的花事。想谁谁来，想啥啥有，顺天意，莫强求。

此时正是月高悬，看月是月，看月非月，一如出现在我生命里的那个你，千思万想影重重，才下眉头，又上心头。

人潮拥挤，能够在月下遇见你，在灯海中碰上你，已是一种难得的缘分，更何况相知相伴看花灯，观龙狮，好尽兴。

感谢你的出现，感恩你的陪伴，虽匆匆，不匆匆，因为有你，生活变得丰富多彩又从容。

此生有幸，得你相伴，心怀感恩，常存感动。

时至元宵节，呈上汤圆几碗，博君一笑——

汤圆甜蜜蜜

灯笼映红十里巷，

汤圆献艺众人赏。

穿越八苦履平地，

截和不惊调攻防。
三千年出梁红玉，
翘楚才能统八荒。
龙狮舞动月影摇，
诗意元宵味道长。

人生最好的安放

人生也有春来早，三秋期盼春快到。安放牵缠妥帖处，心有灵犀情未了。

一段长长的友谊，十分平淡，冬去春来，几十个春秋依然潺潺奔流，表面波澜不惊，水底是滚滚激流。

这是常人不可理解的交往，也是常人难以忍受的交往。

君子之交淡如水，高山流水觅知音。

一对男女被人世间的天河相隔，聚少离多，厚重的牵挂却如星河之水越流越浓，每当风雨交加的时候，每当冷暖更替的时候，每当愁绪来临的时候，每当幸福敲门的时候，他们就会心照不宣地聚到一起，会心一笑，便是人生安放的极致。

一切的言语都是多余的，苍白的，疲倦的，累赘的。四目相对，沉默，一切的一切迅疾下了眉头，也下了心头。

你，还记得昨日我们言少时短的暖心交流吗？还记得谈书论技的侃侃而谈吗？还记得别时一步三回头的依依不舍吗？所有的所有都深埋在你我心灵的港湾，天知地知你知我知，一千年一万年依然葳蕤葱茏，鲜亮滴翠。

晚上进入梦乡前给你留言，愿你梦中有我，诸事顺遂。

早晨起床，习惯性地打开微信，你的短信宛若早春的花信子，蹦蹦跳跳地来到我的面前——兄长早上好！迟复为歉！

昨晚来了几拨顾客，订了几拨单，都是元旦婚期的客人。

等忙完后回家，又忙着给小孩儿做夜宵，等一切忙完已是夜静更深，没好意思扰你晚寝时间。今早到店后，就立马回复你了！虽迟没忘！呵呵！呵呵！

实在不好意思，做这琐碎生意为生，常常身不由己！希望兄长多理解！

在此也谢谢兄长时常挂念！

被人关心惦记是一件多么幸福开心的事情。

昨天兄长忙里偷闲，来我小店小憩也算一份意外欣喜。

谢谢兄长友谊情长，这些年我虽然生意平平淡淡，也算是靠自己勤勤恳恳自力更生了。虽无大智大为，也算做了一名诚信守道的小良民吧！

兄长平日如果有什么小事需要我跑腿的，当然我只能做些小事，只要我在店里，都会义不容辞，放下手头事，先去替你跑。

相遇是缘，一晃都到了人生的深秋。景色渐浓，看山是山，看水是水。

虽说活得明白，但人生繁杂，也多有无奈，无愧于心我想才是人生最好的安放。

像我这样文不能定国，武不能安邦，只能做一只勤劳的小蜜蜂，不给社会添乱，不给亲朋好友添麻烦，我就觉得满足了。

希望兄长勿笑我这燕雀之俗能和这平庸的满足吧！

兄长这些年怀着鸿鹄之志，事业做得有声有色，风生水起，我也替你感到高兴！

又啰唆了，长话短说，无论岁月如何，只要我在经营小店，只要兄长想起，你来，我会清茗相待，你走，我祝你一切顺遂！

品读你的留言，看似漫不经心的语言却诗意潺潺，似无风湖面般静美，但每一字都出自灵魂深处，很多语句都似跳跃起舞，火花璀璨，震撼心灵，会心者识，知己者明。

我们总是天各一方，却做着心有灵犀的传输，你的信息中化用的燕雀安知鸿鹄之志的典故，恰巧我也在用，这是上苍对你我的眷顾。心有感应，你开口，我说话，你迈腿，我出发，分不开，一如连体婴儿，同呼吸，共命运，一生相伴，不离左右。

只不过我是在写我省著名书画家方茂鸿先生的专访文章里使用，而你却在心灵独语中娓娓道来，恰如其分的遣词造句，让我看了激动、开心。

你，娓娓道来：兄长文笔细腻，感情丰富，字里行间时常闪烁星辉之光，骨子里溢满文艺的脉动，感谢缘分使然，感恩你我文心缥缈若连，若我能有灵犀相及的语言为你加彩，也没有白费这份长长的友情积攒下的飞思之鳞片。

岁月清欢，你我各自相安，无论身处何方，能被想起，也算是这清浅岁月深处一抹淡淡的清香。

是啊，进入彼此心底的人，才知道如何让彼此相互安暖，即使寥寥数语，即使一张图片，即使一枚符号，彼此都能读出所蕴含的关爱，哪怕经年不晤，四季无讯，彼此都在内心祈祷顺安，知道没有消息就是最好的喜讯。

人生大吉，你我大吉，家庭大吉，事业大吉，方是你我今生最好的安放，是你我大吉之中的大吉。

心有心的庭院安放，心有心的仓库收藏。心有所属，自然安静，彼此神会，默契一致，这才是最好的安放。

铢积寸累，日就月将，这都是我们矢志相守丰硕的收获，是你我酿造的顶尖原浆美酒。

秋之花叶已经开始凋零，片片花瓣随风飞扬，随水漂荡，随着你我的身影画上最圆满的符号。

昔日，它曾为谁绽放了自己最美的容颜，而今，哪里是它停泊的港湾，哪里是它栖息的口岸，谁又能为它辟一块净土让它在属于自己的星空璀璨？

年轮的吃水线，在每一次的春夏秋冬的更替间测量出你我的负重，生命的印记布满我们五彩缤纷的旅程，深深浅浅，浓浓淡淡，曲曲弯弯。

生命中，谁成了你我记忆中的点。

生命中，我们成了谁回眸处的星。

再见落花，我们都会拈花一笑，浓淡枯湿的花间语随风潜入心灵的深处，温软可人，无法防御。

我们会将它小心收藏在你来我往的纸短情长中，任馨香点点，在起舞的书页中微微荡漾，无休无止。

这是多么充满诗情画意的安放，你我一千个一万个如释重负的安放。

梅花妒，菊含羞。红梅开处冠秋冬。骚人可煞情思动，何事当年不见收。

蜡梅红，秋意浓。相逢伫立景色中。四目相对情思涌，真挚友谊不轻松。

路虽远，行必至；心摇曳，归则安；谊若浓，藏则乐。

步步紧逼

西安之行，惊恐不断，我们就像夏天的雨点，在防疫的电闪雷鸣中面目全非，一路南下，逃之夭夭。

新冠疫情的长鞭抽打着我们，毫不留情，我们刚从无风险地区办完退房手续，赶赴朋友预定的咖啡厅，宾馆所在雁塔区就被划为了高风险地区。

我们暗自庆幸没被圈在隔离点，眼看就要到咖啡馆了，一条微信跳入眼帘："我们小区一墙之隔的城中村今天被划成高风险区了，我们都被管控了！这次见不上面了。"朋友的关照溢于言表。

没有了路标，立刻停车，六神无主了，去哪里？此时感觉不论什么地方都有随时被划为高风险地区的可能，我们随时都有被围困寸步难行的风险。

赶紧拨通榆林朋友的电话，准备去那里暂且歇歇，不料那里疫情更为恐怖，进出通道全部封闭。此时，我们就像漂浮在大海上的孤舟，失去了方向。

正在考虑何去何从时，一名女交警跑了过来，说道："同志，不能在这里停车，这里一会儿有可能被划为高风险地区。"

真的走投无路了，怎么办？怎么办？不能无缘无故地被管控啊，可哪里又是我们停泊的安全岛呢？

返回，只有返回，自己的家乡是无风险地区，这才是唯一的逃生之路。启动车子，加大油门，一路狂奔，马不停蹄。可家乡离这里有一千多公里，总不能吃喝拉撒一直在路上啊，再说精力也跟不上，更不能疲劳驾驶啊！如果那样，还不如待在隔离区，至少性命无忧，还能享受爱的呵护。

掏出电话，联系河南伊川的朋友，话筒里传来了惶恐的声音："哥，别过来，我们这里被封控了。"妈呀，屋漏偏遭连阴雨，船破又遇顶头风。

我，彻底失去了耐心，无力地扔下电话：天不助我啊，看来去哪里都不安全，只有发挥红军二万五千里长征的精神，飞夺泸定桥，强渡大渡河，逢山开路，遇水搭桥。

鲁迅先生在散文《故乡》中说："我想：希望本是无所谓有，无所谓无的。这正如地上的路；其实地上本没有路，走的人多了，也便成了路。"

是啊，求人救助不如自救，于是乎，我们又抖擞精神，一路向南，累了，就到服务区停车休息一会儿；饿了，就在服务区买盒饭充饥。须知，沿途的服务区只提供盒饭，不允许堂食。我们只能端着盒饭，随便找一个地方狼吞虎咽。

累了，就在车内蜷缩解决，虽然很受罪，倒是省了些许银子，不是我们不愿消费，不愿活跃地方经济，是心有余而力不足，无能为力。

从离开西安开始，一千多公里，一路上经过那么多的城市，没有一辆小车与我同行，此情此景，才让我真正理解疫情三年多给国家给人民带来了多么可怕和不可估量的损失。经济一如潺潺奔流的小河，此时却面临断流，干涸。万人翘首，期盼甘霖从天而降。

这时，我才想起中午抽暇去曲江、大雁塔、吟诗台寻访厚重西安文化历史时导游和我说的一番话："一看先生就不是来旅游的，你是来办事的。我都很长时间没拉过游客了。这里基本上见不到外地游客，偶尔只有几个本地人在这儿闲逛。"

是啊，可恶的新冠病毒，你不但伤害人类的性命，还迟滞了经济的发展，但转念一想，天灾人祸也没法归罪于谁。

就这样，经过十几个小时的鏖战，终于回到了亲爱的故乡。

当我走下高速，接受完检查后，不由得双臂轻扬感叹道：还是家乡好啊，我回来了！

一个人过节

以前，因为工作的原因，为了机构的做大做强，奔波在各个城市之间，来匆匆，去匆匆，一心扑在工作上，无暇顾及家庭，一个人庆贺节日是家常便饭，年复一年，也习以为常，从不觉得委屈、乏味、孤单。

而今，过惯了阖家团圆、其乐融融的日子，整日徜徉在幸福中，闲庭漫步，逍遥自在，偶尔碰上一个人独享的佳节，总觉得少了点什么，不适应，很别扭，甚至很受伤。

舒服暖心的日子，磨平了气冲霄汉的奋斗意志，束缚了九天揽月的雄心，迟滞了两军对垒时勇者的双脚。自古雄才多磨难，从来纨绔少伟男。花盆里长不出参天松，庭院里练不出千里马。是也，然也。

一个人的节日，不再有花团锦簇的浪漫，不再有忘乎所以的满足，不再有得胜凯旋的自豪，也没有了当今之世舍我其谁的雄心壮志。

一个人的节日，花儿没有了玲珑剔透，草儿失去了光鲜与灵性，鸟儿的鸣声喑哑沉闷，就连蛙声一片也不再给人以冲动，一切都归于安稳，一切都归于平淡无奇，波澜不惊。

一个人的节日，再也没有在江南小镇高雅包间独饮红酒的自得其乐，也没有了在淮北排档狼吞虎咽羊肉大葱的大快朵颐；再也没有在皖东乡野采摘桃莓的悠然恬静，也没有了皖西大裂谷滑行玻璃栈道上的惊心动魄；再也没有了一个人在 KTV 包厢做麦霸的豪情万丈，也没有了在郊外农家乐餐厅大碗喝酒、大块吃肉的酣畅淋漓。

一个人的节日，可以沉下心来想想海南鹿回头的来龙去脉，可以将将望尽天涯路的九曲回肠，可以畅想大漠孤烟直的旷世奇观，可以感悟凿壁偷光、悬梁刺股蕴含的知识的力量，可以感慨杜十娘怒沉百宝箱的无助与绝望。

　　一个人的节日，小菜几碟，清酒数杯，米饭若干，伴随着红米饭、南瓜汤的音乐，想象"黄洋界上炮声隆，报道敌人宵遁"的欢天喜地。登斯楼也，把酒临风其喜洋洋者也。

　　一个人的节日，轻敲键盘，驱赶文字赛跑；展卷读书，沉浸在古人的忠孝礼义中不舍昼夜，亦歌亦舞。

　　一个人的节日，乘晨曦微露，踯躅于羊肠小道，看旭日东升；看落日西沉，漫步田园，观云卷云舒，好不自在。

　　一个人的节日，搬搬花，弄弄草，整理一下书架，看看昔日在报刊上发表的旧作，神思飞舞，意味悠长，感慨万千。兴致来时，拿起斗笔，挥毫泼墨，写出颜筋柳骨的风范，乐不可支。

　　一个人的节日，可以赏赏花，嗅嗅香。秋天来了，桂花的香气弥漫在空气中，虽然桂花形小，但也掩不住芳香溢远。李清照词赞桂花为"自是花中第一流"，桂花理应当仁不让。"中庭地白树栖鸦，冷露无声湿桂花。今夜月明人尽望，不知秋思落谁家。"王建诗中的桂花是多么恬静、多么旷达，此刻触景生情，无限憧憬在心头，放不下，剪不断，理还乱。

　　一个人的节日，可以关掉手机、微信、QQ、MSN 等一切可以跟别人联系的工具，把自己置于无人能及的孤岛，体验一下与世隔绝的美好与神奇。

　　一个人的节日，可以过得很精彩，把自己栖息的地方收拾得干干净净，不管房子漂不漂亮，院子宽不宽敞，桌子亮不亮堂，椅子高不高档，只要收拾时加点心思，总会很舒服，很顺眼，很走心，毕竟是自己一席小小的领地，我的地盘我做主。然后放着音乐，看自己喜欢的书籍和电影，晚上下厨做点符合自己口味的美食，点上蜡烛，朦朦胧胧，浮想联翩，瞬间满屋子都是浪漫的气氛。

　　如果实在不想费心劳神，害怕弄得锅碗瓢盆叮当响，也可以点外卖，就餐时同样也点上蜡烛，一个人的烛光晚餐多么美妙。其情其景，人神羡慕哦！

一个人的节日，即使孤独寂寞，也不随便把自己交出去，也要把自己装扮得花枝招展，引人瞩目。

一个人的节日，做自己喜欢做的事情，怎么样都不累，一如满池荷花，迎风而歌，随风而舞。在这个乱花渐欲迷人眼的世界，活出自己的风采，我不言败，谁能败我。

岁月不居，时节如流，又是一个节日款款来临，天南地北人欢马叫，欢天喜地，四方食事，终是抵不过一碗人间烟火。我虽是尘世间的惆怅客，独自清欢，但丰山瘦水皆见喜气，自由自在，自得其乐，优哉游哉。

一个人的节日，必须热热闹闹，营造好环境，收拾好心情，穿上好衣裳，准备丰盛的饭菜，将客厅电脑里的"酷狗"打开，放上一首古琴曲，静享一个人的美好时光。

李商隐诗云："锦瑟无端五十弦，一弦一柱思华年。庄生晓梦迷蝴蝶，望帝春心托杜鹃。沧海月明珠有泪，蓝田日暖玉生烟。此情可待成追忆，只是当时已惘然。"有诗有酒时空自由的我，文绉绉地吟诗诵词来表达一个人的节日的幽静安好，满桌子杯盘器皿都被诗韵感动，我也如孔老夫子一般，手舞足蹈，美哉，乐哉。

此刻，我终于明白，人活一世，靠谁都不如靠自己，即使一个人的节日，也不能过得骨感瘦削，需要具有满满的仪式感，不仅仅是为自己，也要对得起家人朋友的惦记。

同时，我要努力学会好好爱自己，做自己最坚实的依靠。

有和我一样的朋友吗？在一个人的节日，仪式感满满，活出一个人的风采，过好独属于自己的日子，在尘世间越过坎坷，自在独好，令人羡慕。

地摊经济：大风起兮云飞扬

地摊经济、小店经济的春天来了。

李克强总理亲切称赞地摊经济、小店经济是人间的烟火，是中国的生机。

中国政府网报道：李克强 2020 年 6 月 1 日上午考察山东烟台一处老旧小区。在小区对面，许多商户在店门前摆起了摊位。总理来到一家名为"苏家麻辣拌"的熟食摊前，问摊主疫情期间受了多大影响、是否享受到房租减免、员工工资能否照发等。这位个体老板说，疫情期间生意几乎没了，但房租减免了 4 个月，总算渡过了难关。现在经营基本恢复了正常，加上又允许在店外摆摊，很受市民的欢迎，人气慢慢回来了。

李克强关切地询问围拢过来的商户和摊主，前几个月收入降没降。大家普遍反映差不多降了三四成，好在国家及时出了扶持政策，总算挺过来了。一位摊主对总理说，我们现在活过来了，将来我们要报效国家、服务社会。

李克强说，国家是人民组成的，人民好了，国家才能好。靠每个人的奋斗，大家都好了，国家就更好！地摊经济、小店经济是就业岗位的重要来源，是人间的烟火，和"高大上"一样，是中国的生机。市场、企业、个体工商户活起来，生存下去，再发展起来，国家才能更好！我们会给你们支持的。

随着近几年互联网上呼喊的"新零售"开始落地，原以为摆地摊会成为一种被时代淘汰的商业文化，会作为历史的见证被收藏到博物馆里，从此消失在人们的视线中。没想到在这藏着人间烟火的地方，在最接近底层生活之处，在深藏着世间百态和人间冷暖的地方，在恰当的时候、恰当的节点竟灿然开花，一花引来百花香。

什么是地摊经济？地摊经济是指通过摆地摊获得收入来源形成的一种经

济形式。地摊经济是城市里的一种边缘经济，一直由于影响市容环境而不能登堂入室，但地摊经济有其独特的优势，摊主经营费用低，没有转手费，没有装修费，没有租金压力，没有雇员工资压力，不用交税，同时地摊经济在缓解就业压力方面具有其独特的作用。

下岗职工、失业人员、城市新增的劳动力、离开了土地的农民，更有不少在职的员工在下班后也会去摆地摊，为的就是帮补收入。这样自发的、非正规的就业方式在一定程度上缓解了就业压力，不仅有充足的存在依据，更有着积极的现实意义。没有百姓便利的生活条件，大城市就会萎缩，流通业发展也将失去根基。

地摊经济作为一种商品交易形式，自古以来就一直存在，无论经历朝代更替还是社会变迁，始终活跃在普罗大众的生活中，生生不息。市井的繁华程度大多取决于摊位的疏密、店铺的多寡、客源的流量，地摊经济不仅繁荣了城市，同时也活跃了经济，带动了消费，并成为一种文化。

《清明上河图》若没有围绕市井商贩打造的热闹氛围，恐怕也会失去许多神韵；1942年张爱玲在《更衣记》的结尾写道："秋凉的薄暮，小菜场上收了摊子，满地的鱼腥和青白色的芦粟的皮与渣。一个小孩骑了自行车冲过来，卖弄本领，大叫一声，放松了扶手，摇摆着，轻轻地掠过。这一刹那，满街的人都充满了不可理喻的景仰之心。""酒旗戏鼓天桥市，多少游人不忆家。"这是著名剧作家曹禺先生描绘昔日老天桥胜景的质朴诗句。

纵观古今，"货郎""灯会""庙会"等名词都留下了地摊文化深深的历史烙印，为地摊经济标明了生动的注脚。在没有城管的年代里，晚上出去吃路边摊、逛夜市是很多城市中一道抢眼的风景，一种令人开心的休闲方式。

地摊经济经历历史的长期积淀，传承着地域特色和人文风情，丰富了城市的文化结构，牵引着人民的心脉，经久不衰。

地摊经济能够营造一种特殊的城市街头文化，丰富城市的魅力，展现城市的繁华。摊点上摆放的物品通常体现着当地的风土人情，不论是生活区、闹

市、城乡接合部还是旅游景点，都能让市民与游客感受地方的特殊风味。同时，也给人们的休闲娱乐提供了新去处、新玩法、新体验。

从一定程度上看，现今的地摊经济不仅仅是一种商业形态，更是一道人文景观，它们以独特的形式与内容丰富城市文化，展现城市风采，彰显城市特色，吸引五湖四海的游客纷至沓来。

北京、上海等地兴起的"创意市集"热火朝天，招徕四面八方的游客慕名而来。在这种风格独特的集市上，一群有才华的艺术家在一个固定的地方集体摆地摊，展示出售自己的作品和创意文化成果，堪称对地摊文化的一种升华、一种补充、一种创新，一种充满活力的新型地摊经济华丽转身，闪亮登场。

今年全国两会期间，全国人大代表杨宝玲提出，要释放地摊经济活力，建议在居民区等地域提供限时摆摊经营的地点，搞活地摊经济，扩大就业，拉动需求。一石激起千层浪，一时间，她的体恤民情、符合民意的话语得到广泛的称赞和响应。

中央文明办在今年全国文明城市测评指标中明确要求，不将占道经营、马路市场、流动商贩列为文明城市测评考核内容。

其实，地摊经济一直都在，只是城市管理者未给予其合法性，其只能作为一种边缘经济形态存在。在全国各地，沿街叫卖的小商贩和城管这对"天生冤家"已经斗智斗勇了几十年，从"猫捉老鼠"到暴力对抗，一幕幕市井闹剧在人们习以为常的眼光中不断上演。

不可否认，地摊经济在便利一部分经营者经营的同时，不可避免地会给城市管理带来一些麻烦。然而，在国际金融危机蔓延、新冠肺炎疫情猖獗、就业压力加剧的背景下，解放地摊经济意义非同凡响。它不仅可以拓宽就业渠道，也能让作为弱势群体的小摊贩以极低的成本维持生存。可以说，地摊经济也是市场经济不可或缺的组成部分，不但可以解决很多人的就业，还能满足普通百姓的生活需要，活跃城乡经济交流。在我国香港地区，就有以九龙庙街为代表的夜市，每天人流不断，热闹非凡。据介绍，我国台湾地区就有摊贩 44 万余人。

市场上很多小店也是从地摊起家的。他们经过多年的打拼，有了一定的积蓄，进而盘下店铺，开始了固定经营。可以说，从室外到室内，从地摊到小店，是符合城市发展规律、顺应消费升级、促进城市文明的自然选择。

大生意发家致富，小生意养家糊口。感谢李克强总理对地摊生意人的大力支持。这是地摊经济发展的大好时机，对于地摊经济的从业者来说，也需要合法经营，不能一味为了盈利而忽视产品质量，以次充好，给地摊经济抹黑。同时，政府还要在现行法律框架下，进一步细化制度，提高可操作性。实践一再证明，在地摊管理上决不能"一刀切"。什么地方摆、什么时间摆、摆什么、怎么摆，还有地摊的准入机制是什么？如何在有限的地摊区域保证公正公平？都需要各地按照实际情况因地制宜、精准施策，还要积极听取周边市民、商家意见，才能切实让地摊经济发挥最大作用，才不至于让小店经济重回"地摊"之路。

人间烟火味，最抚凡人心。有了一个个地摊的存在，我们生活的城市才不只有钢筋水泥，不只有亮丽的外表，才是真真正正适合凡人居住的地方。在我们中国人的观念中，街头巷尾那一声声地摊上的叫卖声，还有小贩摊子上飘起的食物的香味，就是真真切切的人间气味啊！

总之，我认为允许老百姓摆地摊，这不仅体现出了社会的温暖，也可以增加社会就业，带动相关产业的发展，但是在摆地摊的过程当中，大家也要遵守社会秩序，遵守法令，爱护环境，只有大家共同遵守社会规则，地摊经济才能发挥出最大的社会效益，人间烟火味才会袅袅升起，永不停息。

酒逢知己

酒逢知己饮，诗向会人吟。

喝酒的至高境界是让我们轻轻地闭上眼，体验香醇的液体悠然滑过舌尖，甜甜地过喉，滑滑地入嗓，暖暖地蠕动在腹间，悄悄地潜进血脉中，徐徐地游离在鼻息里，然后轻轻地吐出……

这是多么美妙的人间至真至纯的大境界、大享受、大体悟啊！

美酒的美，是高山的美，是河流的美；是极地的美，是热海的美；是仁和之美，是友善之美，是和谐之美，是中庸之美；是包容的美，是自我感知的美，是独自陶醉的美，是大美不言的美。

可见，喝酒本身就是一种美的享受，是一种怡然自得的放松，而我们凡夫俗子却很难把握分寸，乐极生悲，往往事与愿违，把喝酒喝成了受罪，甚至喝成了犯罪。

斟满醇香的美酒，情怀无须言说，悲喜无须表达，交流无须遮掩，推杯换盏时，杯杯美酒懂得我们的英雄气、儿女情，懂得我们的书生意气、侠肝义胆，懂得我们的超然心态、包容胸怀，让我们把酒临风，喜气洋洋。

酒为助兴，酒为壮行，酒是力量。

"将军额上能跑马，宰相肚里能撑船。"没有如此博大胸襟，谈什么喝酒？

"五花马，千金裘，呼儿将出换美酒，与尔同销万古愁。"没有如此深厚豪迈的兄弟情义，怎么能喝得尽兴？

"古来圣贤皆寂寞，唯有饮者留其名。"没有如此放荡不羁的豪气，怎么能成就万世伟业？

我的酒量虽不是与生俱来，但久经锻炼，很少喝醉，只要在酒场上按兵不动，只防不攻，都能应付自如，不出洋相。醉酒不属于我，即使偶尔醉酒也是因为对方的攻击性太强，得理不饶人，故而只好"舍身取义"，和对方双双牺牲在对酒当歌的你来我往中。

一杯小酒，往往是朋友之间沟通的重要媒介，须知酒越喝感情越厚，赌博越赌友谊越薄，这是几千年的老话，妇孺皆知。人生需要朋友，需要沟通，需要走动。再优秀的人，如果没有朋友，也好比一片红花没有绿叶为伴，更看不到枝干的陪衬，惊艳之后只剩乏味单调，形单影只，没有生机。

多数人喝醉酒不是被别人劝醉的，而是在劝别人喝酒时把自己喝醉的。太讲礼节，是醉酒的罪魁祸首。

记得有一次，朋友的朋友造访，他让我邀约了一帮好友助阵，个个都是半斤不醉、一斤不倒的主，以期让朋友的朋友感觉到被尊重的快意。

见面酒之后，又炸了一通罍子，此时每个人都已经醉意朦胧，语无伦次。此时此刻，当酒入喉时，有一种破裂的声音，有一种干涸的田野遇到甘霖的啪啪声响，仿佛绝望的歌唱。

我，开始站立不稳，心旌摇曳，语言有些"抑扬顿挫"，我多么希望能畅饮不醉啊，多么希望酒河的对岸有人来渡我，更希望有人在等我，为我宽衣，为我递茶，为我释怀。

明知道酒醉时的任何承诺都是苍白无力、不堪一击的，犹如漫天飞舞的雪花，遇水则化；明知道太多的酒在腐蚀着自己的大脑，在侵蚀着自己的生命；明知道一个酒醉的人在清醒的人面前就是丑态百出，但总会用你醉时我看你洋相百出，我醉时就让你看我丑态百出的思想来安慰自己。

喝啊喝，感情深一口闷，酒是一种灵感和情感的催化剂。酒杯高举，你我是兄弟，我与君今宵同醉，我语无伦次，结结巴巴。

就这样，在你来我往的觥筹交错中，饭桌上已是杯盘狼藉，我和朋友们也大多酩酊大醉，东歪西倒，嘴里还叽里咕噜地胡说八道，不知天高地厚。

世界之大，大不过一杯酒，一切都在酒中，干！

李白是喝醉后到河里捞月亮淹死的，这个死法很壮观，我们没有那种豪气，也够不上那个档次，脑子里过电影般演绎着武松醉打蒋门神、景阳冈连喝十八大碗，关云长温酒斩华雄，李白斗酒诗百篇等经典片段，这哪是醉啊，这是互访交流，是体验生活，是丰富作文内涵，祸福相依啊！

我，给自己找借口，借坡下驴。

曲终人散，我谢绝了朋友们的护送，一个人步履蹒跚地拥着深深的醉意行走，酒后像花开一样光亮的前额被几根黑发遮掩着，宽宽的大脸上一道道沟壑爬上岁月的藤蔓，一双眼睛始终犀利，似乎要刺穿这黑幕下的丑恶。

心思无定，神情恍惚，自言自语，喜怒无常。脚下不稳，身不由己，忽东忽西。眯起眼感觉自己在云里雾里，瞪大眼不知身在何处。肚子里像万蛊噬心，肚里开始翻江倒海，哇的一口，酸辣汤直泻一片，不省人事。

我，不知什么时候被路人送进了医院，浑然不知。

医生告诉我，幸亏及时送医，否则有可能性命不保，我在医院连续挂了三天点滴。

醉卧中醒来，头痛欲裂，再一次感受着被践踏的生命，我还活着，也只有在此刻才想起家人和朋友们的劝诫：遇饮酒时须防醉，得高歌处且高歌。

人啊，活着多美。

酒，不但伤身，也常误事，因此决定戒酒，但每一次进入酒场时，面对那清澈的烈酒，所有的承诺都被一小杯白酒冲刷得荡然无存，此时内心中总会给自己的行为找一个完美的理由：招呼朋友，融入群体，释放心情。这样的理由，普天之下如果有一个人会相信，那我想这个人一定成了白痴中的王者。

可是，偏偏这样的不成理由的理由被所有的酒友接受了，而且还被用到得心应手的程度，推杯换盏之间，你看我醉眼蒙胧，我听你胡言乱语，心领神会，一拍即合。一种混沌与清醒之间的微妙感觉，让人忘乎所以。

人喝醉酒的时候，总想借着酒意放纵自己的情绪，去掉伪装，不要面具，做一次真实的自我，哪怕只有这一夜、这一次、这一会儿，也要真实地去爱，去恨，去追梦，去赤裸裸地展示真我。

喝酒怡情，切莫贪杯，生命才会壮美。

喝一杯小酒，于海阔天空中感受友情与温暖，在推杯换盏中享受人生乐趣，足矣；曲终人散，互道一声珍重，明朝又是一个艳阳天，多好！

惊魂一刻

雨，淅淅沥沥，阳光的心情也被雨滴淹没，抬望眼，仰头看，万里长空，黑云压城，我知道，今天肯定要下一天的雨了。

本来商定今天晚上6点在许昌聚会，我们需要驱车奔行500公里，但此时此刻同行的人还不见人影，只有雨点多情地围绕左右，不厌其烦地来安慰我。

昨晚在亳城商讨再三，经民主决议后，敲定今早6点到我这里集合出发，而时间已经过了7点，人还没到。整整误点一个小时啊，如果是在战争年代，都能死上八回了，对于朋友的不守时，心中真的有些抱怨和烦躁，但又不能催促，毕竟老天不给力，也担心朋友在雨中驾驶因赶时间而发生意外。

等，只有耐心地等待，表情还要伴装淡定，一本正经，一如无风的潭水。

雨，越下越大，有些遮望眼，7时20分，盼星星盼月亮总算出现了，阿弥陀佛。

朋友一脸的歉意，一个劲地解释说，因为路途遥远，为了安全，早晨临时决定找一个老司机保驾护航。

我明白这是发自内心的声音，是为了旅程的万无一失，一切的不快都在寒暄中付诸一笑。

快马加鞭，车在滂沱大雨中一溜烟消失在茫茫雨阵中。

因为大雨的亲吻，高速路的凹凸之地也有了积水，疾驰而过的车轮溅起冲天的雨点，车子连续飘晃了几下，我知道，老司机在赶点，以弥补先前贻误的时间。

可是，人命关天，安全行车才是王道。这样的做法看似善解人意，是为我们着想，其实着实有点鲁莽，我的心提到了嗓子眼儿。这世界上，往往好心办坏事，我开始有点担心。

我和老司机又不熟悉，也不好意思开"金口"予以提醒，怕他下不来台，毕竟是好朋友找来的老司机，还是应该相信他的驾驶技能，不该质疑。

我抬眼环顾左右，看了看同行的友人，他们好像信心满满，对这位司机无比信任。我见大家对此都习以为常，视若无睹，就更不好意思开口了。

也许是我多虑了，是不是自己有点杞人忧天了呢？但是，思来想去，我还是放不下心来，经验告诉我，小心驶得万年船，牛脚印里的水也会淹死人的。

无奈，为了大家都不尴尬，我只好慢条斯理地开始讲故事，以期引起大家的共鸣，祈望有人能心领神会，站出来进言，让老司机降速，安全行驶。

我说以前我在全省各地市任职，外出参加会议，即使时间再紧张，都一再叮咛司机不要开快车，切记安全行驶，如果想加速开车必须在安全可控的前提下才可以，否则，我是绝对不允许的，因安全驾驶耽误时间而迟到，我即使受到领导批评也绝不怪罪司机，这是我的一条铁的纪律。

我的用意很明白，希望老司机能明白我的意思，不要我行我素，更希望友人们能明白我的苦心，踊跃发言，让老司机安全驾驶，须知我们几个人的生死都在他的手中掌握着呢，何况天气如此恶劣，更应当倍加小心。

可一切都是奢望。

车内鸦雀无声，车子还是任性地风驰电掣地奔驰者。这时老司机的视频电话响了起来，只见他一手扶着方向盘，一手接听电话，还时不时去关注画面，没有丝毫减速。

电话在持续接听中，车子仍然在狂奔。

我的双手不由自主地紧紧抓住车门把手……

人生在世，活着才是最重要的。

车子精神抖擞不知疲倦地到了蚌埠南，老司机依然在接电话，我在心里暗暗地祈祷着。

　　突然，听到"嘭"的一声巨响，前方白色雾气腾空而起，眼前一片浑浊，还没等我们回过神来，只听见有人在喊"撞车了"。此时，我看了看同车的友人们，个个都在哎哟哎哟地叫喊，乱作一团，痛苦的表情让人心惊肉跳。

　　我摸摸腿，甩甩胳臂，发觉并无大碍，只觉得头部、右腿胀痛，大家也都看不出来有严重的外伤，但巨大的撞击后，谁也不清楚自己有没有内伤，只有祈祷上苍垂青，让大家都安然无恙。

　　我们从车中鱼贯而出，互相询问伤情，互相安慰，唏嘘不已，像森林里被猎人惊起的兔子般惊魂未定。

　　安全气囊保护了正副驾驶座位上的人，他俩安然无恙，但车子已经报废，所幸我们是相撞的四辆车中的最后一辆，如果后面再有车辆上来和我们拥抱，我们的结局会惨不忍睹，恐怕大家根本没有机会再照面了，也见不到明天的太阳了。

　　大家简单地活动了一下，觉得暂不影响赴约，经过一番商讨，一致同意让老司机留下处理现场，毕竟他最清楚事故发生时最真实的情况，我们则又租了一辆车子继续前行。

　　啊，这是一支勇敢的战队，坚如磐石的战队，不获全胜绝不收兵，不达目的决不罢休。

　　友人们纷纷开始抱怨老司机：淹死的都是会水的，吓死的都是胆大的，真倒霉……

　　我倒是非常冷静，没有和大家结盟，发表了自己的独特见解：我们很幸运，这点皮外伤给我们破除了人生路上一大灾难，以后会一帆风顺，我们应该庆幸才对。高速上发生交通事故哪有像我们这样安然无恙的，一旦有事故发生，基本上非死即伤，动辄瘸腿断胳膊，假如真是那样，我们连生活都不能自理，那才是一生的煎熬，才是生不如死，试想那时会多么痛苦。

　　大家听我这么一说，正能量的交谈也多了起来，而此时，我浑身开始酸痛不已。

看不见的伤才是最可怕的，我的心里在打鼓，为自己有没有内伤而感到疑虑和担忧。

人生在世，谁都怕死，那些嘴上说不怕死的人，往往是嘴上豪杰，真的面临生死考验时，谁都会害怕，在今天的富裕中国活着多美啊！

路上我们简单地吃了中餐，大家开始在车上打盹，我却怎么也不能平静，一直在责怪自己，假如不是因为考虑情面，假如能够及时出语提醒，假如……这一切都不会发生。

世界上确实没有卖后悔药的，多数人都是事后诸葛亮，往往是事情出来以后才发表自己的聪明见解，事后都是神仙，而事前又有几人能开悟，能抛开人情世故，直言不讳地予以警示？

下午5点10分我们到了许昌，匆匆忙忙入住克里斯汀酒店，立马向朋友报平安。

晚宴间，许昌好友们听说了我们的惊魂一刻很是关心，同时也为我们能信守诺言而感动，大家举杯畅饮，其乐融融，一切事情都处理得波澜不惊。

回家之后，按照医生的叮咛，我大门不出二门不迈，切断了和外界的一切联系，一心一意当起了"楼上小姐"。静养了一个多月，头上的包和腿上的肿块逐渐被吸收，本来需要来上一刀的意外"奖赏"，竟然悄无声息地弃我而去。我，心花怒放，又活跃在人们的视线中，纵横捭阖，谈笑风生。

诸多朋友询问我这段时间的去向，对于爱我的和我爱的朋友们的牵挂，谨以此文统一答谢。

好事多磨，信也。

珍藏美好，顺其自然

《人民日报》载文曰："不要提前焦虑，也不要预支烦恼，生活就是见招拆招，日落归山海，山海藏深意。回头看看你已经不知不觉挺过了很多磨难，练出了一边崩溃一边自愈的你。该经历不该经历的都已经经历了，该忍受的不该忍受的都已经吞下了，天大的事情，顺其自然，也不过如此。"

世相轮回，岁月沧桑，江长海阔，艰难困苦数不尽；一代枭雄，卧薪尝胆，吴弦楚调潇湘弄，为我殷勤送一杯。直面横陈的荆棘，坦途上堆积的泥丸，山涧中挡道的乱石，只是向前，向前，无所畏惧。

这种男人或女人非常霸气，非常可贵，他们穷不怪父母，苦不怨生活，有责任、有担当，拥有让人敬服的顶级修养，以一人之力，顶风扛雨，一路走来，摸爬滚打，最终赢得了属于自己的一片天地。

大千世界，芸芸众生，男女之间，无论是什么关系，夫妻也好，红颜也罢，二人在一起多长时间并不重要，年龄差距多少也没那么讲究，只要那个人心里有你就行。

有些人即使只有一面之缘，在一起哪怕只有一天，彼此就会在心里驻扎一生；有些人即使终日耳鬓厮磨，哪怕在一起一生一世，可心里没有一点位置，彼此同床异梦，各想各的心事。面对困难，面对低谷，面对失意，是患难与共，选择抗击，还是劳燕分飞，选择逃避。各人怀揣各人的算计。

人这一辈子，只要有那么一个人真心爱你，牵挂你，就是幸福，遇到了这个命中的唯一，就要好好地珍惜。在事业衰败、精神沦陷之时，她会激励你鼓足勇气，东山再起，鹤翔蓝天，逆风飞扬。

考验一个人的忍耐力、毅力以及忠诚度，要选择最艰难的时刻，一如眼下来临的三九天。在一年中最冷的时刻，你是否能像梅花一样不惧寒冷吐蕊绽放，一枝枝，一树树，一朵朵，精神，耀眼，成为寒冬里最俏的报春花，灿烂整个冬季。

宋代无名氏《鹊踏枝·蝶恋花》云："南国寒轻山自碧。庭际梅花，先报春消息。"梅花最先察觉到天寒地冻中的丝丝暖意，进而凌寒独自开，最先传递出春天的信息，为萧瑟的大地添上一抹亮丽的色彩。

我在网络上看过这样一段话："世界上最亏本的事情就是为尚未发生的事情而担忧，为自己想象的结果而焦虑，为已经发生的事情过度自责。"请停止内耗吧，杞人忧天，只能说明你是一个胸无大志、患得患失的人，格局小，胸襟窄，无担当，难成大器。

人生路上千回百转，生活不易，活着就争一口气，无关乎金钱、地位、美丑；人呱呱坠地就是中大奖，看轻磨难和烦恼，活着最好。

看过这样一句有意思的话："昨天的太阳晒不干今天的衣服。"看似不经意的话，却蕴含着深厚的哲理，提醒我们，有些事情不属于同一空间、同一世界，不在同一频道。

当初的美好已经错过，过去的已经过去，未来的还将到来，人们不要沉溺于过去的成功或失败，而是要珍惜当下，努力面对现实，并时刻保持创新和进步的精神。

人生在世，要有翻篇的能力，要善于忘记，放下包袱，轻装上阵。不依不饶就是画地为牢。

睡前原谅一切，醒来不问过往。这个世界上没有真正快乐的人，只有想得开、拿得起、放得下的人。

有人说，每个爱写文字的男女都有着世俗的慈悲，温柔，坚韧。他们骨子里满是深情，即便千疮百孔，依旧爱着这烟火里的葱翠和万家灯火，风烟俱净后的感动。他们临池观鱼，捧杯品茗，静赏弦乐，倚窗听凉也听寂，不去打扰岁月的沧桑，从哪里跌倒就从哪里爬起，不怕输，不认输。

在经济不景气的大背景下，情感再一次经受水蒸火烤，能够相濡以沫，来一场红尘恋，已心满意足。遇见你是我的缘，爱上你是我的福。爱情，一半是泪水，一半是幸福，有你，难能可贵，弥足珍贵。

在情感的世界，有诸多风景，诸多美丽，诸多精彩，只是我们相遇而不识，经常错过。

一团雪花，宁静纯洁，独自悬挂在枝头，在摇曳中瞬间滑落，却把美丽定格；一滴露珠，晶莹透明，静静躺卧在叶脉，在不经意间飘洒，却把生命释放；一抹流风，清朗爽直，洒脱游离在岁月，在感动中泪湿衫袖，却把美好珍藏。在这个美丽的世界，一切都悄悄地来，默默地去，这么静，那么美。

命悬一线

年轻不是本钱，自爱才是财富。皮之不存，毛将焉附！

一时争强好胜之后是后悔莫及和一连串自责，甚至捶胸顿足，赌咒发誓。前因后果剪不断，理还乱。过去的永远过去了，一如四季更迭，是不以人的意志为转移的，无论对错，只能抱憾终身，无法弥补。

千年华夏，酒韵绵长。从杜康造酒的美丽传说到李白斗酒诗百篇的千古佳话，再到"花间一壶酒，座上醉春风"的畅快淋漓，无不体现着华夏文明古国酒文化的情怀与传承，令人击节折服。

记得十年前，我在郑州与一帮艺术家雅聚，推杯换盏，把酒临风，不亦乐乎，豪言壮语，气冲霄汉，豪迈、霸气、张狂。

在你来我往的酒场上厮杀，高潮迭起。我们像是斗红了眼的狮子，咆哮不止。你敬我一杯，我敬你一杯，来而不往非礼也，你方唱罢我登场，高潮一浪高过一浪，艺术家的风雅霓裳逐渐扯下，胡言乱语在耳边萦绕。

有的时候不要认为你行，其实你真的不行；有的时候不要认为你能，其实你真的不能。

我自认为喝酒实力不差，只要不去逞一时之勇，一般情况下我是不会喝醉的，因为有酒胆，更有硬实力，所以可以自如地应对酒场的千变万化。通常情况下，凡是敬我酒的人我都会一一回敬，以感谢同道中人对我的礼遇。但是，此时此刻，我是单枪匹马一人空降异地，既没有先行的粮草做保障，又没有后援的友军来救场，眼前肯定是一场艰苦的鏖战，并且还弥漫着白刃战的血腥味。

六个见面酒之后，各找对象，各自为战，我理所当然地成了众人敬酒的

重点，大家像滚滚长江水，更像战场上的空中轰炸，无缝隙不间断地对我进行轮番定点打击，各种好听的敬酒词接踵而至，明晃晃的玉液琼浆一遍遍地浇灌着我，我在一声声无微不至的问候下，只能频频举杯，来者不拒，豪情万丈，爽快又霸气。

好酒量不是战无不胜的本钱，而是醉卧沙场的药引，底线往往是自己突破的，三巡酒后，我已经喝下小一斤白酒。

曡子走起，首当其冲的我自然是第一个被引爆的，高高的玻璃杯，晶莹透明，满满的诱惑让我心旌摇曳，不知到底是酒在作怪，还是自己的酒量已到了极限？

我使劲地摇了一下头，气宇轩昂地端起酒杯一饮而尽。牛！满桌的喝彩声与掌声响起。

我在喝彩声中微微一颤，我知道，这场酒场竞技刚刚拉开序幕，更加残酷的较量即将开始。

朋友们被美酒亲吻得乱了方寸，彼此对话口无遮拦，词不达意，语无伦次，粗言秽语随口而出，早已失去正人君子坐怀不乱的形象。

此时的酒场已经像北伐战争的战场一样，喊声阵阵，混战不已，酒杯如炮弹一般到处开花。矜持的不再矜持，强悍的更加强悍，斯文的面纱裹不住歇斯底里的呐喊，到处都是张牙舞爪的身影和豪言壮语。酒司令被剥夺了指挥权，命令无人遵守，乱哄哄的，众人没有秩序地敬酒，交叉着，重复着，现场乱成了一锅粥。

我们都成了醉鬼，肆意地寻找自己中意的对手。此时，有的已经扶墙，有的已有醉状，而我，也已经脚步踉跄，晕晕乎乎，摇摇晃晃，但还能保持暂时的清醒。

酒醉的不是人，大概醉的是心。

佛言八苦，其中有求不得之苦，意思就是人活着很无奈，你想得到却偏偏得不到。有怨憎会之苦，意思是你想避开的事情，有时怎么都避不开。深深体悟，人生简直是服刑呀！丝毫真实的自由都没有。

酒本无罪，却为恶媒。醉酒之苦皆为自作自受。此时此语，真是如醍醐灌顶，让人开悟。

现代社会里，酒多出现在应酬交际的场所。不管是高端酒，还是低端酒，只要应酬的人酒杯相碰，似乎什么事都可以谈成，什么话都可以明说，不能承诺的也敢承诺。

现今有句话叫谈生意，办事情，无酒不成席，无席不成事。所以，应酬的人，酒是必备的，喝是必然的，可如果多饮贪杯就有百害而无一益。

酒本是高雅之物，追溯至古代，文人骚客饮酒者居多，譬如李白和杜甫，他们经常边饮酒边吟诗作赋，他们笔下那些流芳百世、脍炙人口、家喻户晓的诗句，很多都是酒后偶得，人们仰慕之余，恨不得也去豪饮一番，做一回诗人。

酒能壮胆添威，即使勇猛如武松，若不是因为那几大碗烈酒的怂恿，何以敢独上景阳冈，进而演绎打虎英雄的传奇壮举，以至于口口相传，千古不衰。

嗜酒的人，无须诸多下酒菜，有酒就有好心情，就能自得其乐，如鲁迅先生笔下的孔乙己，只是一包茴香豆，已然吃得津津有味，其乐无穷了。

如今的很多应酬已经失去了喝酒的本意，粗俗的、市侩的现象有些已不堪入目，使原本清洌甘醇的酒在虚与委蛇中变得浑浊难咽。

散场之后，为了安全起见，我被朋友直接送去了医院……

时至今日，只要端起酒杯，就会想起那惊心动魄的一幕，想起那次让我一生引以为戒的"高端品酒论坛"，并时刻告诫自己：遇饮酒时须防醉，财上分明大丈夫。

我又走起

好久没有步行回乡下老家了，大年初四吃过早餐之后心血来潮，想回家看看母亲。其实，母亲前天才从我这里回到老家，也没有什么需要嘘寒问暖的，但就是有些冲动，就是想走走。

《韩诗外传》卷九第三章云："树欲静而风不止，子欲养而亲不待也。往而不可追者，年也；去而不可得见者，亲也。"百善孝为先，孝心等不得，在尽孝上没有多寡之说。

也许是想证明什么，也许是想发现什么，也许，太多的也许，但都不能解释此时的想法。

说走就走，没做任何准备，仅仅是换了一双运动鞋，便马不停蹄地出发了。

早晨的乡野冷风飕飕，刮到双颊上感觉像刀入骨髓般生疼。天，还是比较冷的，小脸冻得宛如一颗还没有红透的酸枣，不一会儿我的耳朵就冻得既疼又痒，眼睛被风吹得雾蒙蒙的……

其实，老家离我在镇上的工作室也不过10公里路程，不算远，但真要步行还是心有畏惧的，毕竟这样的距离是很多人不愿意付诸行动去尝试的。

富裕的生活使我们养尊处优，缺少了冲劲，不愿意去尝试新事物，这已经是一种顽疾，甚至影响到社会的发展，需要彻底动手术，否则，等到病入膏肓就无药可医了。

现在人们出行不是开私家车就是坐公交车，不是乘高铁就是坐地铁，在农村虽没有高铁和地铁，但五花八门的老头乐、马自达比比皆是，根本没有人会步行这么远的距离。

有得必有失，有失必有得。很多人不知道其中的辩证关系，也搞不懂其中的哲理内涵，只知一味地享受当下，却忘记了遥远的未来，真让人揪心。

我不紧不慢地走在村里的水泥路上，由于天太冷，又有四五级的寒风追随，路面上看不见人流，我成了乡野中独好的风景，自我灿烂，自我展示，倒也潇洒。

因为杳无人踪，路上显得更加静谧、旷远，我可以肆无忌惮地自由驰骋，信马由缰，这可是千载难逢的机会，能够平心静气地浏览路两边的花花草草，可以在不经意间看到平时遗漏的景物。

我走走停停，只要是自认为有意义的景物我都毫不吝啬地拍照留念，比如人们司空见惯的古井，比如充斥眼帘的青青麦苗，比如池塘中迎风摇曳的芦苇……

经过70分钟的行军，我终于到达了目的地，感觉并不太累，我有些心花怒放，乐不可支了。因为自我接受心脏手术以来，一直都不敢有过大的运动量，自然也没有走过这么远的路，今天我就像参加冬奥会的选手，厚积薄发，一鸣惊人，拼搏出了好成绩，自然值得庆贺和骄傲。

高科技时代，代步工具太多了，还有谁愿意像我一样心甘情愿地用双脚丈量旅程？还有谁愿意有福不享自找罪受？还有谁愿意成为人们眼中的另类？

想了想，自己都觉得好笑，便急速掏出手机开始码字，码出了下面的四首诗歌，既为节日增添些喜庆氛围，也把自己美好的心情散布出去——

立春偶成

一

老农泥牛径中尘，
雁拂柳条叶叶嫩。

不见雪花寒服软，
兰花催梅日日新。

二

一枝一叶一老井，
万物萌芽节节生。
浅游鱼儿拱冰出，
锦帐垂垂梦佳人。
彩笔新绘绿杨丝，
宜春曲唱麦苗青。
不是人间我偏老，
普调一岁始于今。

三

今日逢春又匆匆，
白驹过隙妒懒慵。
千春万春君共享，
日有诗笺晒网红。

四

到处寻春才见春，
村村通路像恋人。
春花烂漫柳莺舞，

拈梅一笑春十分。

2022 年 2 月 4 日立春写于七里塘听雨斋

其实，写诗作文就如同绘画一样，没有体验过生活，哪有素材，哪来灵感，哪来有血有肉打动人心的文字？好作品不是闭门造车产生的，而是真实生活的写照，是心灵共鸣的回声。深入生活永远是第一位的。

你来陪我过三末，我去陪你过三新

一不小心，2023 已经拉上帷幕，会演结束；2024 如约而至，开始盛装登场。

今天是 2023 年 12 月 31 日，星期日，是今年的最后一天，更是千年难寻的三末：周末、月末、年末；明天是 2024 年 1 月 1 日，是新年的第一天，也是万古难得的三新：新周、新月、新年。

巧合，自有巧合的道理，天道轮回，万事万物总得有个交代。日新月异中，长一岁，就要有一岁的进步；过一年，就要有一年的提升；度一日，就要有一日的静美。

站在岁末，请对给予过我们关爱的人说声"谢谢"，在人与人的交往中，让我们学会感恩，学会尊重，学会彼此珍惜。

2024 年还得安静下来，过一段宁静而自省自悟的日子，沉淀再沉淀，思考再思考，然后让自己成长为一个温暖而强大的人，一个不折不挠的人，逆风起航，势不可当。

所有东西都抵不过时间和现实的考验，所有的过往都一清二楚，不是糊涂账。使人成长醒悟的从来不是年龄，不是穷富，不是忠告，是走错的路、吃过的亏、摔过的跤、总结出的经验。

既然旧年已翻篇，我们也要与旧的自己告别，往事皆清零；新年开张，我们也要装扮一新，向阳而生，万事皆可期。

在新的一年里，我们祈愿山河锦绣，国泰民安。

我们祈愿国家繁荣昌盛，人民安居乐业。

我们祈愿大地绿树成荫，山川壮丽，河流清澈明亮。

我们祈愿人们和睦相处，社会安定和谐。

同时，我也愿所有人万事顺遂，健康平安，幸福美满！

我们祈愿每个家庭其乐融融，亲情浓厚。我们祈愿自己事业有成，从优秀走向卓越。

我们祈愿自己身体健康，心情愉快。我们祈愿每一天都充满幸福和快乐，每一刻都值得珍惜和回味，不虚掷大好时光。

在这个三末和三新的交汇之日，许多人都在岗位上为我们默默坚守，任劳任怨。平凡人的坚韧和善良，总能给予我们蓬勃向上的力量。

愿我们在 2024 年不论输赢，野蛮生长，永不彷徨，越变越好，迎风远航。

第三辑·山水游踪

有一个地方叫定远

在中国，有一个地方叫定远，寓意着定能飞得更高，走得更远。

秦岭东端，余脉绵延，近江河入海口，临尾隆出一岭分隔江淮，岭上风景，春和景明，流水汤汤。定远便在江淮分水岭北侧，滁州市西北部。

安徽定远，皖东翘楚，有近百万人口，3000平方公里的广袤大地，2000多年的悠久历史，名流之士如璀璨星辰闪耀，珍稀物产似漫天烟雨云集，能工巧匠如繁星与日月同辉。

定远，在非凡与平凡之中厚积薄发，分外精彩。

这个叫定远的地方，生我养我，是我一生难以忘怀的骄傲，是我心中牵挂、梦中眷恋的寓所。这里默默地承载着流浪在外的游子的思念，牵动了多少远走他乡之人的心弦，倾注了多少人的希冀，所有牵缠，都在她的怀抱中发芽成长。

地名，就像人的姓名一样，是我们对陌生地方的第一印象。定远这个名字，给人以充分的想象空间，定能致远、安定远方……每一个词语都彰显着安宁旷达的气质，恬淡舒适，寓意深刻，似文雅公子、娉婷淑女，一眼万年，过目不忘。

千百年来，定远大地上涌现出一批又一批叱咤风云的显赫人物。东吴名将鲁肃，南宋名相董槐，明朝丞相李善长、胡惟庸以及抗倭英雄戚继光等皆出于此，因此，定远自古享有"将相故里"的美誉。晚清时期，两淮流域安徽境内还流传着"怀诗、寿字、定文章"的说法，意思是说，怀远县的诗、寿县的书法和定远县的文章，在这一地区非常出色。

定远矗立于淮水之南，长江北岸，境内有池河环绕、洛水交织，高塘湖如玉带挥舞，锦上添花。定远钟灵毓秀，人杰地灵，是个物华天宝的好地方，素有"境连八邑，衢通九省"之誉，现仍为中国南北要冲。

定远县也是国家智慧城市试点县、全国农村改革试验区、国家中小城市综合改革试点县、全国科技进步先进县。

定远，这个有着厚重历史底蕴的地方，给每个光临的客人的第一印象是"惊艳"，惊艳之后是惊叹。小小的定远，历史名人辈出，仅仅从县城街道的命名便可见一斑，鲁肃大道、戚继光大道，对于喜欢历史的游客来说，说起他们的故事，都如数家珍，神采飞扬。

因铁面无私而家喻户晓的包文正公，更是在这块土地上留下了千古传奇，人们对他的故事口口相传，津津乐道。《定远县志》记载：包拯，字希仁，庐州合肥人。天圣五年进士入第，尝为定远令。

他虽然只在定远担任了一年多的县令，当地却流传着很多关于他的佳话，如《断乌盆》《判虎》《一亩三分地》《斩黑鱼精》《斗庞三甲》《识韩道青》等20多个民间传奇故事，至今仍家喻户晓。

定远有如此多的精彩之处，我爱我的家乡，也引以为傲地把它介绍给别人，乐此不疲。

定远的人文历史让人着迷，当地的特色美食更是让人垂涎欲滴。徽菜中的名菜"臭鳜鱼"名闻遐迩，人们津津乐道的特色卤鹅、鸡海、老鸭汤、农家小炒肉、小鸡贴饼、炉桥桥尾等更是名不虚传，每一道菜品都会让你味蕾大开，吃下去叫好不迭。

这里的民俗文化受南北地域分界的影响较为明显。定远凉亭锣鼓脱胎于北方怀远花鼓；定远民歌颇受南部庐剧唱腔影响；定远池河舞龙气势刚猛，凸显北域风格；定远藕塘兰花灯纤美柔曼，颇具南国风情；就连定远方言也受中原官话和江淮官话的双重影响，不靠南，不偏北，南北却多能听明白，这在中国也算是个语言奇迹，令人称奇。

饮食上"亦南亦北"的现象更为突出。冬至，有人吃饺子，有人吃汤圆；

小年，官过二十三，民过二十四。一个村庄里经常会出现东头一种过法，西头一种过法的现象，彼此互不纠缠，见怪不怪，习以为常。

食鱼，更是百花齐放，百家争鸣。有的喜欢红烧、水煮或烧烤，有的喜欢清蒸、香煎或做成鱼丸。口味上或偏南或近北，千变万化，难成一统，虽有分歧，倒也和谐。

定远县有著名的"定远八景"：凤池春涨、虎石秋阴、泉坞朝云、藕塘夜月、龙冈积雪、银岭晴岚、官桥烟柳、西寺晚钟。景点的命名，诗意盎然，雅致，易记，好听，上口。

投资 32 亿元打造的古城，风格典雅，错落有致，古色古香。古城之内，人气十足。青石板路两边商铺林立，即使这样也不够小贩铺排，商铺前更是布满了摊位，美食、购物、游乐，不同年龄的人在这里得到不同的快乐，各有收获。

街上美食香气扑鼻，不仅有当地的特色小吃，全国的美食也都汇聚其中，简直称得上是吃货的天堂。时时都有叫卖声、吆喝声掺杂在街市的喧闹声中，香味儿占满每一处空间，诱惑着每一个游客。

眼下的定远，马路变得宽阔而整齐，四周绿树成荫，显得格外安静而秀美。

烟火向星辰，所愿皆成真。定远人崇敬名人将相，千百年来口口相传的故事深入人心，凝结成美食的创造、生活的智慧、人们的憨厚与勤劳。

定远的将相文化，底蕴深厚，如星辰闪耀，却也似人间烟火融入生活，这是定远文化的魅力所在，也是我们向往的生活哲学。

看着家乡的美景，品尝着家乡的美食，游走在家乡的宽街古巷中，不禁心生感触，咏定远八景之《官桥烟柳》应运而生——

　　　　烟笼翠色满堤晓，碧水柔柔涨春潮。

　　　　月摇星动蛙声近，过雨纤丝深折腰。

絮雪淮地难分属，玉环飞燕宫中俏。

流莺偏爱卧幽枝，翻飞鸣叫戏嫩条。

定远这么美的地方，我不允许你不知道。

定远的故事，定远人的故事，待时代续写新篇，续写精彩。

亭之都

泱泱华夏，遥遥五洲，很多人不知道安徽，更不知道滁州，却知道四大名亭之首醉翁亭，为此，他们不远千里万里，落足亭城，一睹名亭尊容。

醉翁亭，位于安徽省滁州市西南琅琊山麓，始建于北宋庆历六年（1046年），由唐宋八大家之一欧阳修命名。

醉翁亭总面积约1000平方米，亭园内有九院七亭：醉翁亭、宝宋斋、冯公祠、古梅亭、影香亭、意在亭、怡亭、览余台，风格各异，互不雷同，人称"醉翁九景"。

醉翁亭布局严谨小巧，曲折幽深，富有诗情画意。亭中新塑欧阳修立像。亭旁有一巨石，上刻圆底篆体"醉翁亭"三字。

醉翁亭一带的建筑，布局紧凑别致，具有江南园林特色，令人过目不忘。

醉翁亭，高筑四望，借景八荒，以山水为衬托，以杉竹彰天下，以寺庙生烟火，以溪流出灵气，自然闲雅，气质古朴，文人骚客、达官贵人、商贾游子，纷至沓来，云集于此，曲水流觞，吟诗作赋，喜洋洋者也。

琅琊山中的醉翁亭，开滁州亭城文化之滥觞，播皖东人文之经典。城以亭名，亭因城兴，城亭呼应，相得益彰，熠熠生辉。

"峰回路转，有亭翼然临于泉上者，醉翁亭也。"欧阳修的千古名篇《醉翁亭记》，令滁州琅琊山中一个不起眼的亭子摇身一变成为全国四大名亭之首，滁州也因此亭而闻名遐迩。众星拱月的醉翁亭一枝独秀，吸引南来北往的游人纷至沓来。

一个海外归来的朋友告诉我，很多外国人包括一些华人华裔，久居他乡，大多不知道滁州在哪里，但很多人都知道有个醉翁亭在中国，为此，不惜牺牲节假日的时间，或孤身前往，或结伴同行，探古访幽。

亭，已成为滁州最具特色的标志之一。步入滁城，放眼四望，形态各异、功能各异、大小不一的亭阁遍布大街小巷、公园街角、水岸弄堂，以醉翁亭为核心的亭文化应运而生，声名鹊起。

滁州现存的众多历史文化名亭中以琅琊山景区的醉翁亭、丰乐亭最为著名，近年来又陆续投资兴建了 100 余座新亭，成为滁州市崭新的"城市之睛"。例如，刨花板厂游园的三角亭、长六角亭，花山路与丰乐路交口小游园的金方亭，南湖三期的六角亭、四角亭、清平榭，儿童乐园的扇形亭、凸宇彤亭以及人民广场的春亭、夏亭、秋亭、冬亭等。

滁州着力打造度假休闲城市，呼吁快节奏、高速度的城市人放慢步伐，平抑浮躁的心态，给自己放一个小假，去游乐踏青，为工作和生活提供一个缓冲地带。这与打造滁州"千年亭城，现代慢城"，彰显亭文化的意愿不谋而合。

滁州亭文化是以醉翁亭为核心打造的，而此中的"醉"字常常被人误解，正如滁州市"山水醉城"之中的"醉"字一样，这里所说的"醉"当然不是喝酒喝得"酩酊大醉""酣醉如泥"，更不是人生的"醉生梦死""众人皆醉我独醒"，而是感受琅琊山的优美风景，与民同乐的"陶醉""迷醉""入醉""寻醉""享醉"。

亭城的亭是多样的，各具特色，各有功能：湖边的亭，观鱼戏水；校园的亭，读书吟诵；站台廊亭，避雨利民；小区的亭，休闲谈心；路旁的亭，歇脚小憩。

滁州沿路建亭，顺着水系建亭，百亭百风貌，别具风情；沿桥建亭，你站在桥上看风景，别人在楼上看你。特别是到了夜晚，俯视亭城，一座座亭连成一串，宛如一条条舞动的巨龙，璀璨夺目，令人叹为观止。

从千年醉翁亭到街头巷尾大大小小的无名亭阁，亭子始终是滁州最有代表性的标志。给这些无名亭子配上合适的名字，既是滁州城市建设自我完善，

正在回航

也是丰富滁州文化内涵之举。

为了集思广益，2015年市规建委专门成立了工作小组，面向全市市民为滁城这众多形态各异的无名亭子征集"芳名"。至此，滁州"亭之都"的美称名副其实。

"峰回路转，有亭翼然临于泉上者，醉翁亭也。作亭者谁？山之僧智仙也。名之者谁？太守自谓也。太守与客来饮于此，饮少辄醉，而年又最高，故自号曰醉翁也。醉翁之意不在酒，在乎山水之间也。山水之乐，得之心而寓之酒也。"每当我摇头晃脑地背诵《醉翁亭记》时，一种自豪感油然而生，为自己是滁州人倍感荣耀。我自认为作为一个滁州人是合格的，因为我也曾为滁州摇旗呐喊，奔走呼号过，行动过，添彩过。

2019年11月10日，由我参与发起的中国百名书画名家同写《醉翁亭记》全国巡展在滁州美术馆开幕，从开幕至撤展的六天时间里，累计接待全国各地书画爱好者和单位观展人员2200人次，社会影响广泛，受到各界一致好评，为宣传滁州、推广滁州擂鼓助威，摇旗呐喊。

中国百名书画名家同写《醉翁亭记》全国巡展自2015年7月启动，历经四年多艰辛付出，共收到参展作品656幅，经专家多次遴选，评定100人的作品入展，53人备选，参展书画家覆盖全国所有省市以及新西兰、美国、日本、澳大利亚等国。参展作品丰富多彩，真草隶篆，各有风味；老少携手，各具风采；字画相配，各有个性。艺坛各路英才会聚，激扬文字，指点江山，剑指巅峰，势不可当。

绵绵的故乡情，四处弥漫，等你离开了才会深有感触；熟悉的故乡音，袅袅升腾，只有回到故乡后才可能真正体味。

而今，每当听到有人褒赞我的家乡亭城滁州时，美美的笑意就会不经意地爬上脸庞。

滁州妹子

一方水土养一方人，尤其是我们国家地域辽阔、民族众多，各地不同的地理气候、文化底蕴、风俗民情形成了独特的人文特征，各地的女性也各具特色。

中国各地的女人正如梅兰竹菊一样，各有秉性，各具芳姿。蕴含着这些特质的女人们也成了人们眼中的一道亮丽风景，成为文人雅士诗词歌赋中跳跃的音符，流淌着潺潺不息、抑扬顿挫的优美旋律，或浑厚低沉，或激越豪迈，或颦笑自如，或楚楚动人。她们气质天成，似画似诗，耐人寻味，让人怦然心动，难以忘怀。

说起滁州妹子，还真的不知从何谈起，即使你学富五车似东坡，才高八斗胜子建，也无法精准定义。滁州妹子不像扬州妹子：樱唇红腮，粉嫩如水，溜光水滑；也不像上海妹子：老漂亮嘞，皮肤嘎好，水灵得不要不要的；也不像北京妹子：这个女人尖果儿，盘儿亮条儿美，是个飒妞儿；也不像西安妹子：这个女娃长得真俊，长得看着心疼得很；也不像广东妹子：你真的靓爆镜啊，好正啊；也不像成都妹子：这个女娃子巴适，长得好乖哦……

那滁州妹子到底该怎么定义才恰到好处呢？我觉得，滁州妹子长得乖，穿得洋气，身形匀称，比较贴切。

滁州地处华东地区，在安徽省东部，襟江带淮，南望长江，北依淮河，四季分明，温暖湿润，造就了这里的妹子兼具南北方妹子的优点，更加耐看，耐品，耐赏析。

滁州为六朝京畿之地，自古有"金陵锁钥，江淮保障"之称，享"形兼吴楚，气越淮扬"之誉。滁州妹子兼具江南妹子的才情、江北妹子的温柔，中

原妹子的淑雅,是有灵魂有香气的妹子,是带着书香味的妹子,是持家有道的妹子,是自强自立的妹子。

滁州妹子小巧玲珑,多才多艺,温柔细腻,肤白心净,嘴硬,心甜,豆腐心,她们在江南江北之间取中庸之道,能够应对来自各方的挑战,家里家外都是一把好手,支撑起属于自己的一方天空。

滁州妹子不像南方女孩儿那么娇滴滴的,也不像北方妹子那般粗犷泼辣,无论是恋爱还是结婚都会为对方着想,实在,有责任心。她们知道付出,懂得感恩,既上得了厅堂,又下得了厨房,相夫教子,尊老爱幼,默默无闻,从不张扬。

滁州妹子融合了江南江北、皖南皖北女性的优点,取长补短,独具风姿。

安徽自古多战事,滁州更是群雄逐鹿之地,历来战火连绵,灾难不断,因此妹子们温柔中带着坚强,妩媚中带着硬朗,她们不一定是女汉子,但也绝非花瓶。

安徽等地多经商,滁州妹子娇小柔美,气质温顺,长相多属小家碧玉,能吃苦,善于精打细算,勤俭节约,持家有道,性格温和,自古多出贤内助,当然也有叱咤职场的风云人物。

滁州,这个千百年来文人墨客向往的地方,醉翁之意不在酒,难不成欧阳公也独爱滁州这片神奇的地方所孕育的女子?她们会讲究,能适应,能享受最好的,也能承受最坏的。见过世面的她们自然会在人群中散发出不一样的气质,温和却有力量,谦卑却有内涵。

她们勤劳、善良、美丽可人,她们率直、泼辣、秉性正直。她们温柔,似三月初开的蓓蕾,让你无法拒绝。滁州女子,堪称皖中的美丽风景!

一如欣赏烟火,不等到天黑,看到的烟火不会太完美,不融入滁州妹子的群体中,就不能准确认识滁州妹子的心性、个性、特性,当有一天你和滁州妹子为伍的时候,你也会不知不觉爱上滁州妹子,自然也成了可以评价滁州妹子的人。

自来桥畔客自来

早就听说自来桥的咸菜烧饼在四乡八镇小有名气，是明光市的特色小吃。色，金黄；味，醇厚；个，方大；馅，量足；料，精良。每逢大集，小小的烧饼摊前，人头攒动，络绎不绝，既有买来做早餐的，又有带回家给老人孩子做零食吃的，还有买来作为地方美食馈赠亲朋好友的。

自来桥烧饼不像其他地方的烧饼种类繁多，至少有咸甜或者荤素两种以上口味，自来桥烧饼千百年来就只有咸菜加肉的单一品种，但做法讲究，以本地饲养的黑猪上等肉松和土生土长的白菜腌制除杂后，经过多道揉、搓、切、洗等工序，作为馅料，选用面粉、猪油和芝麻为主要原料，经过烤制而成，口感香脆，是一道美味的小吃。

一大早起床，吃完自制的荠菜水饺，冒着丝丝小雨，例行公事去医院做了个凝血功能检查，万事大吉，时间还不到八点，想来今天也没再做其他事项安排，难得偷取一日闲，灵机一动，何不去明光市的自来桥集镇逛上一逛，了却我品尝烧饼的夙愿。

烧饼摊点位于老菜市大门边，是我的一个好友去年误入美食香阵发现的新大陆。他歪打正着，偶然吃到这个烧饼，叫好不绝，一直在我的面前念叨，我的心动了，暗暗决定，一定要去看看到底是不是如他说的那么香，这么美，让人垂涎。

车子在红岭风景道左拐右绕，经过诸多蜿蜒曲折、路面狭窄的山间水泥路，疲惫不堪地进了自来桥镇。

今天闭集，没有想象中逢集时的熙熙攘攘，老远就看到大门旁一丛人叽叽喳喳，你来我往。我知道，那是等候烧饼出炉的焦急声和焦躁不安的身影。

我们停好车子,迅速来到烧饼摊,正赶上新一锅烧饼出炉。闻着香喷喷的味道,我们挤到摊前,总算买到两个热乎乎的烧饼,狼吞虎咽地吃起来。

烧饼色泽金黄,外表美观,皮薄酥脆,香软可口,不油不腻,适合各类消费者的口味。这里的烧饼虽不能像黄桥烧饼那样,荣膺"中华名小吃""中国地理标志产品",被选入国宴,荣获"天下第一饼""中华第一饼"等称号,但在小小的山野村街,还是颇有名气的,成为山民舌尖上真正的美食,名不虚传。

我们边吃边等,亲眼见证了师傅娴熟制作烧饼的流程。师傅已经五六十岁了,但见他熟练地揉面、擀皮、包馅,撒上芝麻,抹上猪油,最后把它们放进自制的烤箱里烘烤,六七分钟后,香气四溢的烧饼就出炉啦!

刚出炉的烧饼外皮酥脆,内馅饱满,一口咬下去,香喷喷的味道立刻弥漫整个口腔。

师傅热情周到的服务也让我印象深刻。他始终面带微笑,耐心解答我的问题,让我感觉非常温馨。

烧饼的价格也非常亲民,性价比非常高。只需花三元钱,就能品尝到如此美妙的滋味,真是太棒了,太值得了!

总的来说,这家烧饼摊绝对值得一来,值得一尝。

如果你喜欢美食,不妨来这里感受一下美味的烧饼吧!

自来桥镇地处两省四县交界处,西连老嘉山,南邻白鹭岛,跃龙湖穿镇而过。这里地理条件优越,历史悠久,资源丰富,素有"小南京"之称。镇内四周环山,中部平坦开阔,土地肥沃。

自来桥镇因桥得名,根据《盱眙县志》记载:"自来桥为滁州、来安居民出行大路,桥石系大水冲至构成,故名。"

自来桥始建于元至正元年(1341),清雍正五年(1727)重修。现桥基和桥面基本完整。桥栏杆损毁,两端的石狮子已不存。桥身为单孔石拱桥,长12米,宽4米,高6米,券跨5米,采用顺丁式券门砌法,并有券门。桥面由石块铺成，其中一巨石长 3.88 米，宽 1.6 米，筑桥手法仍保留元代风格特征。

说起自来桥还有一段神奇的传说：元代以前，自来桥就是著名的两淮赴六合的古道，古道经过一条河涧湾，河上无桥，枯水季节来往行人可以顺畅地从几块"石头步"上穿过，车马也能涉水过河。如遇山洪暴发，来往行人分隔两岸，只能望河兴叹了。

元至正元年（1341），古镇居民慷慨解囊，踊跃捐助修桥钱物，觅工匠，购石料，年初开工，几个月后，桥基、桥墩建成。唯独桥面的石料难以寻找，这可急坏了修桥之人。

这件事感动了玉皇大帝，当年六月二十三日，天空突然乌云密布，电闪雷鸣，大雨倾盆，山洪暴发，呼啸而下的急流中有一块平整方正的巨大石块顺流而下，行至桥墩之上，戛然而止，正好吻合，严丝合缝，巧夺天工，成为自然桥面。

"天人合一"修桥便民的奇迹就这样在山区小镇上诞生了。

后来，人们为了纪念这段优美神奇的故事，就在桥头立"自来桥"石碑，并撰写《自来桥重建古自来桥碑记》，以兹永志。

自来桥镇不仅烧饼独具地方风味，一枝独秀，驴肉、牛肉、山芋等土特产品及风味小吃也久负盛名，值得品尝。

我们等了一个多小时，总算购买了三四十个烧饼回去作为礼物赠送亲友，末了又到菜市场转了转，购买了牛肉、牛肚、牛蹄筋、绿豆饼等本地土产品，鸣金收兵，满载而归。

与时俱进的自来桥镇，是兼具"观风景，听风声，品风味，数风流，揽风情"五风特色的生态旅游新领地——我已来过，随时期待您的到来。

我喜欢的炉桥

天地初藏，冬韵如约。小雪节气过后的这些日子，寒冷并未立马张扬肆虐，吞食大地，天空中依旧是阳光明媚，大地上依然是菊芳兰香，街市中依然是商贾穿梭，络绎不绝。大自然呈现出一种宁静而美丽的温柔。这么美好的时光，沉浸其中，暖暖的，静静的，美美的。

野外远足，举目四望，山川、河流、田野都穿上了一层金黄色的外衣，显得高贵壮丽，气度不凡，光采照人。

小鸟，在枝头欢快地歌唱；松鼠，在树林间跳跃嬉戏；芝兰，迎霜抽叶一方独秀。这样的美景让人心旷神怡，乐不可支。

这几天在老家工作室整理新书出版资料，忙里偷闲间，从抖音、微视频上屡屡刷到定远县炉桥镇炉桥印象1958文旅产业园开门迎客的视频，画面上一股古朴典雅夹杂高贵富丽之风扑面而来，作为一个文化人，按捺不住猎奇的想法，心驰神往，蠢蠢欲动。

今天，早早吃了午饭，一个人骑上单车，直奔炉桥寻踪而去。

单车就是好，灵巧地穿梭在人群里，街巷中，店铺前，旁若无人，一如水中的游鱼，自在逍遥。

我一边骑车，一边东张西望地巡视着街道两边的巷弄门楼，悉心搜寻着已旧貌换新颜的炉桥印象的蛛丝马迹。

穿过老八一厂宿舍区，上了迎宾路，在街两边参差不齐的高楼矮屋的夹道欢送下，拐入粮食大库，一路向北，直到尽头也没发现炉桥印象的踪迹。

我不禁心生疑窦，坊间传言恐有差异，所说景点应该是在粮食大库，陌生者以讹传讹，情有可原。定是误传，我的炉桥，我熟悉，估计是在老火车站下八一旅社对面的炉桥粮站。

掉转车头，我凭着当年的依稀记忆再上迎宾路，西行500米，老搬运站大门拆迁后存留的美化过的山墙笑容可掬，两行醒目的竖排美术体红字"炉桥印象1958文旅产业园"跳入眼帘，字旁一辆弯道行进的绿皮火车呼啸而来……

我心窃喜，北望，一条新修建的沥青大道笔直延伸，两旁是红砖白墙的墙绘，写满了炉桥的往世今生。横跨大道东西的拱形镂金雕刻门楼气势恢宏，热情地招揽南来北往的行人，盛情邀约人们入园观瞻老时光的珍贵记忆，忆苦思甜，不忘初心。

跨过街道，紧挨大门装修一新的金谷饭店笑容满面，诉说着当年的繁荣昌盛。院内几排坐北朝南整齐划一的外贸仓库，被原汁原味地打造成功能各异的休闲、娱乐、餐饮、住宿、展示的门厅馆所，简洁典雅，上档次。

"炉桥，古曲阳治也"，为西曲阳演变而来，拥有1800多年的历史，是座历史悠久、文化底蕴深厚的千年古镇。明清时期这里达到商业繁荣的巅峰，享有"小南京"的美称。

炉桥的方氏三兄弟、方绍舟等历史名人，三眼井、桥上桥、美人巷等历史古迹，鸡丝面、桥尾、大救驾等传统美食，均彰显了古镇文化的源远流长。

炉桥名贤众多，清朝时江淮一带有"寿字、怀画、定文章"之说，即寿县的书法、怀远的绘画、定远的文章，三者名号在大江南北享有盛誉，舞文弄墨者无不知晓。

方氏三杰(方浚颐、方浚师和方浚益)即为"定文章"的代表人物。近代这里还有推翻帝制的同盟会英豪、抗日英雄方绍舟，闻名遐迩。

炉桥昔有八景：黄山积雪、龙潭烟雨、慈寺晚钟、东郭松涛、重桥映月、西河柳浪、凤岭晴岚、淮浦归帆。炉桥八景名闻天下，江南塞北口口相传。

炉桥历史古迹有三眼井、桥上桥、裤裆街、美人巷、李鸿章当铺、清代千总署、民国浴池等，各领风骚。

炉桥印象1958文旅产业园在不破坏原有结构的前提下，对老粮站进行建筑改造与空间提升，同时植入炉桥历史文化展览、民俗小吃、特色农产品展销等业态，面向周边城镇居民、学生群体，打造具有复古怀旧氛围、深厚文化底蕴的可供游客休闲旅游、市民活动和承办大型庆典的古镇之窗。

入园，西边片区烧烤、咖啡等美食爽饮频送秋波，店门前的充值送礼活动吸引眼球；东边片区，沉浸式影视体验馆、火车站检票口、李鸿章当铺、民国大澡堂、三眼井、桥上桥等历史古迹，以及鸡丝面、大救驾等传统美食墙绘解说，偕同陪衬在墙绘下的老式摩托车、独轮车、水车等老物件，吸引了大量游客和居民前来参观、拍照、打卡。

气势磅礴的宴会厅灯火璀璨，堂皇大气，大小宴会厅、包厢一应俱全，水晶座椅冰清玉洁，玲珑剔透。大宴会厅可接纳 50 桌客人用餐，小宴会厅可接纳 30 桌人用餐，包厢目前已有 10 个，正在逐步增加，整个宴会中心可同时容纳 1200 人就餐、休闲，不可谓不磅礴宏大，在周边当属鹤立鸡群，技压群芳。

宴会厅门前广场上，几十辆豪华婚礼用车分列两边停放，最引人瞩目的是新款红旗轿车，殷红的车标在日光的照射下熠熠生辉，倒车镜两边插立的小红旗迎风哗哗作响，游人被眼前的场景拴住了脚步，不忍离去。

我自南向北，由西到东，不错过每一处景点。炉桥印象展示厅、票证展示厅是我的最爱。在炉桥印象展示厅，进门处一台硕大的显示屏解说着炉桥的沧海桑田，旧忆今生，每个步入其中的人都在聚精会神地聆听解说——

乌龟滩：在桥上桥南侧，因为这里地势形似乌龟，故民间称为乌龟滩。传说有神龟附于其下，不管涨多大的水都不能淹没这块高地，1991 年百年不遇的大水也没有将其淹没。

民国浴池：按照八卦方位，建于 20 世纪 40 年代，现今保存完好，地板、躺椅、茶几，所有设施均为原物。

信和典（李鸿章当铺）：据说为李鸿章小妾所开办，名字按照仁义礼智信排列，最小的老婆只能用"信"，故称为信和典，现有门面房三间，部分保留当年风格。

清代千总署：明清民国初年驻军之所，《明史》卷二十二记载，"寿州设有北炉桥巡检司"，靠近信和典，房屋内有清代石碑数块，字迹清晰，分别立于东西墙上，房屋较为完好。

慈寺晚钟：炉桥镇曾有三座规模较大的庙宇，一曰孔庙，二曰东岳庙，三曰南庵慈寺，位于南门外，供观音菩萨，求子祈福者络绎不绝。

诗曰：修庙建寺意拳拳，普陀东来结善缘。谁见慈主能赐福？耳畔时闻钟声喧。

凤岭晴岚：凤岭即黄山，山体因视觉不同而形势各异，坐西观东，孤峰耸峙，而自南北望，山岭逶迤，绵延数十里。

诗曰：大别余波越淮滨，逶迤翠岭似画屏。丹山遍植梧桐树，自有凤鸟啭绿荫。

西河柳浪：位于炉桥镇窑河之滨，桥上桥之东，俗称柳树行。古时朋友家人远游，送行都要送到柳树下，并折柳相赠，以示莫忘故里。

诗曰：送君送到柳树行，杨柳依依情义长。从此四海为家日，时闻西河柳叶香。

重桥映月：重桥俗称五拱桥，结构特殊，在桥上建桥，约建于东汉建安十二年，相传魏武帝一统中原后挥军南下，曾在此打造兵器，为便利交通，便在窑河上建此桥。日寇入侵时炸去大半，至今残桥尚存。

诗曰：千年古桥架通衢，盈影波光月上时。当年娇姿今何在？高塘湖畔梦依稀。

淮浦归帆：炉桥镇濒临高塘湖，由窑河通向淮河，四季通航。四方商贾云集，昔有"小南京"之美誉。1954年一场百年不遇的大水使河道淤塞，淮浦归帆只能是美好的记忆了。

诗曰：窑河洛水入淮流，游子难忘高塘秋。碧波千顷鱼鸟乐，落霞归帆一望收。

东郭松涛：炉桥虽是千年古镇，但无城郭。东郭指镇东约4公里处河头郑一带，地势高耸，洛水西流，古人迷信风水宝地，都在此修墓建碑，广植松柏，如炉桥方氏祖坟便在此。久而久之，松林遍野，遂成一景。

诗曰：古墓参差柏森森，寻幽访古读碑文。天风起处松涛涌，疑是谢安百万兵。

黄山积雪：此山位于炉桥镇东北约8公里，系凤阳山西端，山虽不高，因逼近窑河边，故显巍峨高耸，冬日望之银装素裹，更显峻拔。

诗曰：黄山西缘逼水边，岭断峰起入云天。更喜银装素裹日，宛若神女舞翩翩。

龙潭烟雨：龙潭位于炉桥镇西南约1公里，系洛水注入窑河入口处。洛水自东向西流入窑河水，流向陡转90度，故水流旋转不止，形成深潭。昔日未受污时水质甘甜，镇上居民饮水多取于此，俗称窑湾水。

诗曰：洛水东来转北流，迷蒙更喜烟雨后。水漩千转碧潭幽，恍闻琵琶话轻柔。

桥上桥：始建于东汉年间，传说后来老桥低于水面，后代在原桥上又建桥，所以叫桥上桥。现存有五孔，长10多米，宽约3米，20世纪50年代曾被列为省级文物保护单位。

美人巷：炉桥方氏女眷居住的地方，炉桥方氏人才辈出，方氏子孙包括女子都解文识字，方家姑娘及年轻媳妇每天学完课程都出来闲聊，交流学习心得。封建社会大户人家的姑娘是不允许与外面男孩子接触的，这时便在巷子两头派人把守，闲杂人等不得入内。传闻走进走出的都是美女，年代久了，当地人就称方家这条街为"美人巷"。

三眼井：位于炉桥中学西侧，可追溯至清早期。在清光绪年间的地图中，已明确标注此井的存在。因其上覆有石盘，石盘上设有三个孔，可同时供三人汲水，故得名三眼井。

美食，是炉桥的一绝，而像鸡海（醢）、桥尾、鸡丝面、大救驾更是难得一品的美味佳肴。

鸡海（醢）：炉桥当地流传数百年的一道清蒸特色佳肴。过去，本地重大聚餐活动全部有这道菜，其特别之处在于，用本地下蛋的土鸡做原料，剔除骨头，制成后，色泽清爽，美味可口。今天，由于土鸡价格昂贵，加之这道菜工序复杂，费时费力，成本较高，因此鸡海（醢）逐步退出了人们的视线。

桥尾：外形如盖如团扇，食材取定远本地土猪连接尾巴的后方部位（本地猪特点：皮厚、大耳朵、尾巴长），重五六斤，用多种配料反复腌制晾晒而制成，肥而不腻。在没有冰箱的年代，可以多年保存，鲜味如初。

鸡丝面：因佐以鸡汤，点缀以鸡丝，所以简称"鸡丝面"。炉桥手擀鸡丝面，本地又称"鸡丝小刀面"。清朝康熙年间，炉桥方氏家族出了一位才子，官居翰林大学士。有一年，方翰林回乡探母，其母重病久日不起，吃不下饭。为解母忧，方翰林选精面手擀，以母鸡汤为料，其母品尝后胃口大开，不久便康复。

此面系翰林为孝敬其母所创，故称"孝面"，后经传承称"炉桥手擀面"。如今，"炉桥手擀面"已走向全国，2022年，炉桥手擀面被列入安徽省"特色美食200道"名册之中。在炉桥，当数丁家和方家两家面馆最为有名。

大救驾：大救驾形状扁圆，中间呈旋涡状，多层花酥叠起，犹如金丝盘绕，清晰不乱。大救驾采用面粉、核桃仁、猪板油等为原料。其外皮酥脆，内馅细软，油而不腻，酥脆香甜，令人馋涎欲滴，为滁州市十大面点之一。

相传五代末，后周大将赵匡胤攻打寿州，久攻不下，赵匡胤操劳过度胃口欠佳。民间糕饼家做此糕点献上，赵匡胤品尝后食欲大增，攻下寿州。

后来，赵匡胤当上了大宋朝的开国皇帝，"大救驾"由此得名。说此糕点救过他的"驾"。

票证展示厅位于炉桥印象展示厅的东首院边，门朝西开，入门北墙的"前言"介绍了展示内容：新中国成立后，随着三年国民经济的恢复，国家优先发展重工业和国防工业，轻工业和农业发展较为缓慢，导致关系民生的日用

品匮乏，供不应求。票证，这个带着时代印记的特殊交易凭证应运而生。

票证，是用来购买吃穿用行等生活必需品时的计划供应的凭证，俗称"第二货币"，是百姓的"命根子""生命票"。改革开放后，随着国民经济的迅速发展，票证逐渐退出历史舞台，中国长达近40年的"票证时代"寿终正寝。

票证，是数亿国人几十年的群体生活体验，具有独特的历史标本意义。展示厅展示的图片，试图通过真实的文物再现，保存票证生活的真实记忆，唤起人们对新生活的珍爱。

票证展品分为粮食类、肉蛋类、食油类、副食类、工业品类、棉织品类、日杂品类、生产资料八类。除此之外，还有点心票、馒头票、缝纫机票、自行车票等五花八门的票证。那个时代，只要有人的地方，就有票证的存在，可谓有票通行，无票难行。在计划经济时代、票证主宰了人们的日常生活，拿捏人的生存命脉。

展示厅整个东墙和南墙在灯箱的照射下，数以千计的各类票证，大小不一，五颜六色，争奇斗艳，被精致地圈养在量身定制的框槽内，一张张沧桑的面容，频频接受游客殷勤与贪婪的检阅，在人们的指指点点中还原历史的真实。

展示厅中间有一个大大的展示柜，陈列着全国各地的版式各异、质地不同、无奇不有的票证，人置身其中，不由得陷入沉沉的思考……

西边墙上是关于票证的格言：别小看一张粮票；攒好粮票，家庭生活稳定；攒粮票如攒钱；粮票是财富的象征，我们要珍惜每一张粮票；……句句字字，发人深思，促人警醒，过好当下，不忘初心。

走出展厅，立在通道，心潮澎湃，过往饥肠辘辘的影像款款而至，一段段浮现在眼前，不忍回首，感慨万千。良久，我用手擦了擦眼角。朋友在一旁不解地望着我，睁大了眼睛。

在炉桥，还有另外一个与众不同的地方风俗习惯——喝"当头酒"，代代相传，生生不息。

古镇炉桥，民间历来有农历十一月十五日晚亲友聚餐饮酒的习俗。夜里12点，天气晴朗时，月照当头无影踪，直接从井口照见正下方平静的水面，一年一度，晚上欢聚，或去饭店面馆，或买几包卤菜，居家设宴，其乐融融。

餐后品茶闲聊，静候佳时到来。步出户外，融入自然，感受对岁月的留恋和品味。

"万事不如杯在手，人生几见月当头。"不同于古诗中的八月十五举家团聚的月夜，本地当头酒选择在冬季的农闲季节，人们正好可以静下心来，交流体会，分享快乐，享受生活。时至今日，炉桥当头酒依然流行。

此外，炉桥印象1958还通过红色研学线路的打造，弘扬抗日战争时期的艰苦奋斗精神，成为定远县红色旅游的重要组成部分。

观瞻炉桥印象1958，浏览完简明扼要的展示和介绍，还原历史，呈现逝去岁月的完整画面，动人心怀，催人奋进。虽是走马观花，蜻蜓点水，但是，我的炉桥，我喜欢，我骄傲。我想，你在了解了这些民俗风情之后，也一定会衷心喜欢上炉桥，你说，是吗？

炉桥长卷

引言

茶，是炉桥人的标志，喝茶是炉桥人的标配，茶馆是炉桥的一张名片。

山好好，水好好，开门一笑无烦恼；来匆匆，去匆匆，饮茶几杯各西东。

执杯轻嗅，茶香飘逸，静心品茗，悠闲时光，尽在杯中，一抹雅致在心头缓缓升起。

一人一茶，品味人生百态。任时光煮雨，烹一盏香茗。茶香四溢，心随香动，悠然自得。

茶中有禅意，心中有平静。人生如茶，不怕生涩，就怕无味。

一叶可见方寸天地，一茶能品万千世界。人生如茶，初泡苦涩，再品回甘。

一、茶烟起处是吾乡

晨雾还未散尽的茶庵，青砖缝隙里渗出的茶香已在空中织网。北向的门扉半启，如同徽州商贾半掩的账簿，四百年的商路在茶盏里蜿蜒浮沉。

三眼井的辘轳吱呀作响，惊醒了老茶炉肚膛里的炭火，那些印着朱砂的一分一角的茶牌，在晨光中你递我接，像一群衔着故事的灰鸽子，啄开一天的好彩头。

穿蓝布褂的老茶客，踩着露水走来，腰间晃荡的铜钥匙，碰响青瓷茶盅，叮叮当当。他们用布满裂纹的手掌，摩挲细腻厚重的茶案，案上的木纹里，还嵌着崇祯年间的茶梗，余味悠长。

当第一缕阳光爬上八卦浴池的琉璃瓦，满街的茶香便凝成了野花香，在美人巷的粉墙间流淌，将方家小姐诵读的《茶经》浸染成翠色铃铛。

茶庵飞檐，滴落朝露，木格窗棂，筛出宋明遗韵。茶神在缭绕的香火里数着商队骆驼，那些驮着祁门红与黄山毛峰的蹄印，早已长进老茶树的年轮。

二、重桥映月照沧桑

暮色漫过五孔残桥时，能听见建安十二年的铁马冰河。

桥墩上的青苔是曹孟德遗落的铠甲，每一片都裹着未冷的烽烟。

月光在断壁残垣间流淌，把桥上的桥浇铸成银色的琥珀——里面封存着东吴的艨艟，南宋的驿马，还有民国三十七年最后一班渡船的汽笛声。

放排人哼着淮调从桥下经过，竹篙点破的水面漾开层层叠叠的光阴。

老艄公说涨水时能摸到桥拱上的弹痕，那是民国三十二年东洋人烙下的疤。而今只有芦苇荡里的白鹭记得，当年的铁桥如何把月光裁成两半，一半沉在龙潭漩涡，一半挂在茶庵飞檐。

石缝里生锈的箭镞开出蓝花，桥洞吞下三十七个王朝的倒影。月光在残缺的拱券上镀银，有人看见曹操的佩剑浮出水面，剑穗上缠着赵匡胤吃剩的酥饼。

三、味觉长河溯流光

鸡丝面馆的蒸汽熏黄了整条街的晨昏，方翰林孝母的典故在面汤里熬煮了百年。

跑堂端着青花海碗疾走，碗底的云雷纹凝敛着康熙三十年的晨露。当第

一勺滚烫的鸡汤淋上手擀面，沉睡的味蕾便听见了慈母的呼唤。

桥尾在腊月北风里摇曳，像无数琥珀色的月亮。郑屠户的曾祖父曾在冬至子时宰杀黑毛猪，猪尾巴的弧度要恰好能钩住立春的柳梢。而今冷柜里的真空包装泛着塑料光泽，唯有老茶客就着浓茶咀嚼时，还能尝出光绪年间那场初雪的滋味。

大救驾的千层酥皮里，藏着半枚后周的箭矢。糖霜是陈桥驿飘来的雪，当赵匡胤咬开第八层金丝，寿州城头便落下了降旗。

四、八景长卷绘浮生

龙潭的漩涡把暮色搅成墨汁，渔人收起沾满鳞片的网，网上缀着贞观三年的一串串铜钱。

烟雨漫过时，整座水潭变成洇湿的宣纸，白居易路过的琵琶声在纸上晕染开来，绘成一幅江南好的山水画卷。茶客围拢，品茗，赏画，古雅的香气四散，不知是茶香还是墨香。

对岸的松涛突然静默，一大群星星伴随着节律，对月而歌。

黄山积雪融化时，整条窑河都漂浮着碎玉。浣衣妇的棒槌惊得白鹭展翼，翅尖掠过的地方，雪水就化作明前茶的嫩芽。

当最后一块残雪消失在美人巷的瓦当间，茶炉的风箱，便开始鼓动春风，把八景图卷上的题款吹成柳絮，落在三眼井的涟漪里，打转转。

慈寺晚钟，震落梁上燕巢，小沙弥扫着满地梵音袅袅。东郭的松涛卷走七十六块进士牌，只有千总署墙缝里的苔藓，还记着武举人箭垛上的一颗红心。

五、鸡丝面长味更长

面案上的太极图，在晨曦中伸了一下懒腰，苏醒，方老板揉面的双臂，画着百年浓淡枯湿的弧线，面香四溢，飘满座席。

当面团在枣木案板上摔打第一百零八下时，镇东的千总署恰好敲响晨钟，一天的忙碌开始。

李鸿章当铺的算盘珠开始跳舞，民国浴池的铜龙头殷勤地吐出第一注热水，令人垂涎欲滴的面食开始侍客入座。

美味的浓汤，摆不脱纤细面条的纠缠，鸡丝要切得比美人巷的晨雾更细，飘进青花碗时，像落下一场杏花雨，充满诗韵。

翰林母亲喝汤的羹匙还供在神龛，银匙边缘的磨损处藏着三十代人的孝道。

老街坊们就着桥尾啜面汤时，屋檐的冰凌正一点点坠下，滴落宣统三年的晶莹雪水。

擀面杖丈量着九街十八巷的晨昏，鸡汤里沉浮着未写完的族谱，当最后一片桥尾消失在唇齿间，三眼井的倒影里浮出了徽州客商的魂魄。

六、信和典的铜锁吟

青砖门楣上的"信"字，裂了道细纹，像李氏小妾临终时折断的翡翠簪。

三间铺面，撑起清末的斜阳，雕花窗棂里，渗出典当行的陈规——紫檀算盘永远搁在"死当"那格。铜锁钥匙孔，藏着半部淮军饷银的秘账。

穿阴丹士林布衫的朝奉，隐在阴影里，鼻梁上的琉璃镜片泛着漕银的冷光。

有人典当祖传的歙砚，墨池里浮出光绪二十年甲午的海浪；当票存根在穿堂风里发出脆响，每一张都裹着徽商发迹前的寒酸。

后院库房梁柱上悬着的铁钩，曾挂过寿州知府的貂裘，也晾过樵夫妻子的嫁衣。

铜秤称量着半殖民地半封建时代的月光，当票编号里藏着未爆的辛亥惊雷，翡翠镯子在樟木匣中结出蛛网——那是小妾腕间滑落的半阕残梦。

导游的激光笔划过门厅砖雕时，电子解说词突然卡顿。斑驳的砖缝里，涌出咸丰同治年间的梅雨，浸湿了虚拟现实的二维码。

有老妪指认墙角的凹痕："看呐，李中堂的文明棍戳出的疤！"而少年则举起手机拍照，闪光灯惊飞了梁间燕，翅影掠过"信"字裂痕，恰似当年当铺学徒偷剪银票的剪刀。

七、铁轨尽头的时间幽谷

蒸汽幻影还在月台上徘徊，煤灰与茶香在废弃的铁轨间结盟。那座民国二十三年竖起的铸铁站牌，早被青苔蚀成了竖写的日历——每一道锈痕，都是未抵达的班次，每片剥落的漆皮，都裹着绿皮火车的叹息。

老茶客们总爱在郑家茶馆的矮凳上指点："瞧见没？当年粮站的砖墙里嵌着火车汽笛，半夜能震落三眼井的月光。"

他们用茶垢斑驳的瓷杯斟满往事，说1949年接管绍舟中学的队伍，曾在此卸下整列马鞍，马蹄铁与铁轨碰撞的火星，至今还在裤裆街的石缝里闪烁。

信号灯柱成了藤蔓攀缘的琴架，风过时，奏响1938年的调度密电。

月台裂缝里钻出的野薄荷，仍记得头戴船形帽的报务员遗落的发油味。

那些被水泥掩埋的青石板，偶尔会在暴雨夜浮到铁轨之上，让醉汉误以为踩中了时光扳道器——

枕木下的碎瓷片，割破暮色，蒸汽机车的呼吸，凝成茶炉白雾，穿阴丹士林布衫的少女，把车票折成纸船，放进龙潭漩涡里打转。

货场旧址的野葵花，朝着虚空绽放，每片金黄都是未兑现的货运单。

曾有徽商在此卸下祁门红的木箱，茶香浸透的货签化作春燕，年年在千总署的梁间衔泥筑巢。

而今废弃的调度室里，霉斑，正沿着墙上的列车时刻表生长，把"炉桥→合肥站"的墨迹洇成水墨山河。

老站长的手电筒光柱，扫过野草丛生的轨道，惊起二十只灰斑鸠——恰似当年同时进站的二十节车皮腾起的煤烟。

夜巡人说，偶尔能听见，地底传来钢轨的热胀冷缩声，像极了那些永远停在 1948 年的列车，仍在时间的暗河里轰隆向前。

八、美人巷的槐花笺

雕花门楼垂落的紫藤，是方家小姐未及收起的缠腰帛。

青石板上的凹痕，盛着宣统元年的脂粉雨，每走七步便踩中一句《女诫》的韵脚。

巷口石鼓，残留着护院刀鞘的刮痕，深浅不一的沟壑里，至今游弋着某位表少爷遗落的眼波。

暮春的槐花总是落得蹊跷——分明无风，却簌簌扑向绣楼支起的窗棂。

方家媳妇说：那是小姐们掷下的诗笺，被临帖的墨汁浸透了，沉得连风都托不住。

黄昏时分常有幽香漫过马头墙，混着歙砚的松烟与徽墨的麝气，在巷尾凝成半阕《如梦令》。

更夫见过月光在巷子里打结的模样：当值夜的婆子靠在藤椅上假寐，西厢房的烛火便攀着青瓦私奔。

那些未出阁的姑娘把《列女传》折成纸船放进铜盆，看它们在洗笔水里浮沉。偶有胆大的隔着花墙抛帕子，丝绢上的并蒂莲，刚触到邻巷书生的衣角，便被晨露钉死在青苔上。

而今游客摩挲着墙面的斑驳，不知哪道划痕是金钗的余痕。穿汉服的少女在巷中自拍，手机屏亮起的刹那，有百年孤影从镜头前掠过——穿月白衫子的方氏女，正在拾级而上，发间银梳卡着半片未褪尽的晚霞。

门环锈色里开出了蓝睡莲，每片花瓣都是被囚禁的闺名，当电子导游词念到第三节，瓦当突然坠落明清的雨。

九、新颜赋

残墙斑驳的皱纹里，嵌着三十年的茶渍与月光。当脚手架攀上老茶庵的飞檐，青砖的裂痕便成了时光的针脚，将斑驳旧影织入雪白新肌。

穿蓝工装的匠人，用水平仪丈量倾斜的岁月，把美人巷歪斜的门楣扶正；三眼井的石盘裂了又合，三个汲水孔涌出的不再是锈色的往事，而是嵌着智能芯片的甘泉；方氏祖宅的雕花窗棂被激光扫描进云端，3D 打印的斗拱在旧地基上生长，梁间燕巢里多了光纤编织的暖巢。

老茶炉，熄了煤火，续弦燃气；充电桩在钢铁萤火虫的队列中苏醒。昔日的飞线化作地下光缆，穿越了 5G 星河。

千总署墙角的青苔，被打造成生态绿墙，李鸿章当铺的算盘珠在 AR 眼镜里跳动，每一粒都结算着徽商旧账与文旅新篇。

最动人的新颜，藏在褶皱里：危房改造的钢钉注入青砖的骨髓时，裂缝中飘出光绪年的炊烟；人大代表修补的菜园石栏上，野菊与传感器共生。

推土机的履带碾过建安十二年的车辙，新铺的柏油路下，曹孟德的箭镞开出了凌霄花，当智慧路灯照亮美人巷的夜读诗笺，古镇在光与影的嫁接中重获年轻。

凤凰古城故事多

一、白塔

你经历了太多的生死离别，一次次倒下，又一次次复活，出落得愈加风姿绰约。

每一层塔内都展览着岁月变迁的来龙去脉。

翠翠的心薄如蝉翼，又高耸入云，读懂她的人少之又少，渡船是她最信任的恋人。

大黄狗绝对忠诚，如拳击手般威武，保护着主人的安全，尽保镖之责。

翠翠高枕无忧，沱江水放心了，高兴得清澈见底，围绕着翠翠，俯首称臣。

爷爷是一只座钟，不舍昼夜地看护芬芳璀璨的翠翠，担心落水。

而人终究是要长大的，都有求生的本能。

白塔老了，就像翠翠的淳朴，一年比一年丰富。

时光如梭，生老病死从不打招呼。爷爷，大老，二老，顺顺，边城，吊脚楼，都一起丢了，被风雨和心中的新老交替带走了。

二、沱江

你是凤凰古城的母亲河，搂抱着城墙不愿松手，世世代代哺育着古城儿女。出落得清凌凌的帅小伙，水灵灵的小姑娘，在你的呵护下，踏浪而来。

远方的来客，要参透你的爽直，坐上乌篷船，听着艄公的号子，端着已

有百年历史的土家吊脚楼的窖藏陈酿，推杯换盏。

顺水而下，穿过含情虹桥，一幅江南水乡的画卷便展现于眼前：万寿宫、夺翠楼、万名塔……一种远离尘世的感觉长满眼帘。

你的南岸是古城墙，用紫红沙石砌成的衣装，典雅而不失雄伟。城墙上有东、北两座城楼，久经沧桑，依然壮观。

你的笑容透明，城墙边的河道浅得裸露胫骨，水流慢条斯理，可以看到柔波里招摇的水草频抛媚眼，一支长篙划破心思。

沿着你的博大胸怀而建的吊脚楼群，在东门虹桥和北门跳岩附近，细脚伶仃地立在你的疼爱里，像一幅永不回来的风景。

三、虹桥

原汁原味的你，被沈从文一丝不挂地夹在书页里供游客们欣赏：上面叠着二十四间房子，晴天，挂着红绿衣服，广而告之；雨天，撑着五颜六色的伞，收拾仰慕。

你的中间是一条瓦房小街，卖着稀奇古怪的物什。

桥下游的河流拐了个弯，有学问的设计师在拐角处使出浑身解数，建造了一座长寿宫，左边是一座小白塔，那是你的兄弟，从小和你光着屁股长大。

所以，你可以整天欣赏江水中变化万千的美丽的倒影，忘了饥饿。

远足的客人，人人趋之若鹜，争相和你合影。

四、沈从文故居

常有人说：世人知道凤凰，了解凤凰，是从沈从文开始的。

《边城》《湘西散记》《从文自传》……这些自他笔下流出的作品，人们至今耳熟能详。

你于百余年前的清朝晚期分娩，逐渐长成前后两进，中间一个小天井，左右配以古色古香的厢房，给人一种精巧秀丽的感觉，但从未与世隔绝。

那飞檐矗立的屋架和灰色牢实的墙体，结结实实地融为一体，泄露了结盟的实力。

那苍老陈旧的板壁和剥蚀脱落的门窗，显示房屋的陈旧与古老的一脉相承，血浓于水。

陈列室里，一张张清晰珍贵的图片，记录你步入尘世后所走过的艰难历程，那一行行流畅深沉的文字，忠实地记录了你成长的经历。

檀木方桌、藤编靠椅、古老的木质结构架子床，都是你当年引以为荣的挚爱。

目睹这些，眼前似乎出现了你和蔼可亲的音容笑貌，仿佛又在聆听你的谆谆教诲：照我思索，能理解我；照我思索，可认识人。

正屋之外，暖暖的春阳洒满了四合院天井的八角四维，每个拐角里都有鲜活的故事。讲者动容，听者入迷。

故居购物室里，时常有许多年轻人拥挤在购书柜台前，争先恐后地购买你的精品著作。他们年轻稚嫩的脸上，洋溢着渴求知识的欲望，让我们看到了充满希望的新一代。

这不是废掉的一代，而是民族崛起的一代。

你的一本本闪耀着知识光辉和魅力的精品力作，吸引了多少年轻火热的心，他们一批批从远方而来，来了又去，把从故居获取的文化种子，撒播在每个人的心田，开花结果，打造和构建中华民族 21 世纪光辉美好的文化春天。

你曾说："美丽是平凡的，平凡得让你感觉不到她的存在；美丽是平淡的，平淡得只剩下温馨的回忆；美丽又是平静的，平静得只有你费尽心思才能激起她的涟漪。"

五、黄永玉故居

你言之乡愁："我的家乡就像自己的被窝。"

在"中国最美小城"湖南凤凰古城沱江边的山腰上，你的古色古香的独栋建筑，名为"玉氏山房"。从这里向下俯瞰，凤凰古城美景尽收眼底。大门紧锁的山房被翠绿的树木掩映，可见一座亭子和长长的走廊相依为命，为你看家守业，忠诚，天地可鉴。

虽然平生多舛，但你处世态度洒脱、旷达、不羁，永远保持童稚情怀，这是你从未更改的性格特征和最突出的艺术个性。

晚年，你依然像一个少年那样充满朝气，尝试各种新奇事物，一门心思画画、做木刻，还写诗歌、小说，甚至上时尚杂志封面，和年轻人一样练拳击、骑行、玩跑车。

十几岁走出凤凰，独自在外闯荡。出走半生，你对家乡故土有着刻进骨子里的眷恋，一直惦记着养育你的山水、吊脚楼和石板小街。

乡愁是你作品满溢诗意的永恒封面。生前，你也多次表达过对凤凰的喜爱："我的家乡就像自己的被窝。睡到被窝里面，自己的气息自己习惯。"

行走在凤凰古城，到处可见你的匠心之作。一些老字号的招牌题词、沱江边救人英雄的雕塑，都在你的笔下呱呱坠地。

当地民众说，受你影响，凤凰很多学生喜欢美术，大大小小的深宅院落里，会不定期举办画展，一不小心，就会有惊喜。

你不仅为母校凤凰文昌阁小学捐资修建礼堂，沱江上的"风、雪、雨、雾"四座仿古风雨桥，也是你捐建的最美的山魂水魄。

你给人的第一印象就是戴鸭舌帽，穿灰色大衣，叼雪茄，风趣幽默，双目炯炯有神，精神矍铄，状态年轻，与时俱进。

常有摄影爱好者拿着猴票索要签名，你都应允。还有人祝你万岁，你幽默地回答：千年王八万年龟。一笑了之。

夜幕降临，灯火辉煌的凤凰古城景色迷人，造型幽美的"风、雪、雨、雾"四桥吸引许多游客打卡拍照，十分热闹。你，功不可没。

山坡上寂静的"玉氏山房"静静守护着你思念的小城，典雅，高大，美丽，就像一个站在沱江岸边亭亭玉立的少女。

六、乌篷船

第一次知道凤凰古城，是在沈从文的小说中，那片朴拙天然的土地像梦境一样深深吸引着我。如今，终于走进湘西，可以身处梦境，感受古城的温柔气息。

上了乌篷船，静静欣赏沿江美景，仿佛忘记了时间流逝。

小船在江心缓慢游着，在淅淅沥沥的细雨中，两岸风景像画卷一样徐徐展开，还有连绵不断的歌声在耳畔响起。

伴随着柔橹声声，小船仿佛一台木壳收音机，按照自己的节奏畅游在不同的信号波段，每个波段播放着不同的乐声，一首刚听几句就徐徐转成另一个波段的播音。

小船将船底激起的白色涟漪推向岸边，岸边忽而飘来青草的味道，江水就这样默默从远方而来，又流向远方，没有倦容。

小船驶进拱桥洞，一些乐声便被拱桥石壁挡了回去，半分钟后，桥洞又吐出了游船，精彩继续，不容错过。

七、吊脚楼

沱江两岸的土家吊脚楼有百年历史，湘西独有，依山之势，傍河而建，一如皇宫后院，一夫多妻群居在一起。

一座座榫卯结构的木质建筑鳞次栉比，飞檐翘角，楼顶的黑色瓦片被灯

光映成了琉璃黄，时时刻刻，游人如织，发出充满幸福意蕴的惊叹。

小巧秀丽的吊脚楼，是凤凰古城极富苗族建筑特色的古建筑群，宛若婷婷的少女，立于古城东南的沱江之畔。

乘木舟游江，观吊脚楼，方式绝佳。除此之外，还可以在沙湾一带观看东门虹桥和北门跳岩附近的吊脚楼群，它们立在沱江水中，细脚伶仃，楚楚动人，回眸顾盼，一眼万年，美得让人再也移不开双腿。

河面上泛起朦胧白雾，这些吊脚楼在薄雾中若隐若现，乌篷船在湖面上撑杆缓行，宛若身处人间仙境。

在船上透过薄雾看朝霞，赏落日，霞光旖旎，无限风光各不相同。

美丽画卷展现于眼前，一种远离尘世的感觉油然而生。

如果条件允许，再找一间临河的房间，小住几日，斜倚窗旁，手捧佳茗，在乐声悠扬的诗意境界里，将所有的烦恼交给窗外的美景，最是惬意。

挂在瀑布上的芙蓉镇

夜色中的芙蓉镇更加柔美，层层叠叠都是景致。

曾记否，一部由姜文和刘晓庆主演的电影《芙蓉镇》让这个美丽小镇名声大噪，妇孺皆知。

芙蓉镇本名为王村，原本仅是大山深处一个名不见经传的小镇，电影火了以后，王村便更名为"芙蓉镇"，王村的名字则渐渐被人们遗忘。

芙蓉镇是湘西四大古镇之一，拥有2000多年历史，这座古镇很别致，一道宏大的瀑布依山垂挂，所以也被称为"挂在瀑布上的千年古镇"。

芙蓉镇位于武陵山区，这里本就是湖南乃至全国环境最优美的地方，酉水河沿着古镇轻轻流淌，古镇街巷曲径通幽，九拐十八弯。层层叠叠的台阶，层层叠叠的民房，层层叠叠的美食，勾起我层层叠叠的欲望和好奇心。

悠长的青石板街道，见证了古镇的沧桑与历史。街道两旁林立的商铺，列队接受我的检阅，牛角梳、小背篓等各式各样的小商品以及各种美食等着我一一体验。

街道上的当地人，背着独具湘西特色的竹背篓，尽显古镇的人间烟火气。

五里石板街，路面保存完好，斑驳的青石板路，黛瓦青砖的吊脚阁楼，处处弥漫着浓郁的历史人文气息。这里一直是通商的黄金口岸，走进五里石板街，仿佛瞬间穿越时光走廊，回到昔日繁荣的岁月。

据有关史料记载，在清朝乾隆年间，芙蓉镇的店铺就达500多家，每日有骡马千余，商贾云集，一派繁荣景象。如今的古街虽然少了昔日热闹的风光，但街道两旁依然摆满了银饰、干货、小背篓、特产小吃等富有古镇特色的精美物品。

芙蓉镇的夜色是自然环境与人文景观的结合体，陡岩、河流、瀑布、深潭是大自然赐予芙蓉镇人们的厚礼。土家吊脚楼依山傍水而建，布局精巧，巧

夺天工，层层叠叠，错落有致，粉墙黛瓦，飞檐翘角，很是灵秀。大自然与人文景观结合得如此协调、和谐、恰到好处，堪称完美。

在夜光灯的映照下，吊脚楼栋栋排排、层层叠叠，近在眼前，水瀑如海，由近及远，似夜幕下的海市蜃楼，美若仙境，此景只在芙蓉镇，别处难得一回见。

毫不夸张地说，芙蓉镇的夜景在中国甚至世界上都是独一无二的。

五里长街让人进一步感受到小镇古朴、厚重、庄严的韵味。刚入芙蓉镇，左拐右绕，前问后找，花了 108 元的碎银子，履行了登记、核验身份等手续才宛如新嫁娘般跨入夫婿的家门。

又经过一番不厌其烦的打听，此时已是满头大汗，蓦然听到瀑布倾泻的轰鸣声，不禁欣喜若狂，那是象鼻瀑布群发出的水泄声，就像两军交战时吹出的集结号，我们终于找到了要找寻的目标。为什么叫作象鼻瀑布？因为潭边的巨岩形似象鼻，从高高的崖顶一直伸到潭底，瀑布由此得名。

瀑布贯穿全镇，分两级从悬崖上倾泻而下，声势浩大，气势磅礴，湍急的流水声如钟鼓齐鸣，方圆十里都可听见。瀑布虽只有 20 多米高，却有着"飞流直下三千尺，疑是银河落九天"的磅礴气势。

瀑布上方有一条连接两边村落的小路，瀑布后方的崖壁上还凿有小径，游人可以从瀑布背后穿过去，感受"水帘洞"的风景。游客在水帘洞中横穿而过，万斛瀑水从头顶轰鸣而下，惊心动魄。

白天的时候，瀑布呈现出天然的白色，等到了晚上，瀑布则呈现出梦幻般的紫色，非常壮观，游人站在不同的位置观望瀑布，奇景迭出，在冷色灯光的照射下，蓝色瀑布似珠帘倾泻直下，喷珠溅玉，咆哮如雷，轰鸣震天，令人感受到惊天动地的力量。

瀑布飞流直下，丝毫不顾岩壁的阻挠，不惧撞击的力量，飞落进深不见底的水潭，汇入巫水河流向远方。

挂在瀑布上的小镇，名副其实，毋庸置疑。

好看还是嶂石岩

谁说秋叶无声？秋阳不艳？秋风不狂？秋雨不凉？

我，收拾好行囊，整装待发，北上，领奖。

天为幕，地为席，山为桌，水为酒，不歇的风，吹出稻谷金黄、高粱彤红，芝麻飘香，载歌载舞，迎接远方而来的客人。

嶂石岩风景区，我来了。纸糊套景区，你难道真的是纸糊的吗？

石家庄市赞皇县有 1400 多年的悠久历史，素以山清水秀著称，赫赫有名的嶂石岩景区更是吸引了众多游客前来探访寻幽。

金秋九月，一个细雨纷飞的早晨，因为第五届河北文艺彩凤奖颁奖盛典在此举办，我们一行人从江南塞北聚首于此，相识相知，交流分享，畅谈为文之坎坷，共赏新作。

两年一届的河北文艺彩凤奖像一个伶牙俐齿、巧舌如簧的媒婆，把一颗颗青春的文心与一缕缕浪漫的诗魂摆放在一张棋盘上，舞文弄墨，各展所长。

嶂石岩赛场上，诗文书画一一亮相，精英荟萃，精彩不容错过。

我拥字成趣，排列组合，呢喃成诗——

秋雨引流向春行，
岁月远逝观古文。
翰墨飘香铸根基，
一鸣惊人不为名。
众山一览世界小，
登顶来自勤耕耘。

今年的彩凤奖颁奖大会是三年疫情后第一次举办，来自北京、山西、安徽、河北等地的 40 多名获奖作者、奖前评委和特邀嘉宾相聚一堂，其乐融融。

不知是侥幸还是领导和文友们的眷顾，我成为唯一一个获得诗歌和小说两个奖项的新会员，对我而言无疑是双重惊喜，不但让我感受到嶂石岩秋季清凉细雨的滋润，更感受到即将登台领奖时的悸动心情。

平凡的岁月里，因为对生活充满了感恩，我对文字也多了一份敬畏，更因为一颗鲜活的心，著文写字，诗意无拘，每一字都饱含温馨，都向阳而生，继往开来，与文为伍，孜孜不倦，才有了今天的收成。

颁奖盛典正式开始，首先由河北省采风学会执行主席张炳吉先生就这届"彩凤奖"征稿和评奖情况做了说明，随后会长甄忠义、党支部书记兼副会长陈春生、副会长王金亮、副会长和凯以及秘书长万文丽分别为各个奖项获得者颁发奖杯、证书和奖品。活动有条不紊，循序渐进，掌声此起彼伏。

颁奖仪式之后，诗歌组获奖代表张秀玲、小说组获奖代表刘兰琴、书法组获奖代表路延伟、绘画组获奖代表孙岩、摄影组获奖代表冯建君以及最年轻的获奖代表韩晞媛，相继登台发表获奖感言，表达感谢，展露心迹，描绘蓝图，表白决心。

颁奖大会上气氛浓烈，代表们的发言各有千秋，有的诗情画意，流溢浪漫；有的娓娓道来，故事奇曲；有的凝练生动，声情并茂；有的思想深邃，字字珠玑。

其中，诗歌组获奖代表张秀玲的发言诗情画意，文采飞扬，激情澎湃，震撼我心，她的话久久回荡在耳际，挥之不去，难以忘怀。她深情地说："我认为，诗歌是从生活中走来的，还应该还原到生活中去……要融进作者全部的精气神，要接地气，有人间烟火味。在创作中，作者不仅要有真情，而且要有自己的思想，要用心灵写作，这样才能给作品赋予灵魂，赋予生命力。"接着她又娓娓道来："有人说，诗人是孤独的。我认为，这孤独是一种享受，是独属于自己的一种境界。我曾这样写道：'当你静静地坐在书桌前，铺开一张白纸，身边再放上一杯清茶，此刻窗外的世界，也许细雨敲窗，也许大雪纷飞，也许花枝颤动，也许晚霞正红，也许月色朦胧……你，就是文字的王，统领着一切。这个时候，你已经不再是自己，你可以放出身体里的十万匹野马，你可以穿越千山万水，你可以让枪炮开出花朵，你可以领着白云飞跑……'所以我认为，写诗，是美好的事情，最能表达心灵的真情，是用最深情最纯净的心向尘世告白。"

会议开始的第一天，与会人员三三两两地结伴进入素称"百里赤壁，万丈红绫"的嶂石岩采风。文友们各自按照自己的喜好，成双结对，游览了嶂石岩传统民居、槐泉寺、槐河源头、世界上最大的天然回音壁、九女峰、嶂石岩主峰黄庵垴等景点，归来之后，又带着意犹未尽的心情参加了晚间的书画笔会。

笔会上，首都知名书画家侯峻山、郑景泉、孙兆河为大家创作了一批书画作品，分赠同道，以兹留念。我穿梭在人群里，缄言默观，少言寡语，悄悄地来，静静地走。

其实，我并非生性好静，写作、旅游、摄影都是我所钟爱的，并且都小有收获，只是因为身体抱恙五六年，按照医嘱，一直循规蹈矩地生活，不敢越雷池半步，也少与人往，平淡如水，波澜不惊。

故而，少了山水情缘，缺了灯红酒绿，时时身处书房，舞文弄墨，自得其乐，生活中循规蹈矩，不敢登高望远、攀崖附壁，日日闲观天阶夜色，欣赏孤寂如水的凉月，坐看牵牛织女星，心满意足。

闲来无事，啜一杯清茶，品读闲书，临习古人墨迹，纵使书页发黄，字迹驳斑，纸张湿润，不再精神，我还是恬淡优雅地品鉴，感悟古人作品的从容，站在往哲先贤的肩头与他们对话，体会"林间萧散处，世外一闲人"的包容，优哉游哉，早已忘记尘世的喧嚣声和浓重的烟火气。

看久了，写久了，古人书作中不喜、不悲、不惊、不嗔、不怒的书卷气，仿佛逐渐从典籍中升腾弥漫开来，进入自己的内心，为我指点迷津。

久有凌云志，抬步又登山。今日，文友们结伴而行，我心如鹿撞，像小偷一样尾随着，走上了逶迤曲折的山道。乍看好像是清高，是另类，是不合群，是格格不入，其实是因为身体需要逐步恢复元气，不敢随大队人马急行军，抢山头，怕因为一时大意误了性命。

薄阳踏在脚下，微风抚弄面颊，我漫步在嶂石岩九曲十八弯的山路上，走得很艰难，稍感不适就戛然而止，原地站立，调匀呼吸，抖擞精神再拾级而上。

一株株脱尽绿叶的枯树，一块块布满青苔的顽石，一朵朵路边不起眼的小花，在你看得见的地方，或者看不见的地方，都以一种顽强坚韧的姿态，绵延伸展着生命的张力，倔强忘情地疯长。

走走停停，凭山远眺，云海好像调皮的孩子在脚下翻滚嬉戏，座座山峰仿佛都飘浮在天空之中，好不壮观。峡谷，险峻幽深；树木，挺拔苍翠；野花，烂漫多情；云海，如梦如幻；飞瀑，激荡人心。此情此景，令人叹为观止。

行走在花红柳绿的山道上，我犹如一个侦察兵，向四面八方窥探，小心翼翼，把一切美好收入眼帘，揣进怀里，藏到心间。

嶂石岩是国家级风景名胜区，位于石家庄西南的赞皇县境内，距河北省会石家庄市区约110公里，是太行山森林公园的精华所在，其以大型天然回音壁闻名遐迩，景区内还有奇石园、碑林、云崖撒珠、槐泉、槐泉寺等景点。

景区面积约120平方公里，站在景区最高点黄庵垴（海拔1774米）可看到两省五县。

嶂石岩旅游区的地貌被国家旅游、地质部门鉴定为"嶂石岩地貌"，与丹霞地貌、张家界地貌并称为中国三大旅游砂岩地貌，值得一游，值得探究。

我所在的纸糊套景区位于嶂石岩风景区西部，山岩沟谷形态复杂，景观层次紧凑多变，景中套景，步移景动，上下高低，变换无穷，素有"层层叠叠纸糊套"之美称。

进了纸糊套风景区，只见沿盘旋而上的石壁打造的文化墙一字铺开，一幅幅张蕴钰将军的诗碑映入眼帘，让人目不暇接。这里弥漫着浓厚的艺术氛围，吸引了无数海内外文人雅士前来游览、观光、探幽、写生，或登山远眺，或亭内寻趣，或碑林慕古，或登车览胜，或梅下留影……

岩石是高山的精灵，如果没有形态不一、犬牙交错、五光十色的岩石，就不会成就山的伟岸与磅礴。花草树木、飞禽走兽则让岩石有了凤冠霞帔，它们为高山涂上色彩，赋予其灵魂。

在这里，地壳运动形成的各种花纹的石块，像一件件精美的工艺品，不经意地摆放在道路中间、路基两侧、山座底部，成为这个国家级公园的宝贵财富，令人开眼界，长见识。

踏着嶂石岩的山道，仿佛融入了大自然的怀抱，每一颗石子都在细语，每一片叶子都在摇曳，每一滴清泉都在鸣唱。嶂石岩的美，如诗如画，充满了雄奇与险峻，也充满了宁静与深邃。

美景纷至沓来，绵延数公里的岩墙峭壁、三叠崖壁，除顶层为石灰岩外，多由红色的石英岩构成，远远望去，赤壁丹崖，如屏如画。这也是嶂石岩地貌五大特色景观之一，引人凝目精观，揣摩再三，不忍挪步，流连忘返。

山道两边葱茏茂密的漆树蔚为壮观，面积达百亩之多，为北方最大的漆树林，因漆树流出的汁液有毒性，会使人产生过敏反应，故而路过的游人远远望见挂在树干上的提示牌，便像躲瘟神一样，敬而远之，逃之夭夭。

上到山顶左拐，就来到了慕名已久的世界上最大的天然回音壁旁，此时宛若登上人生的巅峰，心潮澎湃，自豪不已。回音壁又名回音崖，1997年载入"吉尼斯世界纪录大全"，其表面平坦，壁高103米左右，弧度250度，弧长310米。壁下无论何处发出声响，均会有清晰之回音传来，恰如原声，叠复相重，不绝于耳。

拐角处有擂鼓亭，亭中有一面一米左右的牛皮大鼓，供游人擂鼓呐喊，展示统率三军的豪迈，响彻云霄的回声震耳欲聋。

此时，受到感染的我不甘示弱，虎步生风，雄赳赳地走上前去，将自己握紧的拳头高高举起，重重落下，擂响命运的战鼓，为自己加油。漫山遍野鼓声四起，不绝于耳，宛如千军万马在厮杀，震撼寰宇，淋漓酣畅，好不痛快，我的欢喜之情溢于言表，乐不可支。

回音壁两侧为长城系常州沟组红色石英砂岩，砂岩中的层理与层面构造为国内乃至世界所罕见，十分耐看，南侧弧壁底部为长城系赵家庄组紫红色泥岩及薄层灰绿色泥岩，质地松软，易于风化，走过时当小心翼翼，北侧弧形崖壁底部因泥岩被风化掏空而形成岩廊，这也是嶂石岩地貌的典型景观之一。

回音壁浑然天成的奇绝之美，展露了"抓把山风攥出酒，醉倒游客不识家"的独特魅力，红色石英岩中形成的白色填充物酷似一轮十五的月亮，这就是人们口口相传的月亮石，令人念念不忘。

紧邻回音壁的开阔地带是一处长百米左右的木制观景台，宽阔、厚重、坚固，可供登山疲惫的游客歇息，补充能量。凭栏远眺，景区云腾雾霭，美景一览无余。一块高高矗立的蓝底白字的牌子上写着"想你的风还是吹到了嶂石岩"，向游客表达着祝福，宛如好客的嶂石岩，让你不忍离去。

我的另一篇诗歌作品的题目就用了这句寓意悠长的话。一挚友读过诗歌，说最好把"想你的风还是吹到了嶂石岩"中的"还是"删除，更加简练、紧凑、上口。建议颇有道理，行文之前我也为这两个字踌躇、摇摆了很多次，但最终为了保持原貌，且多一点纠葛，终究没有删除，这是题外话。

传说中的淮泉寺越来越近，我驻足观看，其北部分布有大王台（右侧山峰）与古佛岩（左侧山峰）。前者为方山地貌景观，后者为岩墙（断墙）景观。大王台为明末李自成义军驻扎地，古佛岩酷似一尊双手合十、面朝东南的石佛，栩栩如生，憨态可掬，招呼南来北往的旅人。

行走在嶂石岩地质文化路上，可以观赏到从18亿年前到4.5亿年前形成的各种地质遗迹，让我阅尽奇石、赏心悦目的同时又增长了地质科普知识。

下山的路边有一个纪念品摊铺，一个着装得体的中年山姑客气地示意我坐下歇歇，喝口水，恢复一下体力。此时，我才感觉到腰酸腿疼，四肢麻木，就像冻僵的蛇一般瘫软无力。

我买了一瓶五元钱的苏打水，感觉价钱很公道，就好奇地问她："上山下山，运来运去，很费力气的，咋卖这么便宜呢？你售卖十元八元的也不算贵啊！"

她摇着头，笑着回答说，好多游客都嫌贵，卖不掉的，薄利多销，权当锻炼身体吧！

她笑得很灿烂，很淳朴，很知足。知足常乐，思想才能不负重，灵魂才能更通透。

嶂石岩，你是如此神秘，如此温柔，如此令人心醉。你壮丽的山峰拥我入怀，仿佛直通云霄，你的峡谷深不可测，让人惊心动魄，令我为之倾倒。

在你的怀抱中，我，感受到了大自然的鬼斧神工；我，感受到了生命磅礴的力量；我，寻找到了属于自己的宁静与安详。我不禁喃喃自语——

半山红绿半山黄，
半边石板半边房。
溪水门前淙淙过，
午暖花浓两头凉。
嘘寒问暖心头入，
你言我语战鼓响。
来日颁奖佳作宴，
擂鼓助兴震八方。

喜欢你，我的神。无风不起浪，想你的风还是吹到了嶂石岩。

因为你，我不想回还，不愿回还，但还得回还。

好看就来红石峡

红石峡，多么好听的名字，如红白分明的书画引首章一样，精致，耀眼，一枝独秀。

知道家乡这处闻名遐迩的风景区已有多年，只是因为一直忙于几两碎银的生计而未能身临其境，一饱眼福。

去年国庆假日，回家途经莽莽苍苍的岱山，触发了热恋家乡的情结，看着秋天的金黄与连绵山岭的青翠火红，我被迷得神魂颠倒，忘乎所以。我为家乡有如此娇媚的景色而感到骄傲和自豪。

恰巧此时车行驶到"一岭分江淮，一道看定远"的江淮风景道定远东入口处，天赐良缘，过往的遗憾和心中的不安分促使我立马改变行程，被彩虹线牵引着，去走访拂晓乡，去探寻大横山，去红石峡采风。

其实，一生中最好的旅行，就是你在一个陌生的地方，发现一种久违的感动，然后被这个地方的一草一木打动，心甘情愿成为它的俘虏，成为它忠实的观众。

车子始终保持着三四十码的速度，行停自如，以便能够发现新奇，诉诸文字，留下记忆。

风景道和乡村水泥路不时互相交叉，彩虹线在交叉的地方犹如小偷，神秘出入，时隐时现，经常让我们在失去目标的地方再次寻人问津，或者找度娘释疑解惑。就这样，左拐右绕，时针已指向 11 点半了，心里的那颗明星还没有闪亮登场，考虑到下午还有重要约访，只好忍痛割爱放弃探访，返回既定路线。

昨天是周末，风和日丽，暖流遍地，细柳摇曳，海棠花浓，百合吐芳，莺飞燕舞，清明时节就在眼下，遂决定借此良辰再探红石峡，实现打卡愿望，抹平心灵的皱褶，弥补去年的遗憾。

绚烂瑰丽的红石峡，我来了。

为了不重蹈去年的覆辙，我们采取分段导航的办法，每到一个陌生的路段，我们就会停下来一起借助导航搜寻，大家意见统一后再出发，就这样，几经周折，总算穿越池河，绕过红山，顺风顺水地进入了红石峡风景区。

红石峡，我们终于揭开你神秘的面纱，相见了，相识了。

我们如释重负，欢呼雀跃。

停车场已经停了很多外地牌照的车，南腔北调的游人着实不少，时有旅游团的导游举着三角旗走过。我心中不免有些疑惑，难道平时也是这样吗？为此，特意问了一个在此出售土特产的农村大嫂，这里游人的数量都像今天这样多吗？

大嫂笑着说："不少呢，春节时都人山人海的，平时就跟现在差不多，也不少啊，不然我怎么会在这里卖花生、粉条、山芋粉、红薯干、野小蒜呢？"

她说得很自信，我也认可她的真诚憨实。从话语里可以看出，她的生意很红火，每天的进账肯定不少。

红石峡，位于安徽省滁州市定远县拂晓乡大横山丘陵地带，海拔234米，山势平缓，满山灌木，为国家级野生自然生态林区。山中不仅有"四古"——古城、古寺、古井和古塔，还有老鹰嘴、仙人洞和情人坡等"八景"。其东南处的特殊地貌——丹霞地貌面积约2平方公里。赭红的色彩和波浪般优美的线条纹理，一如五线谱，让这里成为上佳的拍照取景地，不需要加装特别的滤镜，也能拍出美美的照片。

这处丹霞地貌为中国华东地区所少有，在安徽独一无二。整片区域地貌形状各异，如黄山的七十二峰，风起云涌，峰峰不同。特殊颜色稀缺少有，难得一见，让人赞叹不已。

丹霞地貌有的地方因长年风吹日晒显得板结、坚硬、耀眼，山坡剥脱了所有的植被，敞露出丹红色的山体，犹如"赤壁"，充满了野性、强悍和粗犷之姿。亿万年沧海桑田的地质变迁加上流水和风霜的轮番侵蚀，给这片山石刻画出一道道时光与岁月的痕迹。

据专家推测，红石峡丹霞地貌应该形成于1.46亿年前，由风沙水流长期风化侵蚀形成，世间稀有，罕见。关于红石峡的来龙去脉，还有一个传说。

相传远古的时候，天上曾有12个太阳，它们整天在空中嬉戏打闹，昼夜不歇，大地焦若炭土，人间苦不堪言，怨声载道。

天帝获报，着二郎神担山撵日，他挥舞金鞭，接连鞭下11个太阳，剩下一个太阳被打瘸了腿，趁乱躲到大山背后，二郎神穷追不舍，怒发冲冠，奋力挥舞长鞭向大山抽去，只听霹雳一声震天响，矗立的大山被拦腰抽成了三节：上面的一节甩落到东南十几里，成了小横山，顶尖如剑，直指苍穹；中间的一节被抽得散乱不堪，星罗棋布，形成了定远境内岱山连绵的群峰；底部的一节被抽得断成危崖丘壑，成了今天的大横山，山顶开阔平坦，艳如枫叶，沟渠流水淙淙，清澈见底。

那个剩下的太阳知道惹了天怒，仓皇躲到了一棵马齿苋底下，这才幸免于难。

我想，今天的红石峡之所以如此火红耀目，瑰丽多姿，应该是太阳在感恩吧！

来到红石峡前，但见悬崖峭壁虽不壁立千仞，但也姿态万千；虽不九曲环绕，但也美轮美奂。一座座山丘，似摇动的风铃，若卧睡的水牛，像出水的芙蓉。好看，走心，入骨。

山如画卷，水如彩笔，逡巡其中，如坠红霞彩虹之中，如入写意山水的磅礴画图，诸状诸形，入眼妖娆，游人无不感叹天地造化的出神入化，大自然的鬼斧神工。

在这里，大自然的雕刻工艺展现得淋漓尽致，整个景区如同一幅巨大的艺术画卷。每一块红石都仿佛是大地的化身，记录着古老而悠久的岁月。

和我一样，天南地北来这里观光的游人放下牵缠，敞开心扉，啧啧称奇，手舞足蹈，如小鸟投林，鱼入江海，鹰击长空，信马由缰，闲庭信步，喜气洋洋。

我，像脱缰的野马，不顾朋友们的吆喝，一阵烟似的向山顶攀爬。

红石峡的地质构成，似砂非砂，似土非土，似石非石，也像砂石土的混合体，充满悬念和疑问，需要科考给出答案。

一个个山丘形状不同，纹理迥异，或高或低，错落有致地分布成远近有别的景观，有的山丘，山泉环绕，苔痕沟底绿，清泉石上流；有的山丘，一枝老干迎风傲立其上，我自岿然不动；有的山丘，一石飞来成椅凳，可坐可立。最让我兴奋不已的是位于东北角的一座山丘，上面竟然矗立着一株枝繁叶茂的松树，酷似好客的黄山松，迎接四面八方的游人莅临做客。

我不顾攀爬的劳累，宛若鸽子觅食，左蹦右跳，连蹿带跑，没几下就上气不接下气地奔到了树下，左看看，右瞅瞅，四顾巡视一番，手扶松枝，留下了与红石峡不解的情缘。

站在山丘上，回望东方，入眼的云天、村庄、林木，河流，浩浩荡荡，广大远旷，不见边际，佳境空前绝后，好景蔚为壮观。

红石峡，不但名字是红的，这里的世界也是红的，而这红，漫山遍野，不但可以看，还可以吃，如这里的野山枣，如这里的红仁花生米，如这里用红土腌制的鸡鸭鹅蛋……

吃一口，一口红，就等于品尝了一口春天的颜色，甜美，入心，沁入骨髓。这味道成了红石峡的猎猎旌旗，成了红石峡的绝美招牌，弥漫着春天的清香，入峡观光的人被红色包裹着，都醉了。

站在高处，我想，红石峡是否因融入了这些独特的红色元素才如此壮观，才有了山的精灵，水的妖冶，人的厚道，山的苍茫。

我们在山上盘桓一周后心满意足，看看日当正午，正是进膳的节点，便从山丘上的人群里如游鱼向海，顺水而下，突出重围。

　　山下地面平整，偶见土丘、土墙、土埂，只见先前下山的游客中有不少人带了塑料桶、方便袋，正在挖土。

　　我十分好奇，就走上前去一探究竟。

　　原来这里的红土十分稀有，腌制鸡鸭鹅蛋非常好吃，腌法简单，易学易会易做，只要把带回去的泥土稀释后加适量的盐，搅拌均匀，再把鸡鸭鹅蛋放在稀释好的泥水里滚动一番，沾匀泥浆，放到备好的筐篓箱盒里，几日后便可食用，且味美香醇，咸淡适中，是吃货们梦寐以求的佳肴。

　　我们买了花生、粉条等农副特产，以便回家后好好享受环保健康的山野原生态产品，也不枉与红石峡这一番卿卿我我，牵牵缠缠。

　　再说这里的花生和其他地方的花生确实也不大一样，可能是受地理环境的影响，籽粒都是红心的，营养非常丰富，含有蛋白质、脂肪、氨基酸、不饱和脂肪酸、卵磷脂、胡萝卜素、维生素 E 等营养物质，适量吃对人体有益无害。

　　可爱的红石峡，你虽没有黄山的险峻、华山的挺拔、武夷山的灵气、庐山的神奇，但近年来，因为你独特的丹霞地貌，每年吸引着大量慕名而来的游客，成为广大市民旅游、休闲、观光的绝佳去处。

　　爱好旅游的驴友，背起你的双肩包，挎上一个暖水壶，带上一袋压缩饼干，跟上我们的脚步，赶快光临红石峡，做一只听话的小爬虫，体验，记录，发现，传播。

　　亲爱的朋友，莫让年华付水流，别让你的脚始终囚禁在舒适的皮鞋里，它们需要蹚过溪流，穿越丛林，渡江越海，看外面精彩的世界。

　　庭院练不出千里马，站在山顶的人才算顶天立地的英雄汉。走进自然，融入自然，我们才会万般自然。

　　红石峡，在中国，在安徽，在华东，在滁州，目前应该算是个理想的景点，基本设施齐全，有停车位、公厕，且不收门票和停车费，停车场距离景点很近，车辆可以和景色零距离接触，单说红石峡的景色也不比那些挂 A 的景区逊色，旭日里、夕阳下拍照特别上镜。

在如今旅游盛行的时代，很多景点为了吸引游客，纷纷进行商业化的开发，而红石峡却仿佛是被时间遗忘的主角，没有商业化的痕迹，原始、纯粹，是难得的好地方。

在这里，你一定会气定神闲，心旷神怡，静静地聆听微风吹过红石的声音，在这里，你一定会抚摸温顺柔媚的红石的皱纹，捧起一把红土，与脸颊亲密接触，一眼万年。

仗剑走天涯，哪里原始去哪里，哪里锦绣哪里爬，定远风景绝佳地，好看就来红石峡。

六万情峡晒秋

一

当秋风卷起大别山的褶皱，六万情峡便以一场盛大的晒秋仪式，将时光晾晒成斑斓的册页。

竹篾编织的簸箕里，扁豆蜷成紫月，辣椒铺展成红绸，玉米粒淌成黄金的河。

农家的屋顶是天空的调色盘，南瓜的橙、柿子的红、稻谷的褐，在皖西的晴空下酿出蜜色的光晕。炊烟斜斜地爬上老墙，与佛子湖的薄雾相拥，水波漾开时，连游船的倒影都沾满了五谷的香气。

二

峡谷是历史的书脊，每一道岩纹都刻着曹平章与殷霞未竟的情诗。

六万寨的断壁残垣下，松涛低语，诉说着十八年的守望。

龙头岩上，"曹"字旗早已风化，唯有枫叶年年以血色重写誓言。五桂峡的溪水穿行而过，将故事冲刷得如鹅卵石般圆润，又在竹筏轻摇时，碎成粼粼的银屑。峭壁间，忘情洞的幽深藏不住回声，仿佛是谁的叹息，悬在时间的裂隙里。

三

晒秋的不仅是作物，还有山民的记忆。

老翁蹲在石阶旁,用烟斗叩响青砖,民国风情的小镇倏然苏醒。

旗袍女子执伞穿过石板巷,油纸伞沿滴落的不是雨,是旧年桂花的残香。茶肆里铜壶咕嘟,沸水冲开霍山黄芽的卷曲,茶烟与戏台上《大别山传奇》的硝烟交错——枪炮声撕裂山谷,威亚吊起英雄的剪影,爆破的火光中,历史在实景剧的推进里重生。

四

暮色为晒秋添上一笔釉彩。

竹海被晚风揉成墨绿的绸,枫林却倔强地燃着,将云霞烫出窟窿。

佛子湖收纳了所有颜色,老鹰洞的苍黑、胡家大院的灰白、菊田的灿金,都在波心晕染成水墨长卷。归舟载着满舱暮色靠岸,船娘哼起小调,词句坠入水中,惊起一滩白鹭,翅尖掠过处,秋的册页簌簌翻动。

五

夜至,晒秋的灯火次第亮起。

晒场成了星图的摹本,南瓜灯是温柔的星座,辣椒串连成赤色银河。鹿吐石铺的纪念碑浸在月光里,弹痕与丰饶在此和解。有人拾起一枚枫叶夹进诗集,却不知它早已被六万情峡的秋风写成了最美的注脚。

侯家寨，我来了

毛泽东《七律·到韶山》曰："别梦依稀咒逝川，故园三十二年前。红旗卷起农奴戟，黑手高悬霸主鞭。为有牺牲多壮志，敢教日月换新天。喜看稻菽千重浪，遍地英雄下夕烟。"

这首诗歌记述了毛泽东回到阔别32年的故乡时的真实感受。通过对韶山人民革命历史的回顾，以及对人民公社社员通过辛勤劳作而喜获丰收的描绘，赞扬了革命人民艰苦卓绝的战斗精神，歌颂了中国人民战天斗地的风貌，鲜明地体现了毛泽东高远的思想境界。

我虽是一介凡夫，名不见经传，没有伟人这么高的格局，但也想借伟人的豪迈来抒发一下我又一次来到侯家寨文化古遗址时难以按捺的激动心情。

侯家寨遗址位于淮河以南约60公里处的定远县七里塘乡四家刘村袁庄组后东北角1000米处，遗址面积约4万平方米，1977年被发现。1985年和1986年，安徽省文物考古研究所两次发掘面积375平方米，出土了300多件新石器时代陶器、骨器、石器和动物骨骼标本，发现了房子的居住痕迹和灰坑等遗迹。

从发掘出土的器皿来看，侯家寨遗址的文化遗存代表了安徽省境内新石器时代早、晚两个文化类型。早期文化类型是距今7000年左右的釜文化，晚期文化类型是距今6000年左右的鼎文化，这两个文化在20世纪90年代被考古学界统称为"侯家寨文化"。

侯家寨文化的发现，为淮河中游地区新石器时代早期和晚期考古学研究树立了标尺，解决了淮河流域中游地区新石器时代考古学文化的年代框架和谱系问题，证明淮河流域也是中华文明的发祥地之一，首次填补了安徽省早、晚两期新石器时代考古学文化的空白,首次将安徽的人类文明历史上溯到 7000 年以前。该遗址于 1992 年 8 月 15 日被定远县人民政府公布为县级文物保护单位,1998 年 5 月 4 日被安徽省人民政府公布为省级文物保护单位。

站在侯家寨文化遗址上,从遗址的北面与东面依然可见台形地的轮廓,数千年的农耕已把台形地平整为四个台阶的耕作面,每个台阶高度都在 2 米以上,庄台的总高度在 10 米以上。

沧海桑田,最初庄台高估计有 15 米左右。地表到处散落着烧焦烧红的红夹土,可知新石器时期的人们在庄台上积土成堆,挖横洞,然后用夯土技术夯实,再用高温煅烧技术烧焦烧红夯土,最后入住其中。洞中地面经过平整、夯实,便于人们舒适地居住,至今还有当时人类用火留下的灰土遗迹。

我作为基层文化干部全程参与了安徽省文物考古研究所的两次发掘,每天吃住行都和考古人员以及雇用的工程人员在一起。1985 年,安徽省文物考古研究所指派了阚绪杭老师亲临现场指挥试掘,我作为助理打下手;1986 年,安徽省文物考古研究所又增派了考古人员,加强了考古力量,使考古进度加快。

据世代居住于此的老人们介绍,20 世纪 50 年代刮“共产风”,大队在侯家寨台地顶上挖山芋窖子,挖到七八尺深处发现一个平面,挺硬的,挖不下去。同时还挖到了烧灰土,窖里一点水不进,很坚固。

当地人称侯家寨遗址为“台地”,称台地遗址南面那一片为“瓦地”。“瓦地”包括台地在内,向东、南、西、北四边延伸各有 1.5 华里,方圆范围有一百五六十亩。

侯家寨文化遗址上四野到处都能见到断砖碎瓦,挖沟搬塘时还挖出墙基、下水道、古井等遗迹遗存。

当地人只知道叫“侯家寨”,不知是哪朝哪代的寨子,现在就剩下“瓦地”地名了。台地东面 300 米还有一个大孤堆,传说是“侯美蓉”墓,在寨子外,今天还是墓地。

整个遗址分为南北两块,北边是新石器时代母系氏族遗址,南边是汉墓

群，当地农民在耕地时经常犁出青砖、脊瓦、酒器等器皿，数量丰富。

在侯家寨文化遗址上台地北面四级底下西南角有一个"龙眼泉"。传说，龙王看到侯家寨景美、人美不愿走，刘伯温用神鞭赶龙王，龙王被刘伯温一鞭子抽掉一颗眼珠子，落到侯家寨寨后头。甘甜的泉水就是龙王眼珠的血泪化作的，泉水长年流淌不息，很旺，很甜。听说，后来龙王的后代就在不远处的青龙涧居住了下来，侯家寨侯参将的小姐侯美蓉去降香，对龙家庄的龙官保一见钟情，最终二人成婚，喜结良缘。侯美蓉热爱家乡，死后安葬在台地东畔的美人坟。

据说这台地和瓦地在古代是大地方，出过大官，北边还修建了十里庙，又在洛河坝河头镇水边修建了码头，商贾往来不绝，繁华无比。

神奇而缥缈的传说，唤起后人对侯家寨似曾有过的辉煌和久远历史人物的猜想，给我们保留了侯家寨美丽历史的雏形。

传统剧目《双丝带》曾有多种名目，安徽人民出版社出版的金芝、辛人的庐剧整理本名《双丝带》，楚剧、越剧、芗戏、五音戏名为《文武香球》，莆仙戏叫《龙官保》，泗州戏称《反莱州》，秦腔、徽剧名为《双丝带》（又称《侯美蓉降香》），武宁采茶戏则有《丝带记》与《贤关镇》上下本。

《双丝带》被古今艺术家们唱红全国各地，剧目故事的原型就来自声名远播的侯家寨。

悠久而神秘的侯家寨像巨龙一样，依旧静默、沉睡在定远大地上，它是祖国乃至世界的文化遗产，应该受到政府与民众的保护。它的考古价值、文化价值、审美价值和艺术价值已经逐步呈现出来，曾被列为1979年以来安徽十大考古发现之一，影响深远。

淮河流域埋藏了数千年的文化瑰宝——侯家寨，将徐徐地向后人展现它不为人知的财富与秘密。

我想，有识之士一定会携金带银，蜂拥而至，保护、开发、光大这个属于全人类的文化宝库，给世人提供一个观光旅游、休闲养生的好去处。这不是痴人说梦，是终将实现的七彩蓝图。

空中假日
——2000 年安徽省暨合肥市首届航空特技飞行表演

5月，一个接一个的节日、纪念日接踵而至，让人心中的欢娱膨胀得如爆米花般洁净丰腴，这也是继春节之后又一个七天长假，使辛勤劳作在各条战线的人能有充裕的时间去度假、旅游、探亲、访友。

权威人士称，今年"五一"长假全国将有5000万人外出旅游、度假，据4月30日新闻的报道，全国水、陆、空运输计划均已客满。

为了避开客流高峰的侵扰，避免花钱买罪受的现象发生在我们身上，我们5月1日的旅程删繁就简，一行人避开摩肩接踵的热门景点，选择就近到省会合肥观看"2000年安徽省暨合肥市首届航空特技飞行表演"，既节省了几两碎银，也避开了花钱买罪受的折磨，省时、省钱、省力，同时眼界大开，收获多多。

上午10时整，悠扬的迎宾曲响起，省、市领导健步走上主席台，宣布开幕式盛大开启。

由中国试飞员学院8名硕士学员驾驶的8只单人动力伞和1架遥控飞艇在蓝天中自由飞翔，不断变化出各种队形……伞翼喷射出的红、黄、蓝、白的拉烟，在偌大的天幕上像技艺精湛的国画大师在泼墨写生，虚虚实实的线条，一如少女纤纤灵指织成的锦绣挂毯，展示在蓝天这块新千年的大屏幕上，或雄浑，或奔放，或飘逸，或旷达，内容丰富多彩，让人目不暇接。

伞下悬挂的鞭炮噼噼啪啪，五颜六色的彩纸碎片像花瓣雨亲吻着人们的脸颊，使人眼花缭乱，无法拒绝。人们沉浸在难以言表的兴奋中，探身、踮脚、伸颈、昂首，全神贯注，含情脉脉，接受来自天庭的花瓣雨的洗礼。

　　式样多样、形状各异的望远镜、摄像机、数码相机像一门门大炮，在烈日下的口哨、叫喊、鼓掌声中记录着这让人刻骨铭心的壮美瞬间。

　　每个人的脸上都写着幸福，写着神采飞扬和自豪。

　　时间在悄悄地流淌，只见一架橘黄色的米-8直升机自西向东经主席台飞过，表演着侧飞、后退、定点旋转等让人心跳不已的高难度动作。若非亲眼所见，谁能相信这看似笨拙的大力士，竟有如此之多令人叹为观止的绝活。如果那些行驶在平坦大道上的奔驰、凌志、尼桑、林肯、福特等"小乌龟"们撞见了这壮观恢宏的场面，不知将有何感想。

　　"嗡嗡嗡"的引擎声渐小，直升机爬上了2000米高空，只见八位身着彩蝶状服饰的姑娘从天空飘然而下。谁持彩练当空舞？原来是我们的试飞员在表演跳伞特技。随着人们的欢呼声，八位姑娘在人们的惊叹声中准确无误地落到机场的草坪上。

　　不知何时，一架小燕100已在我的头顶上空，像高尔基《海燕》中描写的海燕一样在高傲地飞翔。那干练、利索、飘逸的表演把小燕100的灵巧发挥得淋漓尽致。

　　正当我驾着思绪之舟在神翩翩、意跹跹地做着白日梦时，一阵风驰电掣的嘶鸣声传入我的耳鼓，两架歼击机已从我的眼前似一道闪电划过天际，飞向了远方。此时，我才真正领略到"机不可失，时不再来"的别样内涵，惊叹于现代高科技的卓越非凡。

　　航空特技飞行表演是勇敢者的"游戏"，不是每个人都能玩得起的，也不是每个人都能实现的美梦，尤其像我们这些普通人，已不可能再有机会展翅翱翔在蓝天。巴金老人说，只有梦境才是最美的，我们也只有用梦境去弥补缺憾的人生了。

　　人生不可能十全十美，留几份遗憾反而能激励你奋发求索的勇气，加快你成功的步伐。

　　我们虽然不能都像试飞学员一样在蓝天飞翔，但总有一方热土属于自己，我们可以在生活的苍穹中搏击，战胜坎坷与挫折，抵达自己向往的世界。从这层意义上看，每个人都长着翱翔蓝天的羽翼，能够实现飞翔的梦想和愿望。

我们歌颂试飞英雄，歌颂蓝天上的宠儿，他们赢得了人们的尊敬、赞美、掌声与喝彩，须知在现实生活中，做任何一件事情都要付出艰辛的努力，不付出十二分的辛勤和汗水，经历艰难困苦的磨砺，荣誉是不可能轻易取得的。

与其说鲜花和荣誉装点了人生，倒不如说痛苦和挫折造就了人生。这是对现实的回答，也是对成功者的赞叹。

试飞英雄们，来年有约，让我们相会在蓝天，畅谈人生，为新千年再谱新曲。

馒头山摘枣子

刚刚告别赤日炎炎似火烧的酷暑，步入秋高气爽、舒爽惬意的初秋，美美地享受风光旖旎的美景，不禁喜笑颜开，情难自已。

在这样甜美的季节里，我从江淮风景道定远段岱山入口逶巡而入，蜿蜒向西，放飞心情。闲看行云流水，踏青赏景，逍遥自在，别有情趣，乐不可支。

一路上可以感受"青山绿树碧瓦，小桥流水人家，新道轻风鲜花，夕阳西下，休闲何须天涯"的乡村之美。

在依山傍水的岱山新村，远观，青山清晰可见；近看，绿树掩映着的一栋栋双层农家别墅，错落有致，白墙青瓦马头墙，素雅别致，让人流连忘返。

一路上可以感受自然之美：红石峡虽没有黄山的险峻、华山的挺拔、泰山的巍峨、武夷山的灵气，但近年来因其独特的丹霞地貌声名鹊起，吸引着大批慕名而来的游客，成为广大市民旅游、休闲的新景点。

一路上可以感受生态之美：黄山水库坐落在风景秀丽的凤阳山南麓，春天，芳草吐翠，碧波荡漾；夏季，碧绿的草地像新媳妇的曳地长裙，一直从山坡上绵延至水岸边，摄人心魂。傍晚，夕阳下山，耳边不时传来小鸟悦耳的啁啾声和山民的吆喝声，此时此刻，沉浸在这样一片宁静的情境中，当是人生最惬意的享受。

过了滴水寺，车子沿着北沿山公路继续西行，不一会儿就来到了人们口中的馒头山，据说山上长满了野枣林，小枣殷红脆甜，让人垂涎欲滴，每到这个时候，山上都是来自各地的采摘野枣的人。

馒头山位于方家花园西南方向，从大顶山向西越过一道山谷，跨过一条人称狼谷的小河，就来到了它的面前。从这里由远及近，可以观赏定远西部大大小小连绵不绝的山峦秀色，品味山间蕴藏的厚重的人文历史，不禁心潮澎湃。

馒头山呈东西走向，西连淮南，东延滁州，所在地域古时称莫邪山，明朝后改称为凤阳山，是大别山脉淮阳山系支脉。这里山清水秀风景好，花木葱茏生葳蕤；这里矿藏储量丰厚，遗憾的是动物品种单一；这里曾是楚汉争霸的古战场，烽烟起兮，大风飞扬，群雄逐鹿，垂名古今。

这座山山体呈椭圆形，隔远了看像是一个饱满的馒头，丰腴洁净。山上物产丰饶，野果野味的品种数不胜数，滋养了一代又一代的山民商贾、达官贵人。山下的人们靠山吃山，依水吃水，生活不愁，衣食无忧。本地根据山的形状把这座山形象地叫作"馒头山"。

站在馒头山下，抬头向上望去，只见漫山遍野树木葱茏，藤条纠缠，百花吐艳，鸟飞蝶舞。万木争春的时节过去之后，山枣才开始悄悄地发芽、抽叶，孕育自己的花蕾，然后结果成熟，被闻讯而来的旅人争相采摘，并成为令人神往、回味悠长的绝美零食。

枣花开时也是枣叶最美之时，绿油油的带着点嫩黄，犹如刚刚长成的少女，不施粉黛，天然动人。枣花呢？它不愿争奇斗艳，悄无声息地隐藏着自己，全无怨言，任由枣叶出尽风头。它知道，枪打出头鸟，如果过于张扬，聪明的小蜜蜂会找到它并分享它的快乐。

杜甫《百忧集行》中写道："忆年十五心尚孩，健如黄犊走复来。庭前八月梨枣熟，一日上树能千回。"我从车上下来，径直往山坡爬去，虽然山丘不高，但杂草树木纵横，像一道道岗哨盘查询问每一个上山的旅人。各种叫不出名字的野树、藤蔓互相交错，大小不一的石块、石子犬牙交错，野草覆盖的山岭深浅难测，不小心便会一脚踩空，完成无意识的漂移，自己也会被这突如其来的变故吓得心怦怦直跳，以至于愣怔怔站在原地，用手抚着胸口，长长地呼一口气，半晌回不过神来。

七零八落的野枣树分布毫无规则，它们隐没在杂树丛里，时隐时现，在和我躲猫猫。不时跳入眼帘的野枣树没有想象中的那么伟岸挺拔，一棵棵，一片片的，放眼四顾，一眼望不到边，颇有一些气势。

细细观察，发现这里的山枣树枝干基本上都是手指头粗细，高的不过一米有余，矮的也就几十厘米，虽然纤小，但都长得十分精神，干紫叶绿，郁郁葱葱。

靠近路边的山坡上，杂草被采摘山枣的人踩得乱七八糟，若隐若现地形成了时断时续的路径。野枣树上的山枣大多已被勤快的路人采摘一空，只剩下零星几个还泛着青色的营养不良的野枣，期盼着被有缘人收拾认养。

我的双眼宛若探测仪，不肯放过每一颗还被遗落在山枣树上的野枣，每发现一颗，都欣喜若狂，急速靠近树旁，俯下身去，用手轻轻拨开交叉在一起的枝干，小心翼翼地摘下千辛万苦搜寻到的胜利果实，放入囊中。

在采摘山枣的时候，不时会被山枣树上的刺扎伤手指，那尖尖的枣树刺锋利无比，一不小心就会扎入手指、手背和裸露的胳臂，瞬即就会从伤口处渗出一丝丝血迹，隐隐地疼。

我漫山遍野地搜寻山枣，出没在野蒿茅草编织的阵地里，鞋子里也掉入不少土片石子和野花野草的种子，裤子上扎满了说不出名字的各种各样的野刺，身上痒痒的。那些附着在衣物上的利刺，偶尔会因为受到外力的挤压深深进入我的皮肤，扎得我龇牙咧嘴。

其实，采摘野山枣按规矩应该戴上手套、面罩的，以防在采摘的时候被枣刺扎破，被野蜂、野虫咬伤，像我这样赤膊上阵、不知死活的人是鲁莽的，着实有些冒失，即使战果辉煌，也难免伤痕累累。

我沿着馒头山的山脊走进山的深处，由于这里人迹罕至，野山枣逐渐多了起来，有的野枣树上可以采摘一二十颗大小不一、颜色各异的枣子，满满的胜利感、成就感爬满脸庞，顾不上擦拭顺着脸颊流淌的汗水，至于晒得红红的臂膀和那一点疼痛，早已被胜利的喜悦覆盖，忘得一干二净。

难怪有人说，在做自己喜欢做的事情时，无论怎样都不累，做自己不喜欢的事情时，无论怎么做都很累。此时，我才真正识得其中五味。

野山枣，你是多少人日思夜想的碗中烟火，果盘里水果家族的荣耀。为了一睹你的芳颜，享受你带来的舌尖上的美味，多少上班族牺牲了节假日的宝贵时间，跋山涉水找寻你？多少喜欢躺平的人起早贪黑，忽略了一日三餐和幽期密约而来单独约会你？就连赌徒酒鬼也为了品尝你而甘愿俯首称臣。更有不食人间烟火，从未接触过农活的小姐妹们为了能够牵着你粉红的手，为你晒成了红牡丹、黑玫瑰。

杜甫诗曰："堂前扑枣任西邻，无食无儿一妇人。不为困穷宁有此？只缘恐惧转须亲。"品山中野枣，食人间烟火，无论贫穷还是富贵，皆为君子之举动，独乐乐，不如众乐乐也。

漫步侯家寨文化公园

散步也要有好去处，环境会影响散步效果。

今天早晨我像往常一样，踏着晨光，呼吸着清爽的空气，按部就班地步入侯家寨文化公园。这里虽然只是个乡村小镇，却能有一个底蕴深厚的文化公园，确实是一件十分不容易的事情。

侯家寨遗址或称侯家寨文化遗址，位于我的家乡安徽省定远县七里塘乡四家刘村袁庄组。侯家寨遗址属于新石器时期早期文化类型，安徽省文物考古研究所考古人员对出土陶器碳测定后将其分为早、晚两期文化。一期文化距今6900年左右，二期文化距今6000—5200年，为独特的文化现象，考古专家名之为"侯家寨类型"。

它是淮河流域史前文明的标志，是单一的新石器时代台形遗址，面积3万余平方米，1977年春发现，1985年5月进行试掘，1986年9月发掘，迄今已发掘375平方米，《安徽考古》有详细记载。

两次发掘出土了一些较完整的陶器、骨器、石器300多件，同时收集了大量的骨骼标本。在试掘和发掘中还发现了居住硬面和灰坑等遗迹。

侯家寨遗址出土的陶器以夹砂粗红褐色陶、红陶为主，手制，素面，有少量的堆纹、划纹、刺点纹、指纹等。器形有鼎、罐、钵、豆、壶、支座、盂形器、锛、斧、镞、弩、器盖、陶塑、弹丸等。尤其重要的是，红色彩绘陶器的使用及圈足钵底部还发现了刻划纹等符号。彩绘内外彩都有，以外彩为主，一般是在器物的口部用红带装饰，腹部多饰水波、网状、条带等图案。刻划纹符号多为方格、斜方格、网状。

历史是无法复制的，文化是不死的精灵。在这样的公园漫步仅仅是健身吗？你是站在历史与文化巨人的肩上和古人对话，这是何其荣耀和自豪的事情！

公园位于镇子中间，廊道夹茵，亭阁伴荷，雕塑棋布，小桥流水，花红柳绿，鸟语花香。步道中间是花岗岩路面，两边是鹅卵石镶嵌，回环不绝，自然衔接，蜿蜒逶迤。

园中有土山，有沙石，有垂柳，更有石兰、紫藤、乌桕、桂花树、黄山棕树、垂丝海棠、紫荆花树交相辉映，草长莺飞，百鸟和鸣，伴随着乡村独有的犬吠鸡叫、拖拉机的突突声，以及袅袅升起的炊烟，充满了浓郁的烟火味。

一条贯穿东西的小河渠上是两座观景桥，桥下碧水荡漾，绵延不断的水面上铺满了翠绿的浮萍，几只嬉戏的鸭子互相追逐，溅起一串串的水花，渠边有人汲水喷洒树木，更增加了田园风景的独特魅力。

站在廊桥上向东望，可见小镇的商业主城区，街道纵横，商家林立，人头攒动，车水马龙，好不热闹；站在廊桥上向西望，是坦荡无垠的绿油油的麦苗，一笼笼硕大的钢架草莓大棚洁白如玉，展示着草莓之乡的魅力；站在廊桥上向南望，是小镇宽敞笔直的新大街，清一色的两层楼房一字排开，磅礴有气势，让人耳目一新。正在建设的光明小区机声隆隆，一排排独门独院的农家别墅像正在拔节的麦苗，噌噌上长，由此可见建设美丽新农村的蓬勃景象；站在廊桥上向北望，小镇最古老的印记——七里塘水库——风姿不减当年，在周长七里的塘埂上，五彩缤纷的花草树木迎风摇曳，塘内一排排整齐划一的养鱼池被葱茏葳蕤的花草包裹着，让人流连忘返。小镇学校里像柳哨声一样悠扬的电子铃声，唤起了我对过去的那个饥肠辘辘的年代的回忆……

走在鹅卵石上，脚底仿佛在做一次透彻骨髓的足疗按摩，爽快惬意，特别是在上坡的鹅卵石上步行更是别有韵味，脚底与石子亲密地搓揉，犹如"洗脚上床真一快"的热水蒸煮，每一条经络都被关爱，酸胀感犹如水银坠地无孔不入，开心喜悦，大美无言，一切尽在体悟中。

一边漫步，一边怡然自得地欣赏着公园四周墙壁上手绘的有关侯家寨来龙去脉的传说图画，不禁为自己能置身于这样一座有着深厚文化底蕴的公园而感到自豪。

我走着，想着，沉浸在自得其乐、物我两忘的境界中，忽然被一声吆喝惊醒。"老同学你好啊，你做梦也想不到我们家乡的小镇也会有这么一处休闲观景健身的公园吧？"

是啊，此情此景，疑是天上，哪知人间。这真是静谧、安详、原汁原味，同时夹裹着历史的恩赐的好去处。

我低头沉思，口中嘟嘟哝哝，开始排兵布阵，遣词造句，排列组合成一段文字——

> 文化遗珠落乡村，
> 万类尤物颜色逊。
> 小镇因此名传远，
> 四方嘉宾来探春。

七里塘何止长七里

地名，是城乡发展的脉络，是历史的活化石，有着源远流长的文化积淀，也有时过境迁的烟雨沧桑，是城乡变迁的刻痕和印记。

一个地方的地名，蕴含着一个地方的特色；一个地方的特色，彰显着一个地方的风土民情。定远七里塘乡的名字，不仅透露了地理特征、所处位置，也蕴含着这个乡镇的历史故事和地方文化。

传说七里塘之名源自一塘，此塘绕岸一周恰好七华里路程，故称，这是一种说法。其实，它的过往不是用一两句话就可以理清来龙去脉，而是颇有说道的。

据史料记载，汉末曹操兵进东吴，来到炉桥，见水逆流，主贵，于是在此建烘炉百余，铸造兵器，因炉旁有桥，所以起名"百炉桥"，后简称"炉桥"。

炉桥曾是淝水之战古战场和古代商贾巨埠，素有"小南京"之称，清朝时有福建、山西、新安、徽州等会馆，众商云集，市井繁荣，是定远县唯一天天逢集的集镇。

同时，因为七里塘乡境内地势平坦，沃野连绵，曹操一眼相中，在此建立养马场，作为备战的军马场。为满足人马饮水之需，圈地成塘，名曰马厂湖，即今日的七里塘。这里曾寄养战马千匹，饲养马驹过万，七里塘成了曹操完成大业的强大战略后援基地，为他之后的诸多战役立下了汗马功劳。这是七里塘之名的第二种说法，经得起推敲、考证，也得到学术界的认可。

关于七里塘乡名字的由来，还有一种说法多数当地人都不知道。很多人数年来形成了一个共识，就是七里塘乡是因为它旁边有一个大塘，这个大塘有七里长，所以叫"七里塘"。这个说法我感觉不大准确，据民间传说，在明朝定远有六个乡，设里甲（制），一个里是 110 户，里面实行里长自治，它不是一个行政机构，而是由村民共同来管理，十户轮值，首先由纳粮多的户开始，大家轮流做里长。定远西部这个地方属于千秋乡，千秋乡有七个里，七里塘这个地方就属于第七里。这个地方估计原来有一个小塘，七里的民众为了生产需要，在这个小塘的基础上集体出资修筑了一个大塘，大家就把这个大塘命名为"七里塘"。也就是说，第七里的民众共同修筑、共同使用的一个塘叫"七里塘"，这个"里"是行政单位，并不是一个长度单位。

不管七里塘究竟因何得名，不容争辩的是，目前的七里塘确实周长有七里之多，倒也名副其实。

七里塘乡隶属于安徽省滁州市定远县，地处定远县西 50 千米处，洛河、沛河穿境而过，属高塘湖流域。西行洛水河畔静默着数千年的文化瑰宝——侯家寨遗址，东流沛水滋润三家杜老谷堆遗址，文化底蕴丰厚。东西南 20 千米均有高速公路路口通向五湖四海。七里塘东与朱湾镇接壤，南与长丰县左店镇为邻，西接炉桥镇，北邻永康镇，乡人民政府南距省会合肥 65 千米，行政区域面积 102.9 平方千米，户籍人口 32994 人。

新石器时代的侯家寨文化遗址，坐落在洛河南岸的四家刘村袁庄组北面高丘上。1978 年春发现，面积 3 万多平方米，文化层厚 2.5 米，分 4 个文化层。遗址顶端分布着多个西汉坑竖墓穴及东汉砖室墓。经考古发掘鉴定，这是距今约 7000 年的原始社会母系社会遗址，为安徽省发现的较早期新石器时代文化遗存。这充分说明了在定远这块土地上，亘古以来就有人类居住，而且还是较高文化层次的部落聚居地，可谓"人杰地灵"，吸引了无数史学家和文人骚客前来考古采风。

侯家寨文化遗址的发掘，在江淮大地上增加了一个古人类文化的看点，填补了安徽省从泗县草桥湾到巢县银山之间古人类文化遗址的空白。加之境内的三家杜遗址距今有千年历史，存有多处唐朝盛世古遗存，极具考古价值，这些遗存更使七里塘声名远播。

　　七里塘这个地名，从历史起源、人物、方位、建筑、宗教、文化等方面来诠释，既是一种纪念，又是地方民俗文化的体现和传承，细细品味，情趣无穷。

　　地名文化，内涵博大，根在历史，魂在文化，蕴在文脉，意在千秋。如此丰裕、富饶的七里塘，是不能仅仅以长度来定义的。

泰山压顶

人间四月芳菲尽，山寺桃花始盛开。昨天，在泰安岱庙美美享受了一餐桃花盛宴，酒足饭饱，饱嗝诱人，此时仍然唇齿留香，余韵悠长。

下午2时，我们来到气势恢宏的岱庙大门前，拍照留影，稍作盘桓。入院，过阶，看东西厢房，观南北堂号，赏一树树宛如撑开的花雨伞一样的桃花。厚密璀璨的桃花你不让我、我不让你地争奇斗艳，姹紫嫣红，美冠群芳。至于自己心仪的碑刻，每每逢及必将止步景仰，悉心揣摩，一如饥饿的人趴在面包上狼吞虎咽。忙忙碌碌一下午，累且累着，但着实如饮蜜饯，心满意足，快乐着。

今天一大早，黑魆魆的天际偶有星光若隐若现，不敢嚣张。时针指向5点，我不顾昨日的劳顿，起床梳洗，整理行囊，提包上肩，匆匆下楼，来到山西肉夹馍早餐店，点了豆浆、鸡蛋、肉夹馍，饱餐后尚不忘携带几个肉夹馍路上充饥。

出门，扬手，一辆的士像等候的仆人一般，听话地驶到我的面前，戛然而止。

开门，上车，出租车师傅按照我的指令，一溜烟向红门驶去，我随口问了几个徒步登山的问题，师傅对答如流，补充着我旅游攻略的不足，方便我做好预案，以防万一。

由于下榻的宾馆距离泰山红门入口较近，只花了10元车费，的士就轻飘飘地到了大门口，这个超低价也是我旅游行程里打的付费最少的一次，觉得贼公道，很良心，心情也变得特别好。

山，几乎在每个文人的心目中都是重要的精神家园。春秋时期，孔子登泰山而小天下，并倡导"仁者乐山，智者乐水"的哲学审美观。此后，历代圣贤和文人都追随孔子的脚步，来感受"登泰山而小天下"的淋漓畅快，体会泰山广博深厚的内涵，欣赏泰山川谷林海的壮美。

泰山，是中华民族五千年文化历史长河中的耀眼明珠，它气势磅礴，知名度可比肩万里长城。司马迁有一句名言："人固有一死，或重于泰山，或轻于鸿毛。"劝勉人要死得其所，死得有意义，言语犀利，发人深省。

盘古开天，造就天地，并把自己的躯体留在世间。传说他的头部化为东岳，腹部化为中岳，左臂化为南岳，双脚变为西岳，眼睛变为日月，毛发变为草木，血液变为江河，他造就了世界，是人类的祖先。由于他的头部化成泰山，成为万物之首，所以泰山就顺理成章地成了天下第一山。

泰山作为五岳之最，年龄在 25 亿年左右，位于山东省中部地区的泰安市，面积 24200 公顷，玉皇顶高 1545 米，系五岳独尊。泰山的别名儒雅，诗意，称为岱山、东岳、泰岳，名气之大，震惊南北，傲视天下。

自古泰山被誉为权力的象征，象征着皇家的威严。据《史记》记载，仅上古至周代就有 72 位君王来此敕封，可见泰山的威望以及后世对它的万般尊崇。

不仅如此，文人墨客也纷至沓来，留下了无数家喻户晓的经典名言。一代圣人孔子在此作下大名鼎鼎的《邱陵歌》，司马相如在此写就《封禅书》，曹植作有《飞龙篇》，李白的《泰山吟》，杜甫的《望岳》……不一而足。

这些大名人、大诗人、大游侠、大政客都对泰山做出了至高无上的评价，为泰山蜚声世界奠定了坚实基础。

穿过一天门不远就来到口口相传的红门。此时，红门入口处，熙熙攘攘的人流已经逐渐聚集，南腔北调的交流声此起彼伏，上山的人流与夜爬的驴友们擦肩而过，相向而行，每个人脸上的表情千种百样，或是敬佩勤快的早行人，或是暗祝夜爬顺利登顶凯旋，或是叮咛考验还在后头，笑到最后才是赢家。

今晨，我们从红门开始爬泰山，一试脚力，二试耐性，三试雄风。红门之所以叫红门，是因为起点处是用红石搭成，醒目而威严，故而得此雅名，别称"红门宫"。

从红门上行，这里景色幽美，赏不透，看不够，玩不厌。到这里的人不外乎有三种玩法：当你抑郁时，可以看看这里欢快蹦跳的溪水；你若高兴，就可以爬上西亭，在上面观景玩乐，小憩一会儿。要是恰巧赶上酷夏，你可以尝尝这里澄澈的泉水、纯正的地下甘露，喝一口凉彻骨髓，甜润、满意。

一路边走边看边拍照，收集了不少平日难得一见的石刻文字。一天门有明代人题写的"天下奇观"及"盘路起工处"，岱宗坊是泰山的山门，一天门则是天梯的开始，人们由人间已渐渐进入天界。万仙楼北侧的"虫二"刻石涉及对汉字的创意使用和解读。两个石刻字"虫二"并非完整的汉字，而是通过文字游戏得出的结果。

关于"虫二"的解释，有几种不同的说法。一种说法认为，这两个字是清朝才子刘断山留下的字谜，其灵感来源于泰山的美丽景色，答案是"风月无边"，是形容自然美景的成语；另一种说法认为，这是乾隆皇帝在西湖题写的字谜，同样意指"风月无边"；还有一种说法认为，"虫二"出自庄子的《逍遥游》，象征着生命的勃起和境界的升华。总的来说，"泰山二虫"或"虫二"是一种文化现象，它体现了汉字的魅力和文化的深度，也反映了文人雅士对自然美景的赞美和感慨。

此外，还有"渐入佳境"石刻。在泰山，"渐入佳境"石刻共有三处：第一处在万仙楼北约 40 米盘路东侧巨型自然石上，题名及题刻年代未知；第二处在斗母宫北约 40 米盘道西侧不大的一块石壁上，刻于清光绪二十六年（1900 年），落款"庚子闰八月，岱宗权守石祖芬题"；第三处位于升仙坊北约 90 米盘路东侧崖壁上，刻于康熙四十五年（1706 年），落款"康熙丙戌清和下浣，蒲坂韩镐题"。

这些摩崖石刻或诗意盎然，或睿语哲思，给人以启迪。

泰山最美丽的地方就是玉皇顶东南的日观峰。这里可以看到日出、云海，还有泰山全貌，传说在这里看到日出的人会走运，看到日落会长寿。云海浩浩荡荡如天兵天将，立身其中，仿佛在仙境之中神游，聆听天籁之音，享受登顶之乐。

"会当凌绝顶，一览众山小。"泰山很美，不仅有山涧流淌的叮咚泉水，也有生命力极其顽强的迎客松树，总而言之，美景遍地是，就怕有心人。

走过林间小路，穿过清澈泉水，踏过高陡台阶，玩过块块岩石，来到一处零售商店，嗓子冒烟的我赶紧扫码付费，买了一块预先洗好切好的西瓜，坐在木凳上，旁若无人地大口啃食，补充能量，以利再战。

我的心里一直在嘀咕：泰山究竟是什么样子？它真的是整个齐鲁大地都能看见的青翠山峰吗？如果真的是这样，那一定是因为造物主的钟爱才赋予它种种神奇秀丽的景色，把挺拔的奇峰摊开在人们眼前。

这里登山的石板路不像华山的险峻、武夷山的威武、黄山的绝美、庐山的逶迤，前半段起伏不是十分明显，走起来倒是轻松爽快。泰山有七千多级台阶，在半山亭里歇歇脚，走走十八盘阶梯，吹吹玉皇顶的大风，看看日观峰的日出，你就会发现什么都释怀了，功名利禄如粪土，位高权重不堪提。山河壮阔，值得奔赴。

"青春没有售价，泰山就在脚下。""山不见我，我来见山。"霸气的豪言壮语随处可见，撼山摄魂，雄压八荒。

泰山山道弯弯，侧柏顶天，沟壑万丈不可测。栏杆坚实，累乏凭栏暂歇。就这样，走走，歇歇，栈道两边的青石拦墙成了我入山结识的最好兄弟，每隔一段路就要歇下来，与其对话，零距离亲密接触。

11时，我们经过千辛万苦终于来到了中天门，各自找到舒适的领地，可以放松地歇一会儿了。人啊，真的很奇怪，赶路疾进的时候，超然物外，没有鸡零狗碎的需求，这一放松下来，麻烦却接踵而至，感觉口干舌燥，点火即燃。

我径直走到瓜摊前，再一次和西瓜亲近，吃过西瓜，疲乏的身心立马朝气蓬勃，又整装待发。

站在中天门往上看去，山连着山，云追着云，风撑着风。连绵不绝的山峦峰谷，有的起伏跌宕，有的若隐若现，有的气象万千，非常壮观。

我们把目标定在山顶，鼓足劲开始向山顶发起冲锋。刚开始时还行，爬

到中间我们就累得气喘吁吁了，大部分人哎哟哎哟地叫苦不迭。因此，只好再一次短暂休息，吃了一点东西，又接着出发了。

山路越来越陡，路边奇峰怪石嶙峋，侧柏高耸入云，时不时回眸向山下望去，山底下的村庄就像地图上的小蝌蚪，特别小，特别密，特别远。

我们边走边看风景，来到一座小桥上，只见一眼微小的清泉，细流淙淙，我弯下腰，伸出双手捧起清泉，那水冰冰的、凉凉的，从手指尖缓缓流过，无比清爽，真舒服。

经过一路跋涉，我们终于来到半山腰，看着眼前的台阶又陡又弯，知道这便是最难登的十八盘了。考验我们的时刻到了，大决战即将开始。

十八盘有 1594 级台阶，高 400 多米，两侧崖壁如削，抬头掉帽，很多人望而却步，有的人已经开始打退堂鼓，想回到中天门坐缆车了。

借着山势往上看，比我们登得快的人就好像踩在我们的头上，往下望，我们的脚又像踩在别人的头上，四肢微颤，惊魂不定。至陡峭处，头顶生风，脚悬半空，万丈深渊不见底，松涛摇动，惊心动魄，心惊肉跳，此时才真正领略到英雄难当，好汉难做，谁越过天梯，谁就是今天的真英雄。

千难万险寻常过，经过一番鏖战，我们终于得胜来到了天街，乌压压的人群像鱼塘里的小蝌蚪，你挤我，我撞你，熙熙攘攘，摩肩接踵，想要找一个合适地点打卡拍照都成了奢望，自然也无法做照片里独一无二的主角。

左转右绕总算寻到一个满意的视角，刚摆好姿势，按动快门，画面里又多了两个含着老冰棍乐不可支的女孩，真不知是煞风景还是锦上添花。

我漫无目的地在天街玉栏石阶间逡巡，就好像遨游于天府仙界，飘飘欲仙，尽得大自然的奇妙。此刻，脚踏泰山，立于巅峰，傲视群雄，感受到大自然的壮丽辽阔，体验到人生的无限可能，感受到大自然的伟大和人类的渺小，心怀敬畏，又满怀豪情。

泰山，我来了，泰山压顶腰不弯，而今迈步从头越。

雾锁小镇

早早起床，洗漱完毕，出门，吃早餐，然后直奔侯家寨文化公园，散步，寻趣，寄托情怀。

昨天，隔壁邻居家装修小院，殷勤的电钻、切割机等家什高声大嗓地交流，谈笑风生，欢欢喜喜闹了一整天，既赶跑了我午休的兴致，又惊扰了读书写作的雅兴，连品茶赏花的心情都跑去爪哇国，了无踪影。

打开房门，一阵湿漉漉的雾气直扑脑际，浓雾模糊了清澈如水的眼睛。呵，好大的雾啊！我口中轻轻地说着，依旧毫不犹豫地跨出了院门。

出了政府大院右拐 700 米，是我这几天发现的吃早餐的"新大陆"，这家小夫妻新开的"早点见面"早餐店，环境优雅、炒饭、面条、馄饨、稀饭等一应俱全，十几种小菜，个个精致，宛若工艺品，特别是我最为钟爱的水饺，让我胃口大开，一通狼吞虎咽，引人注目。

他家的水饺皮薄馅足，韭菜、粉丝、鸡蛋的铁三角组合，新鲜爽口，汤清味美，加之全是手工包捏，吸引了络绎不绝的粉丝前来打卡，生意兴隆。

早行的我走在大街上，看万千景物朦胧动人，犹抱琵琶半遮面，像二十世纪七八十年代流行的朦胧诗，意境万千，耐人琢磨，值得玩味。

街道两边的商铺并没有因为大雾而延迟开门，随着卷帘门的咣啷声、木制门的吱呀声，以及电子门的音乐声，一家家门脸渐次亮相，向行人频抛媚眼，开门纳福，开门纳财。

五颜六色、各式各样的三轮或两轮的老头乐、大妈驾、媳妇踏，像春节赶庙会一样，在人们的视野里展示风采，你不让我我不让你地在街道上肆意鸣笛，横冲直撞，旁若无人。

　　远处，校园里为晨操伴奏的《运动员进行曲》好像被大雾要挟，声音弱小了不少，变得有些唯唯诺诺，低哑沉闷，放不开手脚；那几棵平时耀武扬威的垂柳显得软绵绵的，失去了精气神；最有意思的是，廊桥下本来水面如镜的潺潺流水，不知怎的，也收起了清澈见底时的傲慢，昔日高傲的神情荡然无存。

　　耿直的鹅卵石步道今晨也收敛了不少锋芒，湿漉漉的躯体像抹了一层护肤液，失去了往日高高在上的优越感，变得接地气、亲近人、呵护人了。

　　轻快的鸟雀照例还是叽叽喳喳，打打闹闹，无忧无虑地飞来飞去，不厌其烦，只不过，声音低沉了许多，欢快的节奏慢了许多，也安稳了许多。

　　池边那一排被人们视若无睹的冬青树，一反常态，叶片变得油光水滑，在属于自己的时空里逆势成长，别有风姿。今天早晨，它们像新嫁娘，一枝独秀，引人关注。

　　四周鳞次栉比的院落，折射出小镇的沧桑，那千篇一律的瓦砾，见证着乡村生活的安详。

　　一条渠，一道埂，一口井，一座桥，一垄果，一扇窗，一锅粥，这些小镇的精华，无处不在，小洞天，大世界，温暖又甜美，令来者心安，乐不思蜀。

　　这些点缀在小镇中的各种景物，使我莫名想起老子"治大国若烹小鲜"的古语，心中忽而朦胧，忽而清爽。老子言中有大道，我笃信不疑。

　　可见，生活在小镇中还是蛮有意思、值得留恋的，用当下时髦的话说，这种感觉大概就叫幸福感、存在感、安静感、生态感。在小镇生活，不缺乏幸福感，更不缺少骄傲感。

　　心，开始荡漾，难以按捺，小诗《雾锁小镇》脱口而出——

冬深晨露霜雾凉，
烟霞湿地一行行。
小窗紧闭留暖意，

重门不开读华章。
艺海泅渡日复日，
触类旁通强中强。
惜时如金凛冽少，
卧龙翔天雾开光。

一岭分江淮，一道看定远

五月，阳光明媚，微风拂面。早餐后，我们按照事先规划好的线路兴高采烈地踏上了江淮分水岭风景道，从定远段西卅店入口驶入，一路向北，与景色为伍，感受一岭分江淮，一道看定远。

宽敞笔直的沥青大道一路向前延伸，洁净锃亮，两旁夹道的花草树木从倒车镜中向后飞快地退去；精巧别致的农家别墅鳞次栉比排布着，草莓采摘园、栝楼采摘园、葡萄采摘园、百卉生态园如打扮时尚的山野妹子，列队迎宾，娉婷生姿，韵味独特。

我看惯了城市车水马龙的双眸驰骋于葱茏的山川、树木、河流间，闪动不已，贪婪地吞噬着万紫千红。

山岭越来越清晰，空气越来越清新，树叶滴翠，花朵缤纷，草长莺飞，向往已久的金山滴水寺千呼万唤始出来，逐渐揭开了面纱，扑入我的胸怀。

高高耸立的金山滴水寺位于定远县西卅店镇青山村大金山深处，始建于南北朝时期，距今已有1400多年历史。与能仁乡的能仁寺、靠山的中九华寺、永康镇的莫邪寺以及凤阳县的禅窟寺齐名，是中九华系列文化中心之一。

据史外传记载，东汉刘秀败北遇难于此，被金山寺两和尚所救。刘秀登基后遂来此亲手种下银杏树一棵，又因寺旁有一巨石翘崖终年滴水不竭，可供僧人、行旅饮用，于是又在滴水洞前建一座寺庙，命名为滴水寺，也叫感恩寺，以示报恩。

千百年来，滴水寺香火一直非常旺盛，"文革"期间寺庙虽遭到毁灭性破坏，但寺庙遗址及其坐禅洞、信徒敬香台、石台阶遗迹等仍清晰可见，为今天的复建提供了依据。

泉水滴答的滴水寺，飘摇着千百年的香烟，静候着云游修行的高人，沐浴着革命战争的血雨腥风，应和着改革开放的潮音，迎来了多元化思潮的新时代。

清峻通脱、灵巧厚重、神圣隐蔽的滴水寺，向后人展示着它固有的灵性，不为人知的柔情，让人爱恋的风韵，岁岁年年，生生不息。

金山滴水寺风景区是以滴水寺为核心的原始生态林，地貌植被保护完整，自然沟、溪、泉眼、池塘、茂林、湿地，随处可见。游人徒步穿行其间，荫翳蔽日，风爽气润。高大的乔木、灌林以及杂树群下，鸡爪菜、地衣是山民们青睐的美食，清明雨后山民们纷纷上山采摘。林间栖息着名目繁多的鸟类，见人不惧。奇花异草飘香，石巷深涧大有鬼斧神工之感。

随着人们环境保护意识的加强，猪獾、羊獐之类的野生动物在逐年增多。野兔、山鸡常成群结队进入人们的视线。大金山是自然的生态公园，她养育了定远人民，也造就了这里的地域文化。

远望山有色，近听鸡犬鸣。麦浪接天黄，秧苗起波浪。峡谷间一片片形状各异的水田，已经被勤劳的庄稼人栽上了绿油油的秧苗，随着山风的鼓动摇曳生姿，像一列列身着橄榄绿的女兵方阵，正步向前，排山倒海，势不可当。

不知不觉我们来到了黄山水库大桥旁，北面山坡上硕大的"绿水青山就是金山银山"的标牌，鼓舞人们建设美丽乡村的雄心壮志，碧波荡漾的湖水犹如一面明镜，折射出全民奔小康的宏伟蓝图。

定远县黄山水库坐落在风景秀丽的凤阳山南麓，春天，芳草遍野，绿浪滚滚，碧波荡漾；夏季，碧绿的草地一直从山坡上绵延至水边，像一幅巨大的地毯，供来此一游的人们休闲歇息。傍晚，夕阳下山，宁静的黄山坝景色宜人，是拍照一族的栖息拍摄之地，伴着微微的晚风，耳边不时传来小鸟的啁啾之声，让人乐不思蜀。

车过范岗，口口相传的网红打卡地红石峡扑面而来，它虽没有黄山的险峻、华山的挺拔、泰山的雄伟、武夷山的灵气，但近年来因其独特的丹霞地貌，吸引着大量慕名而来的游客，成为广大市民旅游、休闲的好去处。

红石峡所在的大洪山位于定远县拂晓乡境内，又名大横山。大横山造型奇特，呈梯状，宛如一个元宝倒扣在皖东大地上。它和定远县三河古镇境内的乌云山、池河镇东部的岱山呈三角状，相互牵带，犹如一条长龙，岱山是首，大横山是身，乌云山是尾，横卧在皖东大地上，形成了一道奇特的景观。

时近晌午，我们来到依山傍水的岱山新村，眼前豁然开朗，布局精巧的新农村犹如一幅充满现代气息又不失幽雅气质的水墨画映入眼帘。我不禁感叹道："青山绿树碧瓦，小桥流水人家，廊道轻风鲜花。夕阳西下，休闲何须天涯！"

远处，青山清晰可见；近处，绿树掩映下一栋栋双层徽派农家别墅错落有致；拱桥下溪水潺潺，夕阳下，鲜花前，村道上，人们沐浴着清风，迈着悠闲的脚步，优哉游哉；污水处理站、垃圾中转站、农民文化广场、篮球场、停车场、休闲山庄、为民服务中心等一一跳入眼帘，各种设施一应俱全，满足了人们生活娱乐的全方位需求。

全长104公里的滁州江淮分水岭风景道定远段，立足当地特色，凭借地形地貌、自然人文资源以及区位交通优势，全力打造乡村旅游暖心品牌。风景道定远段主廊串联了6个乡镇，16个村，将沿线和邻近的各类配套服务节点、景区景点、旅游镇村、农家乐、乡村民宿、各类旅游基地等联合起来，串珠成链，连点成线，扩线成面，从而增强了集聚效应，成了一条真正的旅游产业带、经济带。

它不仅是旅游风景道，更是山清水秀的生态道，岭脊体验的景观道，自驾旅游的休闲道，融合发展的产业道，兴业富民的振兴道，一心为民的民生道。抚今思昔，心潮起伏，一首小诗且做留念——

> 三色彩虹平地起，
> 野山穿起新嫁衣。

城乡烟火连天烧，
风景里过好日子。
千万里路千万金，
因地制宜抓先机。
敢为人先百业兴，
龙腾九天四海知。

一路漫游，流连忘返，在江淮岭脊线龙岭段定远景观道邂逅最美的定远，定远段的风景也因这条路而更美丽，你若来到，定会成为风景里的风景。

真叫一个冷

　　清晨蔚蓝的天空苍阔辽远，万籁俱寂。旭日尚未撕开天幕，百鸟尚未升空，露珠还酣睡在叶尖，天地静如处子，纯洁无瑕。眼前的一切只能用一个字形容——静。一大早，我便恋恋不舍地和京都告别，登上开往葫芦岛的动车，拜访约好的朋友。

　　等风来，不如追风去。葫芦岛，我来了！

　　虽说是动车，速度始终慢慢悠悠，最快也就200公里多点，乘客倒是蛮多，成群结队，手提肩背，高声大嗓，呼来唤往，你碰我撞，虽时有小摩擦，也只是大度地笑一笑。满车厢的温情淹没了我，感染着我，令我心生敬意。

　　沿途景致稀疏，萧条，少鲜活，缺灵动，逊色于江南，也不及中原，但视野开阔，峻岭连绵，气势磅礴，耐看，耐品，耐琢磨。只见山峦起伏，阡陌纵横，三两人影，散乱无序。在坡坎山脚，层楼、平房、独院，四散分布，鸡鸭少见，偶有犬吠，时而伴有车辆疾驰而过的鸣笛声，使山乡变得生机盎然，活泼起来。

　　树木尚未染绿，更谈不上溪水淙淙，奔流欢唱，百鸟和鸣，姹紫嫣红。每家每户场院前飘扬的红旗十分惹眼，顿时让我眼前一亮，十分好奇与惊喜。万亩林中一点红，难道是借此挽留南来北往的商贾游人，抑或是地方政府的面子工程？还是行政干预下的政绩举措？否则怎么会这么普遍？我的心里疑窦丛生，左右巡视，没有找到合适的乘客寻求答案，心里一直犯着嘀咕。

　　列车有条不紊地奔驰着，乘客不时上下轮换，一个50多岁的女子坐到了我的对面，进入了我的视线。好奇心宛如拱破土层的竹笋，也顾不得陌生与矜持，张口便直奔主题，问起飘挂红旗的来龙去脉。

女子听完我的叙述哈哈大笑，东北人的爽直展露无遗，"都是自发的，政府从来没要求家家户户统一插红旗，都是自愿的。生活好了，大家也想把生活装扮得美一点，好看一点，舒服一点。"不问不知道，一语惊醒梦中人。

她见我仍然满脸狐疑就接着说，挂红旗是解放后兴起的，至于具体是什么时候，谁都说不清，道不明。我记得是过年的时候，锣鼓鞭炮遍地响，狮子旱船走街串巷，人们都在恭贺新春。有很多喜欢热闹的人家就挂起红旗，图个喜庆，沾个喜气。就这样，一家看一家，形成了挂红旗的习俗，并延续保留下来。发展到后来，年节过完了，红旗也不取下，一直在门前迎风飘扬，成了一年四季的点缀，生活中的一道风景。

我一边听着一边点头，不禁联想到我的家乡过年时也有贴"门款子"（过门笺）的习俗。外人看了，也许如我一样，如坠云里雾里。

过门笺在我们家乡又称挂钱、罗门笺、门吊、花纸、活门钱等，用红色、绿色、黄色、粉色、紫色等彩纸手工刻制而成，春节期间贴在门楣、窗户、水缸等处，是中国传统的年节门（窗）楣吉祥装饰物，也是一种古老的民俗艺术品。过门笺最初见于《后汉书·礼仪志》，相传在明清时期便已经盛行，至今已走过了千余年的漫长岁月。

过门笺制作工艺讲究，有单色、套色之分。套色就是将各色彩纸叠放在蜡盘上按刻，刻完后调换彩纸的颜色、位置、纹样，进行"换膛子"，用实形填补虚形，背面用纸片粘贴住。套色过门笺色彩更加丰富。传统的过门笺用象征、谐音、寓意等手法表现民众对美好生活的追求和向往，题材、内容、形式都与农民、农业和农村的居住特点相呼应，具有形式多样、题材广泛、构图美观、色彩鲜明等艺术特点和浓郁的乡土文化气息。

过门笺题材多样，寓意十分丰富。既有"锦上添花""福禄寿喜""竹报平安""年年有余""鸿福临门""六畜兴旺""看我发财"等传统题材，也有"四海欢腾""一家瑞气""万里春光""国富民强"等具有现代气息的作品。

在我们老家，每逢春节来临之际，各家各户都把预先准备好的五颜六色的过门笺取出，恭恭敬敬地张贴在门楣上，与火红的春联交相辉映，给节日带来了无限的生机、欢乐和喜庆。

想到这里，我不禁哑然失笑。家住十里地，各处一乡风，是自己少见多怪了。

离葫芦岛越来越近，天气陡然生变，窗外阴云密布，毫无征兆的下午雨眨眼间就铺天盖地地倾泻而下。疾雨在窗玻璃上拉成一条条雨沟，纵横交错，斜拉竖拽。此时此刻，再想透过车窗观看外面的山川村庄已是奢望。这场暴雨下得可是够大的，地面上低洼或者流水不畅的地方已经开始积涝成灾，渐成汪洋。

车停在葫芦岛站，我随着旅客鱼贯下车，出站径直奔向出租车候车棚。

狂风裹雨，缺乏热情，不讲礼仪，打在脸上有一种刺疼感。急剧下降的气温冻得我浑身颤抖，哆哆嗦嗦。我浑身上下冰凉彻骨，心好像也是凉飕飕的，结了冰。

我双臂交叉在胸前，抱紧自己，以期获得一点点自给自足的温暖，赋予自己立稳脚跟的力量。即使这样，双足仍然不听话地在地上不由自主地打战，此时我像一个久病的老者，摇摇晃晃，歪歪倒倒。

时间在一点一点地逝去，我就像被判处斩立决的囚犯，在等待了结生命的最后一声枪响，每一分钟都觉得那么慢，那么长，那么遥不可期，心寒。.

冷，让人不自主地晃动不停，以生暖自助、自救、自慰，感觉自己随时都会一命呜呼。人在无助的时候最容易产生恐惧，会胡思乱想，会给自己设陷阱。我不禁在心里暗暗抱怨自己，后悔来得不是时候，大有立马打道回府的冲动……

盼星星，盼月亮，总算钻入车内，就像从冰窟进入暖房，牙齿结束了战争，面色开始红润，身体也不再哆哆嗦嗦抖如筛糠了。我，进了安全区。

的哥见了我的狼狈样忙安慰我说，老师，一看就知道你没来过俺们葫芦岛，四月底五月初你们南方已是20多摄氏度高温了，而我们这里仍然冷暖变幻无常，温度是很低的，像今天这么冷的天气寻常见，十五六摄氏度家常便饭，更恶劣的天气你还没遇上，算是幸运的了。下次再来，一定要枪弹满膛，粮草备足，才能不受伤。

他，很幽默，会说话。我，点了点头。朋友早早就在楼下恭候，见了我的装束赶忙帮我拿上行李，径直去了他的办公室，边走边说："兄弟，领教了葫芦岛天气无常的厉害了吧！知道什么叫冷了吧！"

我说："第一次享受这个礼遇，庆幸见到了你，还活着。橘生淮南则为橘，生于淮北则为枳，叶徒相似，其实味不同。所以然者何？水土异也。"接着，又补了一句，"这鬼地方，真叫一个冷"。

第四辑 · 书斋雅趣

一早听雨

"春到池塘草自青，飞花时度破窗棂。恨无好句追颜谢，赖有鸣蛙鼓吹听。"

一早醒来，院中传来雨打桂花树叶的窸窣声，有节律，很稳重，不急不缓，我，索性静静地躺着，枕边听雨，无拘无束，怡然自得。

听着雨点叮叮咚咚的乐音，像是在听唐诗宋词元曲汉赋，绝美，厚重，重重叠叠里有丝丝缕缕古典的韵味，很典雅，富有节奏。

静静地听着，好像雨声从窗外跳进屋里来，又沿着白石灰抹的老墙往上爬，爬出一道道渍印，肆无忌惮，那是我的心痕啊！

懵懵懂懂中，我已不记得前世写诗作词时是蘸着雨水还是朝露，吟诵时是笑迎东风还是依梅放纵。

春日里的凌晨，清新里还带有一点薄情的凉意，没那么好客、殷勤，我在兴奋中总结过往零碎的记忆，一串串、一片片，一字铺开，早忘了春日的薄凉。

时光经不起慷慨，所以我们一直想在生活中为生命做一些讨价还价或是得寸进尺的纠缠，以丰饶那短暂的时光。

我是凡人，也不例外，所以在一早的听雨时光里，抓住机会，不忍放开，在淅淅沥沥的雨点里，恣肆地遨游……

天色渐明渐亮，雨点仍然慢条斯理，不紧不慢，抬眼，室内养了经年的那盆梅花，安静地立在一旁，像一个忠实的听众。盆内的虬枝苗壮，花骨朵儿鲜艳，新芽催赶着时序，当仁不让，老花在依依不舍中还是一瓣一瓣地跌落。这是命运的安排，亦如人生，任何人也不可能逃脱收割命运的镰刀。

我很喜欢这个画面，就像求仁得仁，等雪有雪，盼爱来爱般顺心如意。

时光依然淡定，有血有肉，有责任感。经过一秒秒的追随、一段段的奋斗、一年年的改变，圆满也好，残缺也好，遗憾也好，来匆匆，去匆匆，十全十美是凤毛麟角，完美本就该由缺憾积累而成。

仰看天穹，扫视街景，感觉自己就是城市的一部分，即便是微小的沙粒、清晨的露珠，也要与我所爱的美好合而为一，融为一体。人，都希望与美好共存，哪怕为此站在悬崖，纵身一跃。

我们都在忙忙碌碌地讨生活，奋斗路上，从不计较得失、成败、荣辱，就像这不声不响的晨雨，你哭也罢，笑也罢，他都会忠于职守，不乱方寸地降临，完成自己的使命。

我们在雨水中，思想被时间赶到一个不知名的地方，我们不断地与自己斗争、妥协，再斗争、再妥协，最终凤凰涅槃，迎来新生。

人生啊，雾里看花也好，水中望月也好，即使巨浪滔天也要活得精彩，过得顺意，风景这边独好。

我与电脑纠缠不清

科技是第一生产力，是推动社会前进的动力，高精尖技术更是无所不能，无处不在，与人类社会休戚相关。人们在工作生活中使用的电脑是最常见、最普通的科技产品，它键联世界，芯藏四海，有着强大的储存能力，也是人们工作学习遇到疑问时寻求答案的工具。

一台电脑主要由主机、显示器、键盘、鼠标、外设部件组成。主机是用于放置主板及其他主要部件的容器，主要组成部分有CPU、内存、硬盘、光驱、电源、其他输入和输出控制器和接口。一台主机的内存大小，决定了应用潜能，现实中人们大都认为内存等于思考能力，我认为应等同于记忆力、战斗力。外设部件是在电脑的使用过程中为了完成不同的工作任务而接入的一些外接设备，包括打印机、扫描仪、U盘、摄像头、音箱、手写板等。电脑就像是集团军，各个兵种会集在一起，组成战斗团队，各司其职，为人们的工作生活提供便利。

电脑平时很安静，像温顺的村姑，偶尔又很顽皮，如脱了缰绳的野马，发脾气时不论你怎么歇斯底里叫喊都不理你，我行我素，毫无人情味。

它有一个非常可爱的脸庞，光滑细嫩，五官点缀得恰到好处，眼睛一直忽闪忽闪地注视着你的一举一动，显得和蔼可亲。

平时它的手静静地匍匐在桌上的鼠标垫子上，每当你去牵它的左手时，它的脸上总会浮现出莞尔一笑，娇媚可爱，而当你抚摸它的右手时，它仿佛对你有说不完的千言万语，如溪水般潺潺流淌。

每当使用它的时候，我都会感受到一股强劲有力的暖流奔行在我体内，滚滚向前，我能清晰地感受到它所在的位置，以及在我体内发生的微妙变化。

　　有时，因为某个软件更新，我目不转睛地盯着屏幕，屏幕上一番排山倒海的快速滚动之后，一阵荧光闪过，我的血脉也跟着急速前进，说时迟那时快，只见哗一下黑屏了，所有的图标都消失不见了。转瞬之间，电脑屏幕上又出现了滚动条，短短几秒电脑就升级到了另一个高度，用起来更加迅捷便利。

　　坐在电脑前，你只要通过互联网络就可以轻轻松松地和地球上任何一个上网的人交友谈天，沟通工作。通过电脑，人们还可以在互联网上轻松交易，愉悦而又快捷。在过去的时代里，这是人们做梦也无法想到的，认为是天方夜谭，而在科学技术迅猛发展的今天，一切都成为无可争辩的事实。

　　自从有了电脑，人们工作和学习的习惯也发生了改变，节约了很多时间。足不出户，只需轻松一点鼠标，就能随心所欲达到自己的目的，沟通整个世界。

　　自从有了电脑，纸笔逐渐被冷落，我的所有文章也都在电脑上面完成，需要修改时，只要移动光标即可瞬间实现，再也不会出现稿纸上的修改文字过了一段时间连自己都无法辨认的尴尬场景。

　　自从有了电脑，我就像有了初恋情人一样，整日如胶似漆，只要有一点儿空闲便会打开电脑，卿卿我我，忘了春夏与秋冬。

在文字中纵横捭阖

汉字之美，美在精髓；汉字之美，美在风骨；汉字之美，美在形体；汉字之美，美在内涵；汉字之美，美在真情。

精致的汉字，构造精巧，形美旨远，一如中国人的性格，含蓄谦逊，包容豁达，海纳百川。

汉字是迄今为止持续使用时间最长的文字，也是上古时期各大文字体系中唯一传承至今的文字，有着灿烂辉煌的历史，如今更是走出国门，遍布世界各地，被广泛运用。

在古代，汉字还曾充当东亚地区唯一的国际交流文字，20 世纪前也是日本、朝鲜半岛、越南、琉球等国家的官方书面文字。后来，东亚诸国在中华民族文字的影响和启发下自行创制文字。可见，汉字在历史上有着重要的文化地位，魅力远播，影响深远。

沉浸在文字的海洋里，终日接受惊涛拍岸的洗礼，胆识长了，魂魄强了，欲望少了，码字快了。在 1 万个汉字组成的文字方阵里，有 6000 多个士兵在日常巡逻，2500 多位悍将处于临战状态，随时出击，组成战无不胜的战斗团队，尚有 1000 多个预备队员武装待命，准备在最危险的时候增援前线。

在浩浩荡荡的文字大军中，真草隶篆行，兵种齐全，兵员充足，威震三川五岳，势压千军如卷席，所向披靡，战无不胜，攻无不克。每一个文字都有自己的使命和责任，都关系着民族的荣辱兴衰。经过 6000 多年历史的演变，它们的定位更加准确，内涵更加丰富，作用更加明显，意义更加重要。

认识汉字数量多并不代表一个人的汉语水平就一定很高，因为汉字的使用还涉及构词和造句、语法与修辞。寥寥 760 字的《孙子兵法》并不是所有人都能读得懂的，可见文字组合的深奥与神奇。这些文字组成了成千上万不同的词和短语，如果再包含一些典故的话，其容量之大如浩瀚的东海之水，让你蒙圈，就会出现传说中"既熟悉又陌生"的感觉。

汉字如诗，方块中流淌着绝美诗意；汉字如谜，笔画间藏着万千玄机；汉字如乐，无数音符演奏出美妙乐章；汉字如画，于浓淡枯湿中描绘斑斓画卷。

汉字是庞大的组织系统，各个元素间结合有序；汉字是广博的宇宙，于混沌中变化无穷。我整日沉浸在文字的海洋中，激浊扬清，闲庭信步，驱赶着文字赛跑，为勤劳的人们及时送上暖言热语，慰藉他们疲惫的心灵。渴了，它们就是一瓶凉彻心扉的可乐，滋润干涸的心田，鼓起砥砺前行的勇气；累了，它们就是一席舒适柔软的卧榻，承接一天的重压，积累矢志不渝的能量；哭了，它们就是一剂止疼止痒的良方，镇痛疗疾，助你醒来后再一次高傲地飞翔；笑了，它们就是一杯晶莹透明、在杯中摇曳的美酒，把酒临风，可上九天揽月，可下五洋捉鳖。

可爱的汉字，中华大地五千多年来最伟大的结晶，横撇竖捺是你的骨架，四四方方是你的体形，刚正不阿是你的原则，外润内圆显露出你的美感，博大精深是你的标签。

美丽的汉字充满无限的艺术魅力，有时，它像一颗颗闪烁的小星星，照耀着你前进的征途；有时，它像一只只可爱的小动物，依偎在你身旁嬉戏玩耍；有时，它又像一个个可爱的小精灵，在迎风翻动的书页中翩翩起舞。

可爱的文字，既生动又形象，各种字体禀赋各异，各具风姿：篆隶文字，古色古香；行书文字，飘逸流畅；楷体文字，端庄大方；狂草文字，龙飞凤舞，技压群芳。

汉字写就的文体永远是美丽的，高雅的，朗朗上口的，千秋不衰的。

我醉倒在文字的浪漫馨香里不舍昼夜，累得键盘吱吱呀呀，一篇篇清新的小文如呱呱坠地的婴孩，给人们带来一片朝气蓬勃的崭新世界。

中华文字，生动形象，传承文化，盖世无双。

一首诗兴了一座城

时值秋末，我筹划已久的"移步江南"诗意之旅开始落地开花。

岁月若流水，日复一日，悄无声息地穿越了无数逶迤小径，跋山涉水，走春过夏，来到秋的门槛，刚恣肆了几日的秋叶便极其不情愿地开始飘落，离家别子。

冷暖交替的季节，把杂乱的生活逐一揉碎，融入初冬的丝丝暖阳，选一隅静谧，翻几页岁月，煮一壶光阴的沸茶，品鉴生活，安然向暖。

在这样的时光里，打开诗集，收集与诗相关的名家经典：惠特曼的《草叶集》自由奔放，大气飞扬，朴实通俗的语言，创造出近于口语、独具一格的自由体，节奏鲜明，让人爱不释手；卞之琳的《断章》通过对"风景"的刹那间感悟，涉及"相对性"的哲理命题，精致小巧，寓意深刻。"你站在桥上看风景"，而相对于楼上的人来说，桥上的"你"就是他们眼中的风景，他们"在楼上看你"；"明月装饰了你的窗子"，而相对于梦见"你"的人来说，"你"则像窗外的明月一样，"装饰"了他们的"梦"……

我自诩为诗中的主角，扬扬自得，句读之间，进入情境，为"移步江南"寻找由头，储存能量。

晨曦微露，我读着李白的《赠汪伦》，一路颠簸，于"桃花潭水深千尺，不及汪伦送我情"的千古绝唱中，来到了名闻遐迩的桃花潭实地考察，了却夙愿。

桃花潭，是唐代诗人李白与汪伦惜别之地，具有深厚的历史文化底蕴。桃花潭的著名不仅因为其美丽的自然景观，还因为李白与汪伦之间的一个美丽传说。

故事发生在唐玄宗年间，泾州（今安徽省泾县）县令汪伦听说大诗人李白旅居南陵叔父李阳冰家，便修书一封邀请李白畅游桃花潭，相约把酒临风，同赏美景，共度良宵。

汪伦信中写道："先生好游乎？此地有十里桃花；先生好酒乎？这里有万家酒店。"

李白闻知僻壤深山竟有如此好去处，感到十分新奇，欣然寻踪而来，却不见信中所言之地、之人、之事，满腹狐疑，汪伦见状，据实以告：桃花者，实为潭名；万家者，乃店主姓万。

李白听后捧腹大笑，并不以为忤，反而被汪伦的盛情所感动，酒兴大起，开怀畅饮，二人推杯换盏，喝得不亦乐乎。

汪伦与李白共饮三次酒，临别时，李白在踏歌古岸（现在的桃花潭东岸）欣然命笔题下《赠汪伦》一诗："李白乘舟将欲行，忽闻岸上踏歌声。桃花潭水深千尺，不及汪伦送我情。"诗篇情深意笃，千古传诵。

桃花潭，位于安徽省泾县以西 40 公里处，南临黄山，西接九华山，与太平湖紧紧相连。

每当旭日初升，清澈的江面上闪着粼粼金光，柔润的风吹起微微的涟漪。薄纱一般的雾气，梦幻般地从水面袅袅升起，给四周葱茏叠翠的山峦披上了凤冠霞帔，不远处白墙黛瓦的山民村居间便有一缕青烟曼妙升腾，浓缩成一幅绝美的千里江山图。

潭水清澈见底，翠峦倒映，山光水色，尤显旖旎。潭边有三三两两的洗衣人，她们各自在专心地洗涤衣服，咚咚的槌衣声，槌醒了群山，槌醒了稻谷。村姑少妇们没有意识到，自己的一举手、一回眸，都已成为这幅水墨画中的特有元素。

踏歌岸阁，原建于明代，清乾隆年间重建，民国初年重修。其上横匾"踏歌古岸"四字为村人翟容手书。阁二层，底层为通道，入阁门即南阳古镇正街，上层可凭栏眺望桃花潭等景点，目尽景穷。如今古貌依然，沧桑厚重。

桃花潭西岸有垒玉墩、书板石、彩虹岗、谪仙楼、钓隐台、怀仙阁、汪伦墓等景点。下游东岸有建于清乾隆年间的文昌阁，阁重檐飞角，方圆八面，气宇轩昂，昔日为文人兴会之所，游人登阁极目之处，览四方景致，纳八荒烟云，拢一潭浓浓烟火气。

1985 年，安徽省文物局和泾县人民政府拨款重修，原匾额已毁，新匾由张凯帆题写。同年 5 月，泾县人民政府公布为县重点文物保护单位。

文昌阁，在桃花潭镇西北郊。清乾隆三十五年（1770）翟氏宗族建，嘉庆四年（1799）以后直至民国 27 年（1938）三次重修。砖木结构，三层，高 25 米，呈八角形；自下而上，墙面逐渐加陡，八角起翘。原有院墙环绕，院内遍植松竹花卉，并建有水池。

阁内装潢精致，三层分悬匾额各一，文曰"盛世文明""义光射斗""共登云梯"。1985 年 5 月，泾县人民政府公布为县重点文物保护单位。

1958 年，国家兴建陈村水库时，汪伦墓被毁，只发现了一块汪伦墓碑。1985 年，泾县人民政府拨款重选新址，在桃花潭西岸彩虹岗修建了汪伦墓。2010 年，为推动旅游发展，又在两边建配了石人石马，以烘托氛围，这里也成为粉丝们的网红打卡处。

汪伦墓的后面是汪伦祠，汪伦祠的旁边是青莲祠，走过青莲祠就能看到桃花潭了，在进去前有一个造型非常漂亮的门洞，状似一个倒扣的酒杯，靠河向潭的一面是窗台式栏杆，可以凭栏休息，品茗远眺，在这里桃花潭风光尽收眼底，一览无余。

断断续续观览了亭台楼阁的雕梁画栋，我们一行人在朋友的陪伴下依依不舍地走向桃花潭的前世今生——老街。

老街铺着不规则的鹅卵石，两侧墙壁斑驳，给人一种沧桑的历史感。老街上的建筑多为古代风格，保存完好，展示了皖南地区的传统建筑风格，让人乐而忘返，不忍挪步。

桃花潭老街的历史可以追溯到汉代，时光如梭，沧海桑田，这条街道已逐渐成为当地居民生活的重要场所。

漫步在铺满鹅卵石的老街上，欣赏两侧斑驳的墙壁，感受古老建筑的魅力，让人不由心生感叹。游览老街的同时，游客们还可以选择在老街上的各式民宿中住宿，体验当地民众的生活方式，感受淳朴的民风和民情。

老街青石板铺就的小路，不是很长，直通我们刚刚游览过的桃花潭，窄窄的街道两边，都是典型的徽派风格建筑，白墙黛瓦，鳞次栉比。

老街两边的特产商店，主要售卖泾县出产的文房四宝，规格不一，品种齐全，价格公道。

这里不仅仅笔墨纸砚知名，搅动肚里馋虫的各色美食，也让人味蕾大开，意欲一饱口福。

小镇菜肴擅长炖、烧，讲究火功。朋友带我们走进了一家清净雅致的餐馆，点了臭鳜鱼、慈菇炒木耳、漂圆、臭干蛋饺汤等，一番品尝，味道不错。有如此精致爽口、油而不腻的菜肴，善饮者再喝点小酒，很是安逸、舒心。

在桃花潭，可以在千年古韵中寻找一份宁静与平和，感受那从诗中走出来的风景。每一寸土地、每一片树叶、每一滴潭水都似乎在诉说着千年的雨雪风霜，潮起潮落。

我静静地坐在副驾驶位置上，又不由自主地翻开了雪莱的《西风颂》，轻轻地吟哦道："既然冬天已经来了，西风呵，春日还怎能遥远？"

读过雪莱作品的人都知道，诗人笔下的"西风"是狂烈的，整个宇宙都在它的呼啸中战栗着；诗人笔下的"西风"又是摧枯拉朽的，它狂暴地将陈腐的生命吹去，以横扫千军之势，除去没有生机的枯叶，吹去那痨病似的生命；诗人笔下的"西风"又是充满生机的，它没有残杀一粒生命，它要将种子放进冬天的心中，在那里生根发芽，埋下春的信息。

我随着诗人的浪漫与狂放，亦歌亦舞，疯疯癫癫。

难怪有人说：诗歌，改变认知，改变世界，兴衰事业。

我们踏着雪莱《西风颂》的浪漫韵律，一路向西，秋去，冬来，春不远。

我们，恋恋不舍地告别了桃花潭，方向——塔川。

也说散文

散文是一种抒发作者真情实感，写作方式灵活的记叙类文学体裁，形散神聚，语言优美凝练，意境丰富。在中国古代文学中，散文与韵文、骈文相对，不追求押韵和句式的工整，但修辞炼句仍不可或缺，最好能一矢中的。

散文怎么写，仁者见仁，智者见智。古人说文无定法，这是说做文章每个人有每个人的写法，没法强求一致，也不应该用自己的喜好去衡量他人的作品。任何艺术都是如此，文字之作尤甚。戏剧有程式，绘画有用笔用墨之法，为师者可当场表演，为徒者可从旁观摩，唯文字不能，但其中也有规律可循。

刘勰在《文心雕龙·知音》一文中说："夫缀文者情动而辞发，观文者披文以入情，沿波讨源，虽幽必显。"这段话告诉我们，作家的创作总是由内而外的，即先有客观现实引发的内在情态，然后诉诸文字，强调了文学作品的双向性：一方面，作家在创作时会被感情所驱动，通过用词和句式表达出内在情感；另一方面，读者通过阅读文章来理解作者所要表达的情感和意义，就像沿着水流追溯水源一样，虽然幽深，也一定可以探究明白。

孙犁说："散文如果描写过细，表露无余，虽便于读者的领会，能畅作者之欲言，但一览之后，没有回味的余地，这在任何艺术，都不是善法。"

梁实秋说："散文不押韵，但是平仄还是不能完全不顾的，虽然没有一定的律则可循。精致的散文永远是读起来铿锵有致。"又说："散文不要排偶，然有时也自然的有骈俪的句子，不必有一定的格律，然有时也自然有平仄的谐调和声韵的配合。"

李广田说："至于散文，我以为它很像一条河流，它顺了壑谷，避了丘陵，凡可以流处它都流到，而流来流去却还是归入大海，就像一个人随意散步，散步完了，于是回到家里去。"他指出，散文固然当具有河水的姿态，潇洒而去，东流入海，不过也不可散漫，还是有规矩的。

散文家朱鸿说："散文是发展的，且极有活力。散文还会衍生新的形式，小品、随笔和纪事，并没有穷尽其可能。日月星辰，山川河流，鸟兽草木，菜蔬花卉，或冷僻之知识，无不可以进入散文。然而它们只有经过一番人文的沁漉，才能羽化成蝶。人是散文固有的内涵，其他都是外延，近乎为枝叶。散文之写作，要谨防其败于求奇和求偏。在千变万化的世界上，人以外的，再炫目，再时髦，转瞬也要湮灭。历久弥新的作品，皆是关于人的，关于灵魂的，关于性情的，关于欲望的。"

私以为，这些言论都很中肯，然而以此为训的作家寥寥无几，能够恪守者更是凤毛麟角。写作散文的语言遂略显粗糙，不灵动。这种毛病恐一时还不能改正，因为作家对语言控制的意识不强，缺少高度，不能与时俱进，且有俗文化的拖累和搅和，并使他们有蓝本可依，好歹有说辞，理直气壮。

散文表达方式多样，可将叙述、议论、抒情、描写融为一体，也可以有所侧重，根据内容和主题的需要，可以像小说那样，通过典型性的细节描写，对生活片段、人物性格、情感纠葛、故事悬念等作栩栩如生的叙述、刻画、渲染、烘托等，也可像诗歌那样运用象征、拟人、夸张等艺术手法，创设一定的艺术意境，感染人，说服人。

众所周知，散文以散说事，所谓的散，不是遍地开花，不是雨露均沾，不是撒胡椒面，而是在一盘散沙里淘金，以"金"这根红丝线把一些看似不相干的人与事、景与物、动与静、黑与白、轻与重有机串联，建成一座由文字垒砌的宫殿。

好的散文，无一处不精彩，无一处不是焦点，即使再微小的元素，再不起眼的字句、符号、空格，也能开出诗意盎然的花朵，全文走心入骨，摄人心魂，令读者美美地享受文字带来的震撼心灵的力量。

杨朔曾言："散文诗化代表着作者深度认知生活，以及对生活充满无限热情的态度。"他强调散文应把握生活本质,对生活抱有正确的态度,才能写出婉转曲折又带有强烈气势的作品。

余秋雨说:"散文是心灵的独白,是对生活的独特感悟。"

我们是不是有这样一种体会?有些散文百读不厌,铭记在心,历久弥新,时有回味。比如鲁迅的《记念刘和珍君》,比如魏巍的《谁是最可爱的人》,比如朱自清的《桨声灯影里的秦淮河》,比如茅盾的《白杨礼赞》……即使放下书本多年,记忆中还有深刻的印象,历历在目。即使昨天读了,今天重读,也不觉得厌烦,反而会再次被打动,被激发,被感染,被点燃起青春的万丈豪情。

时下有些散文,初读觉得尚美,但潜意识里根本没有想读第二遍或者第三遍的冲动。这究竟是为什么?细思,无非是行文谋篇布局不合理,缺乏真情实感,无病呻吟,无非是文字的表述缺乏准确性,无非是缺少给人的启示与思考,寡淡如水。这样的散文再次重温,不但不是享受,反而是思想的负担。

有些精致的散文,语言充溢着浓厚的情感味道,有非常强烈的画面感,鲜活灵动,不是纯粹为了描述而描述,不是按部就班地记流水账,更不像懒婆娘的裹脚布又臭又长,而是在鲜活生动的叙写中,将个人的感情赤裸裸地融进字里行间,处处洋溢着诗歌的意境美,音乐的旋律美,舞蹈的节奏美,哲学的思辨美。作者遣字行文,注重用词的准确与心灵的完美契合,洋洋洒洒数万言,让你感觉离开哪个词、哪个句子、哪个情节、哪个场景都不能很好地再现文字的原汁原味。多一字,累赘,少一字,遗憾。

散文里的事物不是完整的、一体的,而是零碎的、散乱的、无序的、点点滴滴的、似有似无的,写作的过程就像建楼房,对各种素材的收集、整理、筛选、使用忽略不得,轻率不得,大意不得。

朱自清说:"散文虽然也叙事、写景、发议论,却以抒情为主。这和诗有相通的地方,又不需要小说的谨严的结构,写起来似乎自由些。"他还说:"所谓散文便是英语里的'常谈',原是对'正论'而言。"他诚勉作家要有控制文字的本领，注意每一个词语，每一个句子。对文字的舍与留，增与减，能够自由拿捏，筛选恰当。"

可见，虽然散文篇幅短小、形式自由、取材广泛、写法灵活、语言优美，能比较迅速地反映生活，但想写好散文，写出被人认可的好的篇章，不是一蹴而就的，而是需要下苦功夫、狠功夫，持之以恒方得至美硕果。

我以为，散文是兼具审美、情感、智慧和人格于一体的文学形式，其文字是唯美的，其格调是高雅的，其布局是别致的，其叙述是流畅的、接地气的。散文基于作家自己的体验和感受，言必由衷，字能动人，文能服众。

众所周知，散文好的题材难遇，写好更难，所以产量小，精品更少。因此，我们如想在这个领域有所作为，还是要老老实实地当好小学生，以空杯心态，从零做起。也许有那么一天，你不知不觉已踏上了散文的红地毯，走上领奖台，收到无数的鲜花、掌声和喝彩，一举成名天下晓。

这样的场景，你不想吗？我，很想！

《小院兰香》的文字之享

《小院兰香》见诸各大媒体之后，不少爱兰者、爱文字者纷纷留言发表观点，畅所欲言，溢美之词颇有泛滥成灾之势，少有贬损之语，看来国人好恭维的习性还是根深蒂固的，毕竟无论做什么事情，好言一句三冬暖，恶语伤人六月寒，在喜庆氛围里弹奏不和谐的曲子，总是给人一种不谙世事之感。

一位读者这样写道："'寻一个人，安一处家，种一院繁花，然后，花前月下，琴棋书画，一个人，一辈子。'干净的文字，干净的心，干净的词语，读着清爽，俨然如着一袭黑衣的女子款款而来，轻奢，淡定，养眼，亭亭玉立，楚楚动人，耐得住玩味。"

她接着娓娓道来："《小院兰香》写得既美又香，宛如一位蕙质兰心的女子玉立眼前。看样子，兄长很会打理这个富有诗意的院子，将这个盛满美好时光的院子呈现给读者，真的让人向往啊！

"今天一读，清香拂面，仿佛看见兄长在那小宅院里，丛兰浥露，茗烟徐徐，书香满屋。置身其中，想必兄长不是神仙却胜似神仙！

"人最好的生活莫过如此。有自己的房，干自己喜欢的事，爱自己的花，喝自己的茶，写自己的诗，知足常乐，淡泊名利，安于现状，不烦不躁，就是最好！

"兄的文章，越来越精美，越来越经得起时光蒸煮，字里行间文采斐然，喷珠吐玉，妙笔生花，字字珠玑，满腹诗书，尽显才华！

"希望兄多多码字，留得空时品读，也是一桩快事！"

另一网友说："'我有这样一座小院，白墙青瓦，简洁奢华，衣食住行，诗书画印，一应俱全。傍晚午后，万籁俱寂，读书喝茶听音乐，把简单的日子过成一首美好的诗。'读这些文字犹如身临其境，彳亍观赏，让人心驰神往，恨不能立马丢下红尘牵挂进驻，与君一起侍弄花草，煮茶品诗，弹琴涂鸦，不亦乐乎。

"'花做篱笆，诗意为墙，音乐伴读，在我的小院，幸福就是这样悄无声息，清爽淡雅，静静流淌，令人羡慕。'这是何其甜美的领地，这是何其高雅的画面，这又是何其令人向往的伊甸园。你的小院是故事衍生的舞台，是采菊东篱下，悠然见南山的怡然自得。好想拥有哦，我是不是有点贪得无厌？呵呵。

"'花开时，绚烂、迷人、惊艳；花落时，浪漫、眷顾、美妙。每一天都应该学会让平淡的生活写满诗情，让每一份喜悦亦歌亦舞，让每一朵花瓣都香远益清。兰花有一种让人沉醉的清香，那朵朵盛开的花瓣，有的简约，有的张扬，有的玲珑洁雅，有的巧笑嫣然，每一种姿态都绽放着生命的华美与精致。'欣赏着这优美的文字，一如躺在唐诗宋词元曲汉赋的暖床上，神翩翩，意万重，哪还有功名利禄盘桓心田，映入眼帘的都是诗和远方。"

也有网友说："老师的文字功底深厚，排列组合得心应手。随手拈来的词句都闪耀着智慧的光芒，如果能够精致一些，短小精悍一些，真正适应快餐文化的潮流，更能符合当下国人的阅读习惯，我们可以忙里偷闲，用碎片时间接受文学的洗礼，获取源源不断的前行动力，那样会有更多忠实的读者归于麾下，追随左右，摇旗呐喊。"

大家因为喜欢我的文字才对我的文章指指点点，评头论足，他们在我的文字中躲得半日清闲，于快节奏的都市生活里寻得一隅干净之地，闲庭漫步，过一番平凡人的普通生活，获得一时把酒临风的美好时光。

对于我这个视书写文字为己任的码字者来说，能够得到同道的指点，也是对自己辛勤耕耘的一大安慰，无论褒贬，多多益善。

文章的好坏，发言权始终掌握在读者手中，从广大读者的评判中诞生的衡量标准对文字而言是最公平公正的。好的文章不言，自然会成为经典永久流传。

我，理直气壮，当仁不让。

起舞的文字
——我眼中的《儒林外史》

近来对家乡吴敬梓纪念馆的神往与日俱增，早就做了出行攻略，计划花点心思去耳闻目染儒雅之风，与家乡翘楚对话，然而始终未能成行。

一日归乡吃酒，忙里偷闲，杨柳依依，踏着和风细雨步入渴慕已久的圣贤殿堂，一睹讽刺文学泰斗的风采，总算了却了心中的夙愿。

吴敬梓纪念馆位于全椒县河湾路88号，南临新襄河，北依走马岗，与吴敬梓故居"探花第"隔河相望。纪念馆的主体建筑为三进仿古建筑，二至三进之间，东西有两间厢房，雕梁画栋、飞檐翘角、曲槛回廊，既有南方园林之秀，又有北方古建之雄，独特的走廊连通各个区域。大门前的四座旗杆石象征着吴氏家族的辉煌过往。

吴敬梓纪念馆的匾额由我国著名作家老舍所题，大门两边的楹联"笔扫千年弊，书传万世铭"由我国著名版画家汪刃锋撰书。

吴敬梓纪念馆不仅是一个纪念文学家吴敬梓的场所，也是一个重要的文化教育基地。馆内陈列着各种版本的《儒林外史》著作，并展示了吴敬梓一生中具有代表性的生活片段，成为研究吴学的阵地之一。

此外，馆内还收藏有国宝级文物36件，其中一级文物2件、二级文物3件、三级文物31件。这些文物不仅展示了吴敬梓的文学成就，也反映了中国古代文化的丰富性和深厚的历史底蕴。

除了文化教育功能，吴敬梓纪念馆还是一个重要的旅游景点，吸引了大量中外游客前来参观，并为游客提供了一个欣赏中国古代建筑艺术和体验中国古代文化的好去处。为提升游客的参观体验，纪念馆还通过举办各种活动和展览，让更多的人了解吴敬梓及其作品的价值。例如，这里经常举办吴敬梓学术研讨会、文学作品展览，每年还有独具特色的走太平活动等，不仅丰富了公众的文化生活，促进了吴敬梓研究的发展，也吸引了客源，聚集了人气，扩大了品牌知名度和影响力。

进入大门，向北直行，首先映入眼帘的是纪念馆过厅上由河北著名书法家黄琦先生题写的牌匾"讽谐寓真"；两侧楹联上写着"儒林轶事施罗笔，史册外篇迁固文"，由郭沫若先生撰文，全椒籍书法家刘子善先生题写。

过厅正中矗立着一座石碑，碑上的文句选自《中国小说史略》第二十三回，是鲁迅先生对吴敬梓以及《儒林外史》的评价，意思是说自从吴敬梓《儒林外史》问世以后，我国的小说发展史上才有了堪称讽刺小说的作品，可以说吴敬梓是我国讽刺小说的开山鼻祖。

来到生平厅，厅内展示了20世纪初鲁迅、胡适、郭沫若、茅盾等一大批文学家给予吴敬梓的高度评价，胡适先生更称他为"安徽的第一大文豪"。

步入著作厅，各种版本的《儒林外史》展示着历史上小说内容的增减变动，研究者的不同观点及相关资料也被罗列在一起，让游客深刻体会作者知识的渊博、思想的深邃和讽刺艺术的高妙，为其欣赏《儒林外史》的精彩故事提供了充分铺垫。

最为值得一提的是评论厅，厅内所陈列的文稿均为方家的箴言睿语。早在清代，《儒林外史》一经问世就有一大批有识之士为其倾倒，给予高度评价，但由于其深刻独到的见解和辛辣尖锐的批判手法，其价值一时间尚不能完全被社会估量和接纳。对此，鲁迅先生早在1935年评价《儒林外史》时就曾发出"伟大也要有人懂"的叹息。

新中国成立以后，学术界从《儒林外史》其书和吴敬梓其人两个方面开展拓展研究。在深度上，已涉及陆续发现的所有吴敬梓著作和吴敬梓及其家族社会关系的研究。在广度上，研究已不仅仅是少数大文豪的个体行为，而是延伸到国内整个理论界和教育界，并且走出国门，遍及亚、欧、美三大洲不同语

系的国家。

馆内建有碑廊，东西两侧分立，以《儒林外史》故事和吴敬梓诗词作品为题材，共陈列有 18 块碑刻，分诗碑 9 块，画碑 9 块。

为便于大众游览，了解其人其书，纪念馆内还陈列着书中的一些经典故事，比如大家熟知的"范进中举""王冕画荷"等。

一路观瞻，对吴敬梓先生的文字和经历叹为观止，一名出生于官宦之家、书香门第的贵胄公子，能抛弃功名富贵而走入平民阶层，用文字为人民鼓与呼，最后脱胎为一位具有民主主义思想的有社会责任感的作家，这欷嶔磊落的一生足称伟大。

由此，我陷入了沉沉的思索……

众所周知，《儒林外史》是我国文学史上一部杰出的长篇现实主义讽刺小说，以高超的讽刺艺术名垂青史。此外，《儒林外史》也是有着思想家气质的文化小说，是品位高雅的艺术品。它与传统的通俗小说有着不同的表现特征，它的出现，标志着中国小说艺术的重大发展与突破。

全书 56 回，以写实主义描绘各类人士对于"功名富贵"的不同表现，一方面真实揭示了人性被腐蚀的过程和原因，从而对当时吏治的腐败、科举的弊端、礼教的虚伪等进行了深刻的批判和嘲讽；另一方面热情地歌颂了少数人物以坚持自我的方式所作的对于人性的守护，从而寄寓了作者的理想和抱负。小说白话运用纯熟自如，人物性格刻画细腻淋漓，尤其是采用高超的讽刺手法，寓我于物，巧妙地借物抒情，针砭时弊，使该书成为中国古典讽刺文学的佳作。

通过游览吴敬梓纪念馆和阅读《儒林外史》，我们可以深入体悟传统文化的魅力，对于认识和研究传统文化具有深刻的启发意义。

《儒林外史》的影响力并非局限于中国，它已被译成英、法、德、俄、日、西班牙等多种文字，在世界上广泛传播，成为一部世界性的文学名著。

外国学者对这部作品给予了高度评价，认为它是一部讽刺迂腐与卖弄的作品，同时也是世界上一部最不引经据典、最饶富诗意的散文叙述体的典范，足堪跻身世界文学杰作之林，可与意大利薄伽丘、西班牙塞万提斯、法国巴尔扎克和英国狄更斯等人的作品相媲美，是对世界文学的卓越贡献。

《儒林外史》的艺术魅力到底有哪些，又为何能收获如潮的赞誉呢？我认为其艺术成就主要表现如下：

首先，提升了中国讽刺小说在世界文学领域的地位，这可以说是吴敬梓在中国小说史上的巨大贡献。惺园退士序说："慎勿谈《儒林外史》，读之乃觉身世酬应之间，无往而非《儒林外史》。"可见作品反映现实的巨大批判力量。

其次，奠定了我国文学领域古典讽刺小说的发展基础。《儒林外史》就是一座灯塔，照亮了我国古典讽刺小说前行的方向，为以后讽刺小说的发展，开辟了广阔的道路。晚清谴责小说《官场现形记》《二十年目睹之怪现状》等经典作品显然是受了《儒林外史》讽刺艺术的影响，并在世间广为流传，深受好评。

我国伟大的新文学旗手鲁迅就极推崇《儒林外史》，他的战斗的文学传统以及对讽刺手法的运用，与《儒林外史》也有一定的关系，某些地方有异曲同工之妙，对语言的运用甚至有过之而无不及。

《儒林外史》不仅代表着中国古代讽刺小说的高峰，而且是以小说直接评论现实生活的范例，开一代之先河，是全世界文学宝库中的瑰宝。

想到这些，我为先生感到骄傲，因为我是他的家乡人，同时也期望热爱文字、喜欢旅行、热衷传承祖国优秀传统文化的你大驾光临。

我在等你，不见不散。

走进边城

提起湘西边城，大家首先想到的就是文学巨匠沈从文，就会想到他的《边城》以及《湘西散记》《从文自传》等，这些自他笔下流出的唯美作品，经久不衰，至今仍耳熟能详，特别是他笔下的翠翠、爷爷、大老、二老、顺顺、白塔、吊脚楼、彩虹桥，给人留下了深刻的印象。他的闪耀着知识光辉和魅力的精品力作，吸引了多少年轻火热的心，这些虔诚的朝拜者一批批从远方而来，来了又去，把从边城获取的文化种子播撒在世界广袤的原野上，播撒在每个人的心田，开花结果，汇聚成中华民族 21 世纪光辉美好的文化春天。

提起边城的凤凰古镇，便会让人想到画坛活宝黄永玉，他给人的第一印象是始终戴着鸭舌帽，穿灰色大衣，叼雪茄，风趣幽默，双目炯炯有神，精神矍铄。黄永玉多次表达过对凤凰的喜爱："我的家乡就像自己的被窝。睡到被窝里面，自己的气息自己习惯。"乡愁是他作品的永恒主题。十几岁时走出凤凰，独自在外闯荡。出走半生，他对家乡故土有着刻进骨子里的眷恋，一直惦记着曾经养育自己的故乡山水、吊脚楼和石板小街。为此，他不仅为母校凤凰古镇文昌阁小学捐资修建了礼堂，还捐建了沱江上"风、雪、雨、雾"四座仿古风雨桥，表达了他对家乡山魂水魄的拳拳深情和感恩。

其实，在新时代、新文坛，在湘西边城也出现了一位文化艺术领域的风向标人物，一位文化领域的青年才俊，他，就是孜孜不倦耕耘在诗坛的诗人滕远渊。

滕远渊一心钟情于文化传承，在诗苑深耕细作，编辑出版了《诗人乐园》《草根诗集》《诗海寻梦》《民间优秀诗选》《新百年诗篇》等十几部著作，广为流传，备受好评，多有奖项斩获。

滕远渊，原名滕建玉，1990 年出生于湖南省麻阳苗族自治县板栗树乡江溪村，中国乡土作家，青年诗人，擅长传统书法艺术，现为中华诗词学会、中国楹联学会高研班成员及网课学堂导师，广州市青年作家协会会员，麻阳苗族自治县作家协会会员。

他编辑的《诗海寻梦》抗疫诗歌选集荣获 2020 年度人人文学网最佳图书奖。2021 年 1 月，滕远渊开始担任中国诗歌圈官网总编辑。2023 年 2 月发表大型长篇组诗《月下江溪村》，名噪一时，轰动诗坛。

对于这样一个活跃在诗坛的骄子，不为五斗米折腰的文化先锋，我一直充满了好奇，总在寻找一个契机。今年国庆期间，我有幸与滕远渊在他的工作室近距离相处了几天，对他有了更深的了解。

一天晚饭后散步，我们谈起了文学，谈起以文学为生的规划，他兴趣盎然，侃侃而谈，我们聊得很融洽。滕远渊说，这么多年他一直在深圳从事文化宣传、包装、编辑、创作工作，通过自己的辛勤付出，生存了下来，确实不容易。很多文人都已经改弦易辙，另谋出路，抛弃了初衷，做起了与文化毫无瓜葛的事业，在市场经济的大潮中，他们的选择无可厚非，也只是为了能够好好生活。

他接着又深情地说："目前有了这个属于自己的工作场地，工作生活两不误，很方便。这么多年我相继编辑出版了多本诗集，是很多人做不到的，更是一些'90'后不愿做的苦差事，但我坚持了下来，相信经过自己的努力，以及一大批文化人的付出，文化的春天会到来的。"

他看着我又自豪地说："麻阳人都说我是大老板，其实我只是比别人多努力了一点点，省吃俭用，通过别人都认为养活不了人的文化事业小有成就，不但全款买了房子，还过得有滋有味，很知足。"

我俩就这样走着，说着，走到一处广场，我们坐下来歇息，他接着说道："我准备再做十年文化工作，攒 60 万元到 100 万元现金，虽然不多，但在麻阳这个地方，消费水平极低，足够我养老了，如果遇到一个心仪的女人就结

婚，否则就一个人过下去，也蛮好的。"

他，看了看我，很淡定，亦从容。

我又一次被他的话震撼了，想不到一个"90后"青年想得这么多，这么深刻，真是难能可贵。

就这样，整个国庆节我们不仅在文学领域里各抒己见，还畅玩了凤凰古城、芙蓉镇、滕代远纪念馆等景点，各自写下了不少的文字，也算小有收获。

我很喜欢他写的诗歌，特别是长诗《麻阳河上的乌篷船》，摘录如下：

也许她发源于远古的神州之隅

——麻阳河

一条乌篷船顺流而下

流过橘园

——流过桃花山

它承载着乡愁

带着革命的热血流淌而去

——看

麻阳河

翠绿的楠竹长满两岸

那河上漂放着木排的阿公

与河畔的阿婆迎相歌伴

还有

在那夕阳下

挽着衣袖的苗家姑娘

手拿一根忙捶棒嗦嗦嗦……

正急打着石板上的衣裳

霎时，水旁的欢笑语

及洗衣声响传遍田野云端

……

小荷才露尖尖角，早有蜻蜓立上头。在文学大观园，诗人滕远渊的文化事业风生水起，已小有成就，多受褒扬。相信经过岁月的淬炼，他会在文坛拥有一块属于自己的星空，舞动翅膀，飞得更高更远，做得更大更强，更辉煌。

他，一定行，让我们拭目以待！

文字的盛宴
——浅读知名作家胡芳芳的《华彩序章》

展卷，油墨香味四散，往事如烟，每一粒文字在烟火中袅袅升腾；往事如水，每一粒文字在涟漪中自在漂游；往事如歌，每一粒文字在旋律中抑扬顿挫。

在胡芳芳女士淳朴、简约、温暖、抒情的文字中，一个个藏在绿水青山中的遥远的乡村故事呈现在我们眼前，勾起你对过往绵绵不绝的怀想。人啊，对故乡铭心刻骨的牵挂，总是在你离开了才会有；对故乡魂牵梦绕的思念，总是在你离开后才可能真正体味。

胡芳芳女士的散文就像井底的水、圩堤的土、山林的松涛、碧空的云朵，安稳、静美，温文尔雅，落落大方，简约而华贵，意味深长。她的文字长出的庄稼就像她故乡山中盛开的茶花一样，灿烂、鲜艳、热烈，漫山遍野，不依不饶地占满你的心室，你的灵魂也随着她的笔迎风而歌，遇雨而舞。她的文字中看似简单却寓意深刻的叙述，在娓娓道来中剔除了斤斤计较的市侩，透出的是一种人格的自尊、广博和深邃。

胡芳芳女士是一个古典而又现代的吟者。她的《华彩序章》需要你独坐黄昏中，案上铺一层洁白的薄纱，泡一杯清茶，点亮一盏青灯，伴着悠扬的轻音乐，孜孜不倦地阅读。读着读着，你可能会眼含泪水，有时会鼻子一酸，继而发自心底地击节叫好，并露出会心的微笑。

在《凤仙花开指上来》《爱着走下去》《梦里的沙枣树》《黄河追梦》中，我们读到了生命的沧桑和虔诚；在《仰望英雄李家发》《盛开在灵魂深处的木棉花》《誓将马革裹尸还》中，我们读到了对英雄的赞美及对内心的叩问；在

《卿在龟峰便是仙》《流淌在心上的汶江》《我是汉江一条鱼》《天河山读石》中，我们读到了岁月的朴素与迷离；在《雨夜卧听萧萧竹》《千顷碧波千顷荷》《陌上古桑尚青青》中，我们读到了雅致生活的美好；在《杏花春雨查济村》《石寨无墨千秋画》《何人不起故园情》中，我们读到了古村落小桥流水人家的旖旎风光；在《石不能言最可人》《时光深处的黑牦牛帐篷》《静听千年斧凿声》中，我们读到了古代建筑的唯美灵秀和厚重铿锵。因此，我十分钦佩胡芳芳女士的捕捉能力和文字表现力，我在她淡泊的文字里读到了久违的感动。

在胡芳芳女士的文章里，每一个字都有呼吸，有温度，生动鲜活，感人至深，其对事物的观察与描写，体现了女性特有的细腻与精准。阅游其间，仿佛在与爱人私语，仿佛在听夏虫鸣叫，仿佛在与小草密聊。

读《杏花春雨查济村》一文，仿佛身处画中，百看不厌。作者写道："徜徉在杏花春雨的查济村，醉着，醒着，走着，也是舞着。感觉自己就是这里的一弯溪流、一块花石子、一朵春花、一抹阳光，每一步都走在云端，走在时光的脉动里。我在轻轻呼唤自己，我在何处？碧溪、柳梢、花间、云际，缓缓地落在画家的笔尖，我与那撑着油纸伞的紫衣女子渐渐重合在一起。"作者陶醉在江南的烟雨迷蒙里，寻找着自己，呼唤着自己，纠缠着自己，欲罢不能。她就像"闯入网中的小鱼，心儿被这方山水捕获，爱着，恋着，纠结着，欲走还留"。

她视人瞩物，观察细致入微，说道："查济人把他们的聪明才智发挥得淋漓尽致，他们充分运用古代园林建筑艺术的借景、对景等手法，形成'门外青山如屋里，东家流水入西邻'的天人合一格局。"多么专业的描述，建筑术语与文学语言珠联璧合，相映成趣。

在描写雨意缠绵的雨季时，作者下笔如有神："江南的梅雨就像顽皮的孩子，走到哪里，总忍不住涂涂画画，白墙上斑驳的痕迹就是它的杰作，再被青苔细致地勾勒。于是，古朴的房屋成了一轴别致的画卷，一部无字的诗书，引领着我走向岁月的深处，品读它那独特的沧桑之美。"遣词造句，手到擒来，妙语连珠，形象生动，让人叹为观止。

《母亲的田野》是一篇深情四溢的描写亲情的文字，作者笔端的文字如潺潺溪流，入骨、走心："母亲老了，越来越像个缠人的孩子，总是磨着让我陪她去看田野。""80岁将临的母亲，依然腿脚利索，丝毫不输年轻人。我哼着小曲，母亲竟然跟着节拍跳起了牛仔舞，我也忍不住随她舞蹈。田野里没有什么人，我们旁若无人地释放着快乐。没有风景，自己就是最好的风景"。多么豁达、快乐、与时俱进的老人，令人钦佩羡慕。

在《时光深处的黑牦牛帐篷》一文中，作者的观察细致入微，入骨三分，那地、那屋、那景、那人，让人过目不忘。作者说起牦牛与青藏高原，说起黑牦牛帐篷与牧民的紧密联系，说起藏民对黑牦牛帐篷、对自然的敬畏以及对生态环境的呵护，娓娓道来，感人肺腑。最后，三江之源的蓝天、草原、牧民、黑牦牛帐篷以及慢而优雅精致的生活，好似滚滚长江水，一起呈现在读者面前，如大珠小珠落玉盘，给人以强烈的美感和享受。

不仅如此，胡芳芳女士谋篇布局也是信手拈来，独具匠心。比如在描写大安石寨古民居时，她俨然一位用文字泼墨的高超画师，画就了一幅耐人寻味的历史画卷。画面的每个线条和符号，一如音符跳着悠闲洒脱的小步舞曲，震撼着每一个喜欢文字的人的心灵。

莫泊桑说过，一部作品的布局的巧妙决不在于有激动力或者令人可爱，决不在于引人入胜的开端或者惊心动魄的收煞，而在于那些表现作品明确意义的可信的小事巧妙组合。能把文字操纵自如，用它述说一切，甚至述说一般不易表达的事情，起伏跌宕，并充满未尽之意，充满神秘的不曾表明的企图，这比动用一些死语旧词去引人入胜更为困难。只有这样，文字才会好看，才会让人流连忘返，才会让人爱不释手。胡芳芳女士恰恰在这方面驾轻就熟。

在《卿在龟峰便是仙》中，一句"来到龟峰便是仙"，足以让所有到过和未到过龟峰的人产生诗情画意的联想。在作者的诗意描绘里，雾中的龟峰便成了山中望远、白纱遮面的佳人，百看不厌。置身峰巅，众山皆小。山岚缭绕，鸟鸣溪响，云梯垂挂，幽壑深秀，向聆听者细说山的雄伟、石的嶙峋、云的苍茫、水的幽邃。登峰释怀，观峰忘忧，无忧无烦即是仙，于是，在作者的叙述里，我们都蜕变成了翠竹仙子。此情此景，只应天上有，何曾在人间。

文学，讲究意境，讲究诗意，讲究布局，讲究构思，讲究冲突，还要有出神入化的文笔，而散文在诸多元素的加持下，更有一种与生俱来的美。阅读胡芳芳女士的散文，只要稍微留意，就会从字里行间发现她对古典诗词的熟悉和偏爱。文集里大多数文章的标题是对古典诗词的融化运用，看似随手拈来，却颇具匠心。诗词抑扬顿挫，朗朗上口，给文章带来了画龙点睛般的绝妙体验。

做学问的人都知道，标题是文章的眼睛，一个好的标题往往意味着写作任务已完成百分之七十，精彩的内容也会纷至沓来。《华彩序章》57篇文章中有28篇的标题都是七言诗句，养眼，上口，醉心。特别是文集"花木"一章中，7篇散文标题全是七言诗句，不但视觉上好看，整齐划一的布局也让人击节叫好，精彩纷呈的叙述与描写更是让人拍案叫绝。

散文好写，人人都能拿起笔书写一番，特别是在互联网时代，谁都能吟咏二三，但写好很难。胡芳芳女士的散文继承了传统散文的精髓，并用心写作，她写得有条不紊，慢火细炖，但从字里行间可以看到，她写得并不轻松，她是付出了感情的，她是一个虔诚的文字工作者，是有责任心的新时代作家。

读莎士比亚的戏剧，细细揣摩才知道其中的妙处，才知道一个人可以用文字描写世界上的种种事物而使它栩栩如生，难以忘怀。好看的文字就像专注的人，有着一种不张扬的吸引力，不发声的气场，不高调的奢华，人们不自觉地就会多看一眼，再看一眼。胡芳芳女士的文字，一如繁星闪烁，光芒四射。字，无声；意，万千，情，缠绵，如踏雪而过的雁，搏击长空，让人浮想联翩，叹为观止。

时下，铺天盖地的散文作品泛滥成灾，良莠不齐，浪费读者的时间和感情。当然，在众多的散文中不乏纯正、纯粹的作品，胡芳芳女士的作品当之无愧。

散文的"散"、杂文的"杂"、漫画的"漫"是几个有意思的字，我以为它们都表现了一种精神，这种精神就是"自由、文采、短小精悍"。

这里的"自由"是相对于束缚、格式和雅正的规范而言，即表达的自由，或表现的自由，简单来说就是身之所历、情之所牵、心之所感、意气所寄，无话不说，说时合乎心声，合乎情理，弘扬正气，与时俱进。散文完全没有如诗歌格律、节奏、韵脚等的限制，也没有如小说、戏剧文学在结构上的限制，叙事说理、写景抒情可以随意穿插，收放自如，有如天马行空，亦如闲庭散步，显出一种无"法"无"规"，如行云流水般的自由与洒脱，以至于有人干脆就称之为"自由的艺术"。

这里的"文采"是指文章句式的整齐美：句式整齐匀称，多用整句；错落美：根据表达的需要，灵活自由地变换句子的长短和结构；丰富美：词汇丰富多变，绝无呆板的雷同和机械的重复，表达方式丰富而多变，绝无统一的模式；韵律美：整齐的语言，朗朗上口，富有音乐节奏，多变的语言自由而活泼，跳跃着欢快的音符；意象美：意象融合了主观情感的客观物象，美的意象能够产生情感的共鸣；意境美：意境就是作者的主观感情与其所描绘的客观环境有机融合而创造出来的艺术境界，尽管不完全是语言方面的问题，但语言的好坏总是直接影响到意境的美丑。

"短小精悍"是指文章简短而有力，含有犀利的意思。在快节奏的现代社会，很多人只能利用碎片化的时间读书、看报、写文章，长篇大论的作品少人问津，难以传颂。文集里文章大多千字左右，抑或更少，符合当下求知的习惯，切中需求。

此外，散文的语言是一种本色的语言，它的一个很重要的特征就是朴素、自然、流畅、干净。无论绘景状物，叙事记人，抒情骋怀，信笔写来，几乎全用"白描"。

胡芳芳女士识得其中五味。

如果《华彩序章》中有些文章能更凝练一些，章节划分能更细致一些，文章叙述能更灵活多变一些，文字组合能更妥帖一点，当完美无缺，当然这有点强人所难。总体而言，全书瑕不掩瑜，精彩，惊艳，值得文学爱好者好好欣赏。

读胡芳芳女士的散文，知天地之高远，知他山之石可以攻玉。

第五辑・情感心事

悄然而至

你在他乡好吗?

世界这么大,还是丢了你。

世界那么大,唯一想落脚的地方,就是你身旁。

呼唤你的河流一直潺潺不息地奔淌,我在浪涛里千百次地泅渡,要去找到你,哪怕漂洋过海,哪怕跋山涉水,哪怕雨雪交加,哪怕翻山越岭。

因为阴差阳错,命运的红绳没有拴住你我的双手,成了我们命运里永远的伤痛。贫穷的日子让情感弱不禁风,也贫穷了你我的心灵,伤了你我的心。

贫穷,使一切的不合理都显得理所应当,同时也成为一切不可能最为合理的借口。

小曲好唱口难开,因为含蓄、羞涩、不善于表达,你我丢掉了精心构建的城防,让遗憾给了我们致命一击,我们倒在举棋不定之中,错失命运的青睐,没有走向红地毯。为此,两颗年轻的心一病不起,从此浪迹天涯,天各一方。

岁月匆匆,我们为生活而忙碌着,劳累着,阴晴冷暖,苦乐自知。曾经的遗憾从不露声色,宛若二十年的窖藏,深深地掩埋于地下。

命运真会开玩笑,绞尽脑汁想见的人,总是阴差阳错地擦肩而过见不着,不想见的人总是如影随形地出现在你的视野中,喋喋不休,挥之不去。

难道沐雨经霜的过往真的就那么轻而易举地永远埋在心底?难道曾经满眼笑意的两人就因为羞于表达而失之交臂?难道因为对父母言听计从而上错了船的你我就该一生墨守成规?难道曾经相爱的人就因为命运的捉弄而戏剧性地成为陌路?

不可能啊，上苍也会眷顾心有灵犀的你我，让我们经过千回百转、重重磨难，悄然相逢，相逢在春的柳梢，相逢在花的蕊间，相逢在鸟儿鸣唱的季节，一切都没有先兆，欣喜悄然而至，猝不及防。

我错过了人间最美的四月天，没有说出你期待的那一句铁骨铮铮的承诺，使我们的故事刚一开始便戛然而止。而今迈步从头越，我不能再错过凤凰涅槃后的新生活。

祁隆在《雨中的思念》中这样唱道："不知不觉过去好多年，你的温柔依然在心间。春去秋来花开花谢，我还没走出爱的深渊。落叶缤纷回忆的残卷，幸福悄然溜走于指间，依然记得你离开的画面，伤心难掩已泪流满面。就让相思的雨飞向满天……只剩思念在岁月中蔓延。"

你每天演唱的这些伤感歌曲，看似漫不经心，其实无形中诉说着你的心有所托，不经意中流露出你曾经的抉择，曾经的故事，曾经的梦。

一个人时，我会思念，我会乱想，我会悲伤，我会难过，我会心痛。我只是个普通的人，也有七情六欲，思念你的时候总是不想入睡，期待你的翩翩来临，毕竟真实比梦境要美丽千倍万倍。

无力而苍白的思念和牵肠挂肚是那么沉重，多少年来，我依然矢志不渝地坚持，即使最终的结局伤痕累累，我也在所不惜。

在外人的眼中，我俨然一个没事人，天天乐呵呵的，但无尽的思念像一条解开绳索的小船，已经在我心里默默地划动，要远渡重洋。

我们失去了太多太多，既然爱，为什么不说出口，为什么没有说出口？

有些东西失去了就再也回不来了，而你我却是命运中的例外。长久堆积的思念一旦涌上心头，便会哽咽了口齿，如鲠在喉说不出，但只要心中有那么一座开满鲜花的庄园，也不一定要表达，心领神会，同样足以让彼此的生命灿烂。

知道你在他乡过得还好，我很满足。你的幸福就是我的快乐，所以我不愿轻易打扰你平静的生活，纵然相思入骨，纵然万劫不复，我只愿你眉眼如初，风华如故，你心中有我，我心中有你，循环往复，念念不忘。

人们总以为说了分手就不见面，总以为说了再见就不想念。其实只要一个跟你我有关联的信息，哪怕是一句相似的话，一举一动，都足以让你我泪流满面，深爱过的人哪能说忘记就忘记。

温庭筠的《更漏子三首其三》云："梧桐树，三更雨，不道离情正苦。一叶叶，一声声，空阶滴到明。"你要知道，思念这种东西，捂住嘴巴，它还会从眼睛里逃出来，捂住眼睛，它会从心室蹦跳出来，捂住心室它就会大病一场。

随着天各一方的时间越来越长，你我的思念也越来越深，越来越纯，越来越理智。我很想找一个万籁俱寂的深夜或一个阳光明媚的早晨，把许多埋藏在心底的牵挂、惆怅、担忧、寂寞向你倾诉，向你和盘托出。

雨声潺潺，我一如住在溪边的流浪客，看着雨帘，愁肠百结。只要你好，宁愿天天下雨，总以为你是因为下雨不能来和我相聚。虽然是自欺欺人，但只有这样我才会心安理得。

现实里，有些人比较幸运，想念一个人可以直接打电话；有些人比较不幸，想念一个人只能选择听歌，喝酒，走夜路，无端地发脾气。

张先《千秋岁》说："天不老，情难绝。心似双丝网，中有千千结。"今生今世，我心中的这个千千结，只有你能找到打开它的唯一方法，秘不可宣。

那一汪晶莹

在感情里，被一个人深深爱着，懂着，牵挂着，是许多人梦寐以求的愿望。

邂逅这么一个人，被他偏爱，被他宠溺，被他用心对待，让自己每时每刻都感受到幸福和温暖，真的要经历几世修行，如沙里淘金，不容易。

人生中，相遇和错过，就像硬币的两面，在相遇的瞬间，已经是错过的开始。这辈子，你会与谁遇见，你会失去谁，都是因果。要走的人留不住，留不住的人就放手，要相信知你懂你的人一定会出现。有的时候，放手也是另一种美好结局。

有些美好要用心珍惜，千万不要轻易错过，如果一不小心错过了，就要理性对待，等候下一次机会的降临。

一切因缘而起，因念而生。身上带着相同缘由的人，才会在时光隧道里相遇，不管是情深缘浅，还是缘浅情深，都不能算得上是真正的缘分。最后能相伴到老的人，必然是缘深情深的那个人，是那个愿意等你不惧白头的人。

人的一生，阴差阳错的事情比比皆是，错过了就错过了，千万不要自责，不要遗憾，不要喟叹，是你的终归还会回来，以后还会遇见，只不过再来的时候要及时抓住，倍加珍惜。

今生所有的经历，看似是上天给的缘分，事实上全是自己造就的因果，自己的心自己懂。你读懂了因果的来龙去脉，就能懂得命由己造、福在自身的简单道理，就能心神笃定，矢志不移。

人生如花，迎风绽放，幸福的人，眼里都是诗和远方，都是鸟语花香，一路走来，仰望蓝天，俯拾玫瑰，静听涛声，笑观风闹，乐不可支，心满

意足。

特别欣赏网上流传的一段话：我怎么舍得让一个满眼都是我的人委屈到抹眼泪，只要你还在我的身边，我就算拼了命，都不会让你输，都不会让你屈，都不会让你累，紧紧搂在怀里，藏着，掖着，呵护着。

在浓厚的感情里，深深爱着你的人会耐心地包容你，呵护你，惦念你。无微不至的关怀会像天使一样围绕着你。他会随时和你联系，那是一种在乎；他会慷慨为你付出，那是一种舍得；他会耐心地包容你，那是一种迁就。

"认识你，我用了一下子，爱上你，我用了一阵子，忘记你，我却用了一辈子。"这是电影《廊桥遗梦》中的经典名句。由此可见，爱慕与牵挂一个人是多么甜美幸福，要彻底忘记一个走入你灵魂的人，又是多么艰难。

爱，从来不是一种模样，不是八股文，各种版本一应俱全。

爱情世界里，有人过了一辈子和过了一天没什么区别，有人过了一天却像过了一辈子，有的人相守一生，最终形同陌路，有的人只是一面之交，却成为莫逆。

感情啊，真的要人命，一旦跌入爱河，实在是难以自拔，此刻，你必须奋力泅渡，划向岸边，那里有无限风光在呼唤，更有亲爱的她在痴痴等候，望眼欲穿。

拜伦说："我见过你笑——湛蓝的宝石光泽也黯然收敛，怎能匹敌你嫣然的瞥视，那灵活闪动的光焰，有如夕阳给远近的云层，染就了绮丽的霞彩。"

在一起的时候，什么都不想，你不在的时候，什么都在想，想你的笑，想你的温柔，你的拥抱，你的牵手，你的密吻，此时此刻，莞尔一笑，暖流遍身，牵你手的感觉真好。潜意识里，就想肆无忌惮地牵着你的手，走过花间，走过水边，走过桥头，走过月下，走过亭阁，走过廊道，旁若无人。

是啊，形影不离的你我，多美，多幸福，多么令人羡慕，这种幸福妙不可言，多么期望它能永恒，多么想就这么牵着手，一直走到生命尽头。

在一起的时候，最喜欢听你那娓娓不休的絮语，一如微雨敲窗，润泽心田，听不够，看不尽。没想到迟来的爱竟然这么灿烂，这么浓烈，融化一切，猝不及防。

正如作家张爱玲所说："一个人，如果没空，那是因为不想有空；一个人，如果走不开，那是因为不想走开；一个人，如果对你借口太多，那是因为不想在乎。"对于这一点，我深以为然。

静下来的时候，我在想，山口百惠和她的爱情，还有人世间很多类似的故事，只有甜蜜，没有痛苦，只有暖言，没有争吵，只有体贴，没有抱怨，我们和他们有着惊人的相似，这样的日子人神共羡。

因此，我们，是幸福的。

我始终坚信，两个人之间只要是真感情，是不会发生争吵、猜疑和不信任的，挚爱，可以溶解一切不愉快。

和你在一起的时候，你对我的包容，让我不忍心去梳理认识你之前花前月下的浪漫。在内心里，真的很嫉妒你从前的恩恩爱爱，转念一想，彼此相爱，要学会包容，伤害你，我觉得是罪过。

在我使小性子的时候，你的细心呵护让我不忍心像神探福尔摩斯般探究你过去的点点滴滴，我知道，也懂得，真正相爱的人，是不需要去刨根问底的，心在就好。

是的，爱可以消融一切，可以信任一切。真心是有感应的，是知道冷暖阴晴的。

你我相识，让我打开心扉，像竹排放游，像喊山号子，像镖行出征，浩浩荡荡，无拘无束，从来没有这么开心，这么放松，细想想，只要用心感受爱，满眼都是花红柳绿，焉有烦扰？

当生活中一地鸡毛时，当烦恼和压力接踵而至时，我猛地抬头，发现了一树的美好，发现了你临空而至，冲着我微笑，瞬间，化解了我的无数狂躁。

爱是大海，孕育所有美好，你是我汪洋大海中的一叶扁舟，你是我无话不谈的伴侣，什么都愿意和你絮叨，这是心的呼唤，灵魂的共鸣，你知，我

懂，比什么都重要。

你，最能体贴我，呵护我，理解我，安慰我。世上好人千千万，你是最疼我的人。

有人说我多情，其实我一直在找懂我的人，为此，我不惧流泪，一切表现都出自灵魂深处，我从内心爱你，懂你，黏你，不愿意你有一点点不开心。

现实里，花儿的生命让我感叹，当立于枝头时，就尽情展示它的娇艳，沐浴灿烂春光；当落英缤纷时，就安静慵懒地散落于大地，依旧美好。愿人生如花，美丽相随，不负时光。

深爱可抵岁月漫长，余生有爱便是归航。一切都无法阻止我们，一切都会被我们踩在脚下。

黑格尔说，朝着太阳奔去吧，为了人类的幸福之花快点开放，挡住太阳的树叶能怎么样？树枝能怎么样？——拨开它们，向着太阳，努力奋斗吧！

此，且当是为我们奋力前行吹响的号角。

春风十里不如你

冯唐在《春》中写道：春水初生，春林初盛，春风十里，不如你。

你，那年，那月，雪后，初晴日，踏着我的视线，要去北漂，纵使我缱绻挽留，你仍然没有停止已经起航的执拗，怀揣信誓旦旦的倔强，迎着猎猎寒风，选择了逆行。

自此以后，你，成了我朝思暮想的远方，远方，除了遥远，一无所有。

流年若歌，按下的暂停键锈迹斑斑，无法回放。

卧室里还是你喜欢的陈设，我，铺陈笔墨纸砚，等你回来，哪怕你是出差路过，利用驻足、品茗的片刻，也可以慢慢着笔，舞文弄墨。

你，我，四目相对，心花怒放。

长发飘逸的岁月，你不曾抚摸过我脸上的笑容，也不曾赠予我一个滚烫的热吻，我们的纯洁，一如天上的月光。

守望你的日日夜夜，贫乏、枯燥，我在孤寂里快递出火红的祈福，让你在忙碌的工作后打开一页页轻松，心旷神怡。

世无花月美人，不愿生此世界。你是我的富士山，我的太阳岛，我的鹿回头，我的万泉河。我拥有你，家财万贯，富可敌国。

还记得我送你出发前的那晚，月华如水，一轮明月挂在夜空，调皮地眨着眼睛的星星，洒下薄雾般的清辉，衬托出你清瘦的轮廓，隐隐约约中你发出的微笑，好勉强，断流的语言，磕绊的语速，出卖了你的内心。

强颜欢笑的你，在我的窥视下一览无余，我窥见你脸上有皱纹滑过，心里风起云涌，黯然神伤。

我，知道，北上，你也别无选择。

人生，曲曲折折，蜿蜒旖旎，无限风光在险峰，勇士不甘平凡，总要去搏击惊涛骇浪。

我，心里酸楚如过霜的枫叶，无精打采。转瞬一想，有皱纹的地方表示微笑曾经在那里停留，表示曾经在意过，瞬时心情豁然开朗。

那夜，我们像两只渴望爱的孤单的小蝴蝶，比翼双飞，相偎相依，难道不是吗？

此时无声胜有声，再隆重的语言也显得苍白无力，骨瘦如柴。

心灵的窗纸薄如蝉翼，不捅破，使心里的纠结与惦记更加含蓄。有时候，明明心里有很多话要说，却不知道怎样表达，很踌躇。

自你走后，我，经常一个人去村口的那个三岔路口的老树下，那爿衍生故事的暖巢，睹景思人，泪湿衫袖，背靠树干，向着北方，痴痴地，凝望，凝望。想你的时候，我的思念像小河淙淙，在梦中九曲十八弯地流淌，穿越了落英缤纷的万水千山，寻觅你远去的背影。我独自一人在寂寞的星空游荡，让相思化为一颗流星，把我浓烈的思念带给你，陪你去闯。

你在京都还好吗？

只要你喜欢，随时随地，我可以为你光芒万丈。

记得吗？每当走进我们的琴房，你弹时光不老，切切复切切，我奏素月锦年，寻寻觅觅再寻觅，一种遮不住的风情和暖意，呼唤与倾诉，酿出凡尘俗世最美的记挂。

你，是我今生今世一直仰望的不朽的丰碑。

好想做你的手机，揣在你怀里，捧在你手里，看在你眼里，藏在你心里。在我百无聊赖的时候，依偎着你，看着你，满面春风。

我，对你的思念是真实的，有血有肉的，不怕霜打雨淋，寒风凛冽，即使凋谢，即使陨落，即使碾轧成泥，也是真实的，冰清玉洁的。

我，一生的心意和寄托，只能对你盛开，哪怕绽放过后旋即毁灭；哪怕背对悬崖，退无可退；哪怕飞蛾扑火，灰飞烟灭。

　　忘不掉的是回忆，继续的是牵念，错过的就当是路过，期待的才是真实，才是赤裸裸的活灵活现的现在。悟透世间情与债，真情真心不改。人生拼搏，没有彩排，往前走，向未来。

　　何当共剪西窗烛，我在等待。

你的生命里我曾来过

还记得我们第一次相识的情景吗？

还记得那本泛黄的毛泽东诗词小册子吗？

还记得咣当咣当的绿皮车的摇摆颠簸吗？

还记得你怯怯地说"你在看毛爷爷的诗词吗？我也很喜欢"的含情脉脉吗？一句"我也很喜欢"，使我们有了共同的话题。

你告诉我，你也是去我所在的城市合肥，参加你同学的婚礼，你还是第一次来慕名已久的霸都，言语中含着万千柔情。

我说我可以做你的向导，你说时间仓促，明天就得赶回郑州参加自己的博士毕业论文答辩，停不住脚步啊！

"下次吧，下次一定提前约定。"你意犹未尽，惋惜之情溢于言表，末了，又意味深长地说，欢迎我再去郑州时找你，你一定忙里偷闲陪我逛二七纪念塔、人民公园，看看黄河宾馆，住一住伟人住过的房间，走一走伟人漫步过的小径。

你，言之凿凿，不容置疑，很决绝。

就这样，我们一路交谈，索然无味的旅程变得色彩纷呈，有滋有味，并没觉得时间难熬，不知不觉，车已戛然而止，到达了终点。

你我的心，随之一晃，差一点没刹住，跑出胸膛。

你我相视一笑，一切尽在不言中。

你我依依惜别，一步三回头，看了一眼后又看上一眼，直至彼此的身影消失在漫漫人流中，不见了踪影。

七月流火，我应邀去郑州金水河畔一家画廊出席画展拍卖活动，其间，你约我在你的学校旁边小聚。当我从地铁口出来的刹那，你扑到我的怀里，迎接你的嘉宾的光临。我们逛了你的校园，在广阔的操场上漫步、私语、拍照留影，旁若无人。

晚餐之后，你兴致勃勃和我一起来到我下榻的酒店，继续畅谈文学，畅谈人生，畅谈未来，绵绵之言宛若长江东流水，一浪高过一浪。我们在浪涛里一次又一次地泅渡、尽兴，疯疯癫癫，乐不可支……

美好的日子总是太短暂，眨眼已是午夜。

再次来到郑州，我告诉你我要结束单身生活，你说恭喜恭喜，脸若桃花，但开放的花朵有点蔫蔫的，缺少了光泽。

我知道，此时的你，口不由心，满满的缺憾。

你邀请我去了二七广场旁边的餐馆品尝"天下第一面"，你悠悠地说："假如有一天我从你的视线里消失，记得在你的生命里我曾来过。"

你，眼眶中滚动着盈盈泪光，那么动情，那么摄魂，那么震撼心灵。

我哽咽了，使劲地点了点头：会的，会的，一定会的。

九九归一

多么希望，过年燃放鞭炮的时候你能心照不宣地帮我捂上耳朵。

多么希望，在旷野找一棵树刻上你我的名字，画上一个大大的心。

多么希望，牵手走在没有脚印的雪地里，用呵出的暖气给你捂手。

多么希望，夜里醒来的时候心安理得地亲亲你搂着你继续睡。

拥别以来，深感寂寥，甜美的回忆如翻江倒海，不禁自问，你，近况如何？可安？可顺？可好？

无你的日子，我像烈日下蔫萎的睡莲花，垂头丧气，百无聊赖，缺少精气神。心里泛滥的牵念，一如挂在枝头熟透的柿子，饱满欲滴。

每当此时，我就回过头去看看你我携手走过的路，梨风桃雨中，你从南来，我从北往，相向而行，舟车劳顿，乐此不疲，心无旁骛地播撒一地相思的红豆。

你不在我身边的时候，我常常站在路边，一天一天地观望，一时一时地畅想，一分一分地祈求，一秒一秒地盼望。星光啊，你何时能照亮我的天空？

人生路上过客很多，每个人都有各自的目的地，来也匆匆，去也匆匆。他人向东，向西，向南，向北，而我是一条直线——向你。

我的双手插在风衣的兜里，数着指头，猜测你到来的良辰，看人群从我身边面无表情地走过，我在他们眼里就如空气，他们视而不见。

偶尔，偶尔有人停下来对我微笑，或者问声好，我都心跳加速，觉得灿若桃花，心旌摇曳，喜不自禁，可那不是你啊！

我知道这些停留下来的人终究只会成为我生命中某些零碎的片段，是过客，只能短暂地给我温暖，给我记忆，打发我的孤单。

他们就像被季节左右的大雁，习惯了转场，自南方向北方，浩浩荡荡，从不单飞，循环往复，从不抱怨。

看到他们，我会想起不离不弃，想起白首偕老，会想起你气喘吁吁奔我而来的粉嫩脸庞，娇羞目光，微沁的汗珠一如脆亮的音符，叮咚作响。

你玉立的身姿，飘扬的长发，合身的旗袍，端庄的举止，光彩四射，丰姿奕奕，世界为你倾倒，我倍感自豪，拥有你，珍惜你，我幸福，我快乐。

你，眉清目秀，你，镇定自若，你，温文尔雅，站成等待的姿势，与日月争辉。此时，静静聆听你的心跳，我的热情宛如滚滚而来的河流，奔腾咆哮，浊浪滔天，势不可当。

循着思念的辙痕，穿过多少风风雨雨，缓步而来的你我，四目相对，目光似雪，融为一体，共诉衷情一曲。

拥你入怀，疼爱像脱缰的野马，好想化作一只美丽的蝴蝶，在每个清晨，在每个日暮时分，以一羽缠绵，附你肩，暖你心，释你怀。

记得否，那日，初春，阳暖，风柔，水含笑，人攒动，首次约你聚餐，你允诺干脆，宛若你手中的画笔，色彩分明，线条清晰，毫不拖沓。

你带着一颗烧灼的心，乘坐风驰电掣的高铁，像一朵柔软耀眼的粉色蒲公英悄无声息地降落在霸都，转地铁，上公交，几经辗转，穿越了一座城，甩下了千万人，悄然来到我的身边。

你的娴美淑雅，你的沉稳，你的处事不惊，一举一动，都惊艳了我，也赢得了一干朋友的交口称赞，羡慕我拥有你这个才貌双全的艺坛红颜，堪称大湖名城绝少得见的一位佳丽。

你附耳私语，说你不善饮酒，果不其然，小酌之后，面露红霞，真的不胜酒力，我示意你意思意思即可，你，心领神会。

前生，为了你，我焚香祷告，千遍万遍，却与你擦肩而过，从此找你，夜以继日，不休不眠。上帝眷顾有情人，今日总算有缘相聚，把酒言欢，对酒当歌，其乐融融，再不放手。有了你，别无他求，余生陪你烹雪煮茶，携手天

涯，乐矣，美矣，足矣。

佛说，心外无物，是舍是求，只在你一念之间。与你有缘的人，可能你还没有说话，你的一个眼神、一个动作，就可以让他明白你的想法，也许这就是无声胜有声。或许，平时忙于追求，最后却把自己弄得身心疲惫；或许，每日工于心计，最终却把自己弄得世俗平庸。

你端着酒杯，一往情深，晶莹的双眸风情万种地注视着我，晃动的酒花里寄托着万千情愫，牵挂多，放不下。

我知道，你的出现就像上天赐我的最好礼物，我必须给你满世繁花，给你靠得住的山、能渡河的桥、能远航的舟。于是，我冲着你点了点头，小声地叮嘱：敬酒，一个不少，心到就好。

你，喜上眉梢，一饮而下，用手抹了一下嘴角的余香，拢手逐一谢过。朋友们的喝彩声响起。

餐后，散席，我们来到街角，红绿灯铁面无私地发出警示，挡住了前行的脚步。我问你怎么走，去哪里。你坦然地说，随你，你去哪里我跟随。你的信任掷地有声，毫不含糊。

我们内心一清二楚，浓重的感情已经瓜熟蒂落，我动情地看着你，你会心地低下了头。我们手相牵，步调一致，走起。

灵感骤降，我喃喃自语：红晕生成两腮挂，瓜熟蒂落要开花。选早选迟此时好，两人之外不见他。那一刻，你情我愿，终于把心事谱写成曲，把两个人的情感融成一池春水、一岸浪、一湖波、一畦花、一朵云、一阕诗。

我不禁扪心自问，何曾料到在茫茫人海中有幸遇到这么好的你，我要用毕生的爱环绕着你，让我们的幸福绵延不绝，直到永远。

自此之后，你若是鱼儿，我就是海水簇拥着你，任你自在畅游；你若是山花，我就是含情的林风，带着雨露滋润着你，看着你摇曳生姿；你若是星星，我就是浩瀚的宇宙，看你在我的怀中闪烁旖旎……

我，轻轻地拉了拉你的手，拂去所有过往的缺憾，熨平生活凸凹蜿蜒的皱褶，歌颂一场风花雪月的爱情。

弘一法师言：鱼那么信任水，水却把它煮了；树叶那么信任风，风却把它吹落；我那么信任你，你却把我伤害了。后来才发现，煮鱼的不是水，而是火；吹落树叶的不是风，而是季节；伤害我的也不是你，而是我的执念。任何关系走到最后，不过是相识一场。你若不伤，岁月无恙，其实真正能治愈你的不是时间，而是释怀。

所以，过去错误地对号入座，不厌其烦地刨根问底，真的是徒添纠葛，劳心费神，不精彩。你对我的赤诚，世间绝无他人能给；你对我的偏爱，世间绝无他人能比；你对我的独占，世间绝无他人能有。

林徽因说："克制不住的才是爱，真正的爱从来都是不正常的，如果一个人，时刻对你保持清醒、克制，那不是爱。爱是不清醒的，是克制不住，是失魂落魄，是胡思乱想，是惦记，是心疼，是想见面。爱的本质就是付出、占有欲、敏感和不清醒。它的附属就是黏人、吃醋、多疑和莫名其妙，爱从来不会让人理智。"爱是一个过程，只有经历了阵痛与裂变，才能感受到它的来之不易。

"只有同频的人才会相遇"，这是在网络上常听到的话，一如大千世界的两个粒子，在量子纠缠的作用下，心心相印，融为一体。

自此以后，你理所当然地悉心调养我的身体，规划我的生活，让我不油腻，活得越来越健康，变得越来越年轻，越来越充实。

你忙里偷闲，时常把我们房间的布局变化翻新，让每天的生活都充满新鲜感和满满的仪式感。你利用点滴时间，陪我开心，使我快乐。书桌乱了，你悉心整理归拢；衣服皱了，你拿熨斗熨烫平整；橱柜脏了，你一遍遍擦拭明亮；花盆干了，你一次次浇灌打理……

席慕蓉说：涉江而过，芙蓉千朵。诗也简单，心也简单。你我的日子，因为简单而变得诗情画意，经得起推敲。

我们要学贤哲，追高人，过诗一样的日子，画一样的生活。就像李白，

月光照在他的身上即是诗，花间一壶酒即是诗，踏歌告别即是诗，迎江而立即是诗，就算他只呼吸一口气，也如余光中诗里所言："酒入豪肠，七分酿成了月光，余下的三分啸成剑气，绣口一吐，就是半个盛唐。"多么惬意，多么豪放不羁，多么令人心醉神往！

你，书画江山，富有灵性；我，驱使文字，舞文弄墨。你我的笔下，瀚海云涌，写就青山不见老，描成碧水总含春。于是，云有了诗意，铺成小径，接一位山中客；雨有了诗意，倾诉着小巷的沧桑，等一个撑着油纸伞的姑娘，在滴滴答答的吟唱中，祝福不慌不忙行走着的两个如胶似漆的背影。

你像那沾满露珠的花瓣，给我带来一室芳香；你像那划过蓝天的鸽哨，给我带来心灵的宁静；你像大海上搏击风浪展翅翱翔的海燕，给我带来了信心、勇敢和力量。

四方食事，不过一碗人间烟火。人这一生，知足常乐。钱再多，也抵挡不了死亡；长得再漂亮，也讨好不了阎王；势力再大，也躲不过生死离别。所以，这辈子，看开点，看透点，看淡点，因为活着就是最大的成功。

我们，平凡的日子寻常过，在寻常的日子里，恩爱无处不在。公交车上你不去扶着扶手，却旁若无人地搂着我的腰，抚弄我的头，偷偷地亲我，在我脸上蹭来蹭去。每次小别之后，再见面都要结结实实地给我一个拥抱，一个惊喜，一个问好，一个吻。

在家里，你更是肆意撒娇，不但躺在我的腿上看电视，还指手画脚地叫我给你拿吃的、端喝的。有时心血来潮，你还要认真制订两个人的管理条例，约定生气冷战可以，但是不许超过30秒，看似苛刻、吝啬的条条框框，实则暖意融融，让我倾倒，让我臣服。

你鼓励我写文章，说要做我的第一个读者，并自告奋勇地帮助我寻找灵感。你还学会用电视剧中羞羞答答的对白，说只有我们两个人才明白的话，每当此时，你往往自己首先忍俊不禁，捧腹大笑。

想抱抱的时候你就毫无忌惮地告诉我，并一定要得到满足，满满的孩子气，让人哭笑不得。

站在二楼栏杆边上，享受你从身后抱着我的温柔。你给我起了个"小胖子"的可爱外号，冷不丁地叫出来，语惊四座。

开车出去的时候，你喜欢坐在我的旁边指手画脚，说这里你也熟悉，那里你也常去，在你的指挥下，经常是南辕北辙，跑了好多冤枉路。等红绿灯时，我把手放在挡位上歇息的时候，你会偷偷摸摸我的手，你会叫我亲亲你的眉，亲亲你的脸颊。郎情妾意，溢流成河，这样的日子多么甜美，人神共羡。

我们在一起的时候，美丽的事情总是接踵而来，猝不及防。

还记得我们一起 K 歌的情景吗？和你一起 K 歌，愉悦开心，忘记烦恼，忘记疲惫，每一分每一秒都弥足珍贵，这个时候是我们最幸福、最难忘的时刻，即使我们五音不全，唱得如鬼哭狼嚎，跟不上节奏，此时此刻我们手舞足蹈，喜不自胜。

合唱之际，你牵着我的手，我搂着你的腰，两个人在一起最好的状态大概就是，我唱你和声，你唱我和声，你我相得益彰，如鱼得水。

我们两个人的合唱，那是一种天衣无缝的美；我们两个人的对唱，那是一种荡气回肠的美；我们两个人又唱又舞，那是一种羡煞旁人的美。

生活需要仪式感，生活需要装扮点缀，用心陪伴才是最深情的告白，用心生活才会让缤纷的岁月更美好。

美食盛宴，从厨房开始。烹饪不仅仅是为了填饱肚子，更是传递情感的方式。每当此时，你择菜，我煮饭，你烹饪，我端盘。男女搭配，干活不累。

热闹的厨房是我们展现厨艺的乐园，我们斗嘴开玩笑，一起翻锅炒菜，一起享受美食带来的满足感。

家是爱的港湾，为你做饭能够调剂生活的枯燥，家常菜成了我们生活中的一剂良药，凝聚我们的浓情蜜意，我们团结得紧紧的，试看天下能咋的。

平凡的我们，就这样过着神仙的日子，不求位高权重，荣华富贵，粗茶淡饭足矣，只要健康长寿，恩恩爱爱，便是享得一世太平。

　　每个清晨，带着温馨和喜悦，我们漫步在河畔，不经意间，仿佛听到了一种蓬勃的声音萦绕在耳边，像燕莺缠绵，似笙箫悠扬，若利箭离弦，如粉蝶过墙，我们沉醉其间，不亦乐乎。

　　看尽人间多少事，情悠悠，思悠悠；海誓山盟，万千关爱，才下眉头，又上心头。让我们携手同行，朝朝暮暮，天长地久。

邻家妹妹哎嗨哎嗨哟

孔子曰：芷兰生于深林，非以无人而不芳。

读着名句，不知不觉想起你，有时在白昼，有时在梦里，有时在书中，有时在键盘上，有时在稿纸间。在赶往故乡的路上，抑或身处故乡的街巷弄堂，你的身影历历在目，如影随形，挥之不去，忘却不掉。

记忆里你还是十八岁时的模样，白白净净的瓜子脸，水灵灵的大眼睛，长而乌黑的晃动着的马尾辫，充满阳光的微笑，青春洋溢的倩影，纯洁无瑕，无忧无虑。

你，楚楚动人，风姿绰约，一袭长裙，撩动万水千山，娇美若粉色桃瓣，举止有幽兰之姿，回眸显风情万种。

我最爱看你优雅妩媚的侧脸，在逆光里轮廓分明，像是刻画出来的雕塑，深邃而有立体感，既美丽又迷人，既鲜活又纯真。

你就是一个可爱甜美的小仙女，迷人的脸蛋就像是等待盛开的莲花，饱满晶莹，让人爱慕垂怜。

热情开朗的你，对任何人都不会吝惜可爱的笑容，给所有人带来愉悦，所以大家都那么喜欢你，呵护你。

你对自己人不做过多要求，懂得珍惜每一个眼下的时刻，享受生活给予的一切快乐，你静如处子，动若脱兔，虽然你也偶尔忧伤，但连忧伤也是单纯的、甜蜜的、动人的。

光阴荏苒，你已出落得亭亭玉立，不再是往日可以随意调笑逗趣的小女孩，已是情窦初开的花朵。

有时你不经意地从我面前走过，如磁石般吸引了我的目光，宛若在平静

的湖面投入一粒石子，搅动了我那颗青春悸动的心灵，吹皱我一湖春水。

我无数次特意在你的家门口路过，期望与你巧遇，无数次傻傻等候在你可能出入的路口，奢望看到你美丽的身影，奢望与你碰面，奢望与你擦肩，哪怕有一刹那双眸对视的机会，或者收获你不经意的回眸一笑，我的心就醉了。

闲暇时，我会想起你，也曾无数次默读你的名字，每读一次都会有甜甜的感觉涌上心头，内心总渴望着有奇迹出现，并且设计了很多相逢的情节，希望你在一个不经意的瞬间款款走来，脚步轻盈，笑容可掬，挽我臂，牵我手，旁若无人。

认识我的人，以为我很静，了解我的人，以为我很疯，只有懂我的你才知道，其实我也会失意，也会难过，也会落泪，也有无奈，因为思念你，常常穷途末路。

只要能和你在一起，无论阴天还是雨天，都是艳阳天；无论今天还是明天，都会快乐无边；无论春天还是秋天，都会收获累累硕果。

我曾为你编织了全世界最壮观、最瑰丽、最动人的梦，梦里并蒂花开，我们携手白头，梦醒了却只能残忍地将你放在回忆里，唯愿深梦不醒，时光停留，岁月永恒，你我不老。

对你，有缘无分，有些话，就像卡在喉咙里的刺，说不说都痛。我还是想说，不然酿久了的情感就失去了醇香，而且没有机会品尝，徒留黯然神伤。

惆怅满怀时，有智者为我指点迷津：如果你很想要一样东西，那么就放它离开，等它回来找你的时候，你就永远拥有它了。

泰戈尔诗云："露珠对湖水说道：你是在荷叶下面的大露珠，我是在荷叶上面的较小的露珠。"我多么希望如此啊！

同时，我更希望自己是一只刺猬，用我身上的刺一直陪着你，保护你一辈子。

每当清风拂面的时候，想你的感觉就像是你走进了我的梦里一样，轻柔、温顺、小鸟依人，又有些许岁月的浓浓味道，回味无穷，剪不断，理还乱。

你我别过之后，几十年了，再无你的信息，不知道你过得好不好，穿得暖不暖，冷天是否添衣，酷暑是否有防晒。

极少回故乡的我，偶尔回去仍然会特意从你家门口走过，仍然会在面对你家的那个路口站一站，停一停，发发呆，愣愣神，似乎仍然在等待着什么，期盼着什么。

岁月更替，虽然不曾再遇见你，但是你的微笑、你的身影、你的马尾辫，已经深深地印在我的心里。

你一定不知道，因为有了你的微笑、你的身影、你的马尾辫，我才有了拼搏奋起的动力，一直在人生的路上求索，即使碰得伤痕累累。

因为没有开始，自然也没有结束，岁月无情，步入中年的我，却依然保存着一个青春的梦，一份执着，一份怀念——

邻家妹妹，你在他乡还好吗？

上上签相逢

一辈子，到底需要什么，到底追求什么，到底拥有什么？李碧华说过一句话："人间，是抹去了脂粉的脸，苍白、寒凉。"言辞犀利，却又不敢苟同。

岁老，才知人生；岁寒，才识松性。经历了人生的繁华，再去看过往的种种，就会看得通透，不再纠缠。

没有任何一朵花，一开始便是花，它需要漫长的生长过程；也没有任何一朵花，绽放到最后还仍然是一朵漂亮的花，它会变得枝枯叶瘦，逐渐凋零，融入泥土，了无痕迹。

人，总想十全十美，有的时候真是看不透，选择了会后悔，放弃了会遗憾，坚持了会心烦，继续着又拿不定，自己都不知道想要什么了。而在人世间，完美，只能是一种理想，是一种期待，而不可能是永恒。

迟子建说：真正的温暖，是从苍凉和苦难中生成的！能在浮华的人世间，拾取这一脉温暖，让我觉得生命还是灿烂的。

为此，我问佛："为什么两个不能在一起的人，上帝还要安排相遇呢？"

佛说："你怎知，今生的相遇不是为了弥补前世的错过，说不定是前世磕破了头皮才求来的。"

我，无言以对。是啊，人间纵有百媚千娇，唯独你是情之所钟。从此烟雨落金城，一人撑伞两人行。心若有良人，世人皆路人。漫漫旅程，幸得识卿桃花面，从此阡陌多暖春。我，何必苦苦纠缠，何必去自寻烦恼呢？

至于感情，不可强求，不可违逆，只能顺应天意。谁与谁相遇，谁与谁分离，上天早已注定。相逢已是上上签，何须相思煮余年。

追你，寻你，我等春雪一年年，瓜熟蒂落，水到渠成，顺其自然，不是更好吗？

我多么希望，每时每刻都有人与我立黄昏，有人问我粥可温，但终是庄周梦了蝶，你是恩赐也是劫。

在感情的林阴地，我崇拜林徽因，她的浪漫无人能及，她说："我从来不相信，一个人一辈子只会爱一个人，但是我相信，总有那么一段岁月，你会碰见一个，想用一辈子去爱的那个人。入目无别人，四下皆是你，别人再好与我无关，你再不好我都喜欢。"

情不知所起，一往而情深。我愿牵你手，看外面世界的精彩，踏尽山野万万里。余生路漫漫，日暮酒杯淡饭，一半一半，人间烟火味，卧榻衾暖。

总有一些遇见，隔着茫茫人海，带着温柔而来，总有一些故事，事先没有征兆，最后都搬上舞台，成为经典，世代传唱。

何为爱情？答曰：生欢喜心，然后眼中、心上全是你，最后，我也成了你。

日为朝，月为暮，卿为朝朝暮暮。晓看天色暮看云，行也思君，坐也思君；春赏百花冬观雪，醒亦念卿，梦亦念卿。呵呵，这是多么绝美的爱情，有爱也有情，两心成一心。

尼采说："人来到这世上，就应该跟最好的人、最美的事物、最芬芳的灵魂倾心相见，唯此才不负生命一场。"与智者同行，与高人为伍。择其善者而从之，其不善者而改之。信也。

特别喜欢一句话："当智商和情商都高时，颜值就是个赠品；当灵魂有了深度，美貌只是附加；当胸怀宽博广大，坎坷不足挂齿；当格局上了台阶，蜚语只是过耳清风。"

人都会随着时间流逝而改变，比如相貌、年龄、精神等，唯有有趣的灵魂、乐观的精神、思想碰出的火花，会让人一直充满活力。要么和灵魂有趣的人结交，要么和简单淳朴的人相处，如果没有，那单枪匹马又何妨。

心似白云常自在，意如流水任东西。人道洛阳花似锦，偏我来时不逢春。

弘一法师说:"这辈子你最爱的人,就是上辈子最爱你的人,来的都是债,要还,还就还个干干净净,离开,就是还清了。"

《庄子·外篇·知北游》云:"人生天地之间,若白驹之过隙,忽然而已。"岁月极美,在于它必然的流逝。春花、秋月、夏荷、冬雪,是四季之美,也诠释了人生的真谛。林语堂说:"人生在世,还不是有时笑笑人家,有时给人家笑笑。"读之神清气爽,哈哈一乐,不由得佩服他的坦荡。

记得徐志摩说过:"我将于茫茫人海中访我唯一灵魂之伴侣;得之,我幸;不得,我命。如此而已。"是啊,人定胜天,只是夙愿。人生短短的行程中,追寻美好活法的态度有三种方式:温柔的态度、理想的怀抱和浪漫的情怀,能够安然享受,足矣。

感情的人选,不是靠找,而是上天注定的,如果有,躲都躲不掉,如果没有,站在你面前,你都遇不到、认不得,只会擦肩而过。

好好珍惜你的缘分,不是每个人都能遇到,不是每一次都那么幸运。放下应该放下的,珍惜应该珍惜的,此生为人,相逢已是上上签,唯有不负时光不负卿。

我想为你活一天

慢慢发现，自己身边熟悉的名字越来越少，宛若秋末的花朵一朵接着一朵从枝头陨落，融入泥土。今天一个，明天两个，后天三个，同行的战队越来越短，花名册严重减员。

屈指细数一番，惊得冒出一身冷汗，那些历历在目的亲朋好友，就这样悄无声息地告别了美好的世界，就像深夜各家各户亮着的灯光，一盏一盏地灭了，杳无声息。

逝者驾鹤西去，场景让人唏嘘，每一次纪念，都增加了我们自己对于生命的感悟，浇灭了曾经雄心勃勃的豪情壮志和永远年轻的奢望。

现实终究是残酷的，没有一丝人情。每个人从呱呱坠地开始，在成长的过程中，每一次阵痛，都使得我们变得逐渐淡然，也使我们对死亡更加恐惧。这个世界没有不怕死的人，临近生命的终点，谁都想侥幸逃过地狱的召唤，健康地活着，但都是枉费心机。

我们自己窗口的这盏灯，说不定在某年某月某一天说灭就灭了。这一天，对我们而言，不可避免，不可预见，不可阻挡，不可更改，并且是越来越近了。

生老病死，是人生宿命，是人生绕不过的槛。世界上没有白走的路，活着，迈出的每一步都算数。就像游历世界，看外面精彩的世界，该去哪里，怎么走，如何折返，潜意识里都有昭示。

杨绛说："所谓见过世面，不是去某个高级餐厅吃个饭，也不是去世界各地旅行了一圈，而是当人性在你面前徐徐展开的时候，你的那份宁静坦然。"

人生各有渡口，有缘躲不开，无缘碰不到，缘起则聚，缘尽则散。命数

终了，该走就走，不会让你延迟分秒。无论以什么样的方式告别，都有遗憾。

红尘滚滚，痴痴情深，我，只想为你活一天，了却我的牵念。

那日，秋静，日丽，风柔，水含笑，云多情，我来到你窗前，透过绿窗纱，但见你在书桌前正襟危坐，手托杏腮，面对铺陈在眼前的稿纸，凝神静气。

我知道，你在揣摩文字的温情脉脉，揣摩打动人心的细节，揣摩当下绝妙的每一分钟。

我，欲言又止，举起的手最终还是落了下来，担心敲窗的声响会惊跑你构思的精灵。

沉思，接着沉思，不忍离去，看了看你，想了想我，摇了摇头。

我知道爱人太累，但对你还是痴心不改。爱你不像爱自己，简单、轻松，爱你必须靠谱，必须忘记年龄，尊重而非讨好。

我的世界只有你，只有你存在，我才会活得精彩。

你是我喜欢的人，我时刻提醒自己，不只是做朋友，不只是谈笑风生，还要动情，还要关注你，与你共度一生。

张爱玲说："如此不经意的邂逅，竟已是倾心了，所以，不相识，又何妨。"何况，上苍眷顾，让你我相拥入怀。

我和你远行，寻找的不仅是繁花似锦的地方，还是一种诗意的生活。

记得在云南，我们吃到了《舌尖上的中国》里让人垂涎的诺邓火腿，在大理古城感受岁月的沧桑洗礼，站在湛蓝如洗的丽江岸边，我们就是一幅绝美的画卷，我们成了画中人。

在四川，我们喝到了大碗茶，体验了老舍笔下茶馆厚重的文化底蕴，吃到了正宗的川味火锅，感受了宽窄巷子里种类繁多的美食的震撼魅力，体验到慢悠悠的生活节奏的惬意。

在湘西，我们走进了《边城》，走进了爷爷、翠翠、大老、二老、顺顺的边城，看到了书中的吊脚楼；我们知道了黄永玉言的乡愁，知道了吊脚楼、乌篷船、沱江、白塔、虹桥的来龙去脉；我们观瞻了"挂在瀑布上的小镇"——

芙蓉镇，度过了人生中最美丽的一天。

六和塔上，看钱塘江潮起潮落；雷峰塔巅，窥西子湖窈窕多姿；美院门前，追忆画坛风起云涌。为了满足你的心愿，我们驾车在西湖环绕了一整圈，你骄傲地说：我们真正看了西湖全貌。

还记得吃西湖醋鱼的情景吗？你说烹饪的醋和糖的比例精到，做出来的鱼才会酸甜适口，顺滑柔嫩，让人垂涎欲滴，停不下筷子。到了西湖，吃了西湖醋鱼，才算真正逛了西湖，才没有遗憾。

为此，你还命题让我写了《西湖醋鱼》一诗以记之——

暗恋你的窃喜

挤得满桌子杯盘纷纷转脸

你以三小姐的目中无人

鹤立鸡群

浑身流溢的甜醋馨香

俘虏了我一往情深的味蕾

略施粉黛的你

肤润肌滑

冰清玉洁

几瓣别致的葱丝点缀

低调奢华

挂在你的颈项

引人垂涎欲滴

你，不语惊人

我，目瞪口呆

举起的痴爱无处落筷

一如柳浪闻莺，三潭印月

花港观鱼，曲院风荷

听已陶醉

赏已疯癫

饕餮盛宴唯你能解馋慕名

我小心翼翼为你解带宽衣

开始狂斟暴饮

每一次品鉴你的细皮嫩肉

都直入柔肠

囫囵吞枣

你，全部溶解在我的血液

我的品尝一眼万年

你，从此穿上我的浓情铠甲

不惧枯风狂雨

立成西湖不倒的口碑

天南地北五湖客

来到西湖

提到你的芳名

都会趋之若鹜

一睹芳姿

你，盛名葱茏

淡泊名利

依然忠贞不贰

迎来送往

游客们却撑得心满意足

一摞摞的人民币在收银台列队

等候翻台

　　你看了诗歌，隆重地表扬了我，说，只要我在你身边，每一天都开心，每一天都精彩。

　　我笑了，有你真好，我想为你活一天，单独地，为你。

　　我们，四目相对，笑了。

正在回航

初夏的北方小城，夜空明亮如洗，凉风习习，安静祥和。我这个从南方过来工作的异乡人，过惯了南方桑拿蒸煮的生活，此时仿佛步入了乍暖还寒的春季，倍感新奇。

漫步在幽静且有梧桐细雨味道的站台上，看着夜间零星的接站和远行的人，小城的安稳、从容呈现在眼前，让我觉得好像来到了陶渊明的世界，采菊东篱下，悠然见南山，田园胜境，舒爽，自在。

今夜，好美；我，好感动。她，一个生活在皇城根下的书香女子，带着京华的灵气，千里迢迢来看我，说陪我还乡，让我喜不自禁，受宠若惊。

要知道，一个女人能够单独看望一个身在异乡的男人，并且不顾世俗的羁绊，直面闲言碎语，需要多么大的勇气，我，打心底由衷钦佩，自叹不如。

匆匆吃了晚餐，我简单整理一下自己的仪容，和驾驶员早早来到车站，静静地等待幸福时刻的降临，等待天使翩翩而来。

我，不止步地在站台上踱来踱去，表面看似波澜不惊，其实内心犹如湖底的暗流咆哮不已，想法千千万，心思万万千。

呜，呜呜，一声响彻天宇的笛声自远而近，承着惊喜的车厢渐行渐近，渐行渐清晰，一如茫茫大海上的灯塔，牵引、拖曳着我的目光。

我，全神贯注地搜寻着，不由自主地迎着她所在的车厢疾步而去，远远地就看到她肩背一个鱼鳞状的咖啡色挎包，沉稳、从容、淡定地走下车来。她以和我一样的节奏，快步而来，有条不紊，笑靥如花，粲然悦目。

她，一阵风似的来到我面前，旁若无人地一头扑进我的胸怀，抛却了旅途的乏味和劳顿，享受着家的温馨与自在、踏实与安逸。

她上身着蓝色运动衫，下身穿一条七分裤，着装自然淡雅，简洁干练，虽不标新立异，却是于烟火气中品味恬淡优雅人生的最好装扮，不但惊艳了我，也惊艳了川流不息的旅客，收获了不少回眸与羡慕。

我不敢说她是女人中最漂亮的一个，可是我敢说，她是女人中最出色的一个，是最充满书香气的一个，也是最懂得穿着搭配的一个，优雅自然，魅力无处不在。

她有一双爱笑的眼睛，两片娇羞的樱唇，偶尔还夹着甩动秀发的小动作，更加让人倾倒。她思考问题的时候会咬嘴唇，会歪着头盯着你，目不转睛，瞅得你心发慌。

她那娉婷绰约的身姿，优雅迷人的气质，举止有度的动作，尤其是那一头乌亮的秀发，马尾辫在摇摆中有一种说不出的摄人心魂的磁性。

她的眼神清澈，洋溢着淡淡的温馨，嘴角的弧度似月牙般完美，或许，这就是天使的微笑，它赶走了所有的枯寂，赶走了滚滚热浪，赶走了来小城之后的所有压抑情绪，使我感到今夜竟然如此明亮，如此美妙，完美得没有一丝瑕疵。

我，细细地端详着，她是那样地美，美得像一首浪漫的抒情诗，全身充溢着淑女的纯情和少女的青春奔放。

看着她那双湖水般洁净无瑕的眸子，以及一闪一闪的睫毛，感受着她那小鸟依人的温婉，心里无比舒心惬意。

女子似水，像她这样优雅的女子完全可以水滴石穿，她懂得用智慧获得爱与尊严，用诚信与真挚赢取承诺，用平凡与个性换取钦佩。

她在我的眼中是一道独特的风景，如空谷中的幽幽兰花，似如水月色里的洞箫声声，其超凡脱俗的气质令人心旷神怡，其轻颦浅笑的韵味让人回味无穷。

宋代秦观《鹊桥仙》云："柔情似水，佳期如梦，忍顾鹊桥归路。两情若是久长时，又岂在朝朝暮暮。"珍惜当下，活在当下，拥有当下，多美！

午夜华灯如昼，五光十色的霓虹灯闪烁着，车子奔行在寂静的大街上，不一会儿我们回到了寓所，我把接站等候她时购买的夜宵摆上餐桌，她很是惊奇，睁大了眼睛："这么多啊！我还真的饿了！"

于是乎，我们端起红红的幸福、满满的舒心，对酒当歌，美美地饱餐了一顿……

第二天，我陪着她爬相山，观林壑深处的苍茫平原，为她讲述梅兰芳塑像的来龙去脉，去深秀湖荡舟，尝小城的名吃卤羊眼，两个人玩得疯疯癫癫，兴趣盎然，不亦乐乎。

我们休整了几天，然后准备好给父母的丰盛礼品，兴高采烈地踏上了南下的归程。

其实，在这个世界上，人与人之间没有什么难以沟通、难以交往的，只要找对了人，表对了情，一切都会水到渠成。

回航的路上因为有她的陪伴，欢歌笑语不断，喜悦之情自然也如开闸放水一般，奔流不息，滚滚向前。

人与人的情感，是脆弱的，也是坚韧的；是敏感的，也是晶莹的；是各有短长的，也是互补的。

如果感情隔了一颗心的距离，跨越不了的时候，就不要勉为其难，就不要浪费彼此的精力，放手就是收获，也是最好的选择。

我们相识，相交，情感洁白无瑕，宛如内敛的蕙兰，浸润在彼此生活的琐碎之中，显现在细枝末节的关心之中，彼此的信任裸露无遗。这是多么弥足珍贵的财富！

来世，我们一定要做一双小老鼠，痴痴地念，笨笨地爱，呆呆地过，拙拙地依偎，傻傻地在一起，即便大雪封山，即便河海封冻，即便苦风狂雨，也能窝在草堆里，抑或深深浅浅的洞穴里，抱着咬耳朵，甜言蜜语，不离不弃。

我们就是这么简单，这么与众不同。

第六辑·四时律动

最美四月天

拽着冬天的尾巴，一路走来，伴着多愁善感的凄风冷雨，诵读着"如果冬天来了，春天还会远吗"的诗句，越过二月的淙淙溪流，踏着三月桃花的满地芬芳，来到了人间最美的四月天。

池塘边上，青蛙呱呱，虾跳鱼肥，新燕归来，衔泥筑巢，花儿吐艳，柳枝婀娜，碧水传情，山峦叠翠，处处被芳菲浸染，花草在吱吱拔节，一派欣欣向荣的景象。

四月，最繁忙的大概要数千姿百态的花儿了。蔷薇，静静地开在碧叶间，欲语还羞；月季，热情地绽放在农家的墙角，火红动人；水仙，亭亭玉立，满身香气为书房增添了几分雅致。百花丛中满目芬芳，争奇斗艳，互不相让，双眸应接不暇。

我喜欢看火红和雪白的山茶花，它们仿佛含着一汪明亮的双眸，青春而妖娆，像走在春风里的十七八岁的山乡村姑，质朴纯真。

牡丹贵为百花之首，母仪天下，倾城倾国，端庄大气，伴随着和风细雨，姿容倒映在池塘里。微风过处，水面漾起翠绿的涟漪，给我以无限欢愉。

四月天的雨，清凉透明，不成规模却温润入心，悄悄地来，无声地去，呵护着春日的嫩叶，守护它们安心生长，看着它们泛出新绿。

暖阳言轻语微，怯怯地从云层里散射出一些淡薄的光芒，笼罩着地上若隐若现的人影、树影，看着它们茁壮成长，英姿飒爽。

不知名的野花开得很早，素面淡妆，意气风发，很有气势，淡淡的花骨朵儿在风雨里摆动，婀娜多姿，一如明媚清新的山村女子，秀外慧中，简单而柔美。

"绿遍山原白满川，子规声里雨如烟。"万千景致蜂拥入怀，亲热劲让我喘不过气来，人间四月天让我沉醉在无边香阵里，疲于应付。匆忙中，似乎一不小心掉入了王羲之的洗墨池中，浑身沾满了墨汁，面对花花绿绿的苍穹碧野，却不知从何处下笔，文思枯竭，黔驴技穷，狼狈不堪。

其实，我只想在四月的和风细雨中悠闲地漫步，迎着清风，伴着朗月，品一壶老酒，一醉不起，心满意足。

"四月江南无矮树，人家都在绿阴中。"四月，有风，轻轻入耳，有雨，叮咚敲窗，有吆喝声，从田野四面传来，农人扶犁，播种，正辛勤开垦一片沃土。

季节之鞭，啪啪甩响，循环往复，周而复始。岁月如白驹过隙，飞快，你方唱罢我登场，还没来得及细数美好景色，阳光已从树上走了一圈，在我面前婆娑起舞。

我在渐暖的和风里听着啁啾的鸟鸣，唱起自己创作的歌谣，在笔墨间差遣文字，累得东倒西歪，心却怡然自得，如痴如醉。

兀立大地之上，侧耳倾听，全神贯注，感受那一份禅意，让我抓住阳光、风和雨，吸取耕耘岁月的力量。

在最美人间四月天，有些人是你看过便忘的风景，有些人则在你的心里生根抽芽，那些无法诠释的感觉，都是没由来的缘分，缘深缘浅，早已注定。

跟着雨点向前

烈日炎炎，一朵云遮住了阳光，逐渐向前移动，我瞅准机会，钻到云朵下，追着云，跟着荫凉前行。

常言说，夏天下雨隔田埂，其实，入秋了也是如此。东边日出西边雨，道是无晴却有晴。雨，只要不是没完没了，总是招人喜欢的。

我喜欢雨天，特别是下着太阳雨的日子，随着雨阵一路向前，沐浴着淋漓尽致的凉爽，疯疯癫癫，欣喜若狂。

秋老虎猖獗的时节，走到哪里都是滚烫的颜色和咄咄逼人的光芒，让人退避三舍，睁不开眼。藏无可藏的汗水，不厌其烦地挑逗着心烦意乱的人们，人们内心召唤着深秋早些到来。

此时，多么希望能有一场时雨的临幸，感受一场秋雨一场凉。

我喘着粗气搜寻着，关注点是冰糕店和冷饮吧，心中回味着透彻骨髓的清凉，此时就是一种温暖、一种享受，何况那令人垂涎欲滴的美味，更是让人无法拒绝。

进店，坐下，端杯，品尝，悠然自得，超然物外，不亦乐乎。窗外，墨镜、护袖、遮阳伞、太阳帽熙来攘往，夹杂着南腔北调的抱怨声，为炎热的天气又增加了温度。

不知不觉，暮色开始向我聚拢，五颜六色的霓虹灯此时形成了一幅独特的画作。城市经历了一天的繁忙之后，又开始了激情洋溢的夜生活。

我推开门，融入人群，裹挟在搜寻美食的男男女女中，淹没在火锅、串串的袅袅热气中忘乎所以。

不知何时，夜雨叮叮咚咚下了起来，没听到任何人的惊叫，也没发现任何撑开的雨具，雨水溅到脸上，好像是嫦娥给的一个吻，感到舒服又刺激。

一切安静如初，像没发生似的，也许是因为人们被炎热困扰得太久了，对于突然降临的秋雨还没有反应过来。

雨水一落，凉意就会随风而至，无孔不入，生活也因祸得福，处处都变得清凉起来。风也不甘落后，尝试触摸瓦片和渐红渐黄的树叶，上面已有初冬的脚步。

夜色里，玻璃窗不言不语，不远处的街口，空无一人。此时，不由得想起杜牧的诗："天阶夜色凉如水，卧看牵牛织女星。"

夜深了，城市的灯光像飞远的萤火虫，忽闪忽闪地越来越昏暗，整个城市像笼罩在梦幻中，睡熟了。

她安静地躺在大地的怀抱里，像银色河床中的一朵睡莲。

望着这城市的天幕，没有星星，也没有明月，我还是留恋故乡厚实质朴的天空，没有华贵的颜色，没有耀眼的霓虹，没有人流如织的拥挤，却有最可爱的星星、最纯净的明月，还有那个在夜晚陪我看星星的人。

此时，启明星挂在天空，亮得耀眼。我成了打烊前店里最后一个顾客，虽然孤单，但很幸福。

一片汪洋

夏天的雨，没有任何征兆，从不造势，从不给你思考的时间，突然地来，悄悄地走，让你猝不及防。

茫茫苍穹，万籁俱寂，突然间，一道闪电从云层里跳了出来，迅速在天空中炸开，就像闪光弹一样在一瞬间把世界照得雪亮，照得我们睁不开眼睛，令人胆战心寒，藏无可藏。

每当此时，我都急速地捂住耳朵，正如我所料，不出几秒钟，一声炸雷响起，震耳欲聋。华灯初上的雨夜，刹那间变得漆黑一片，城市里各个角落很多供电闸刀齐刷刷地跳闸罢工了。

我，伫立在窗前，眺望，听雨。

雨，是神奇的，当上帝看到抗旱的人流来来往往时，因感动而流下的眼泪便成了雨；雨，是优美的，当上帝在山野林间吹笛抚琴尽情演奏时，音符就变成了雨；雨，是活泼的，当上帝像人类一样运动时，流下的汗水便成了雨；雨，是有灵性的……

转瞬间，骤雨倾盆而下，黄豆大的雨滴斜着落下来，地上就像是长了麻子的脸一样，遍地开花。

稠密的雨帘网住了夜空，蚊子乘虚而入，不离我左右，想占小便宜，时不时地和我亲密接触，我伸出大手极速连拍了几次，没有取得任何战果，它仍在上蹿下跳，得意扬扬地嘲笑我的笨拙。我真的拿它无可奈何，猖狂吧，看你还能蹦跶几天。

雨，越来越大，越来越急，越来越斜。雨水打在树上，树叶有的被无情地打落了，有的被狂风吹得东飘西舞，有的像胆小的孩子紧紧地抱着树枝，不想离去。

不一会儿，马路上出现了许多积水，水流成河，急速的水流打着漩涡冲向下水道，气势汹汹。

雨点飞溅，进入屋内，我却不想关窗，因为想感受这雨的洗涤，享受雨的清凉，听雨的沉稳，听雨的低语，听雨的奔腾，听雨的欢乐，听雨的吟唱、呐喊和怒吼。

雨是自然界的精灵，它和人类一样，多愁善感，会给你带来灵感。

窗外的雨，如山涧的溪流，从房檐上一排排落下。风吹过来时，飘进来几滴落在我的身上，我不拒绝，相反倒是乐在其中。

满世界都是电闪雷鸣，天空黑沉沉的，就像要坍塌下来，倾盆大雨像滚滚洪涛，横扫千军如卷席，大街上的尘埃、树叶、纸屑都被平时斯文温顺的窨井张开鲨鱼一样的大口吞没，不见踪影。

街道开始积水，积水很快泛滥成灾，低洼处已经无法通行，被阻隔在雨中的行人、车辆乱成一团，喇叭声、叫喊声此起彼伏，人们被搅和得晕头转向，失去了理智和耐心，尝试着各种各样的通行方式。

几个小时的疾风暴雨检验了城市的防洪排涝能力，也让平日过惯了安逸生活的人们体验了一把突发事件发生之后该如何应变处置，使他们在日后遭遇类似灾难时可以处变不惊，从容淡定。突发事件真是考验人的智慧和心态的试金石。

大雨过后，城市如出浴的新娘，光彩照人。

你瞧，花花草草刚洗过澡，换上了一身鲜艳的新衣，显得那么美丽迷人，刚才消失得无影无踪的小动物们也从四下里跑了出来，它们似乎也要争着呼吸这雨后清新的空气，在洗涤一新的草地上肆意撒欢。

于是，世界又喧闹起来，不安分起来。

好雨正当时

蒸煮万物连天烧，

脚底热浪起波涛。

小径尘土遮望眼，

祈雨如影随形到。

黑云压城瞬间生，

大雨倾盆没报告。

小院水涨浪打浪，

好雨不负卿念叨。

我本洁来还洁去，

山好水好大家好。

入梅以来，连日高温已达到 35 摄氏度以上，烈日灼心，滴雨难求，干涸的土地气喘吁吁，焦枯的禾苗仿佛点火就可以燃烧。

此时多么需要一场倾盆大雨，来缓解天气的酷热和人们焦灼的心情，即使汇成一片汪洋，即使洪流滚滚，即使泛滥成灾，也心甘情愿。

万能的主啊，你就开开眼，降甘霖，让万方安宁，国泰民安。千万双饥渴的眼睛注视着苍穹，注视着天空中的一举一动，期盼着甘霖不期而至，生怕错过大雨来临的幸福时刻。

天，依然不为所动，继续蒸煮，我行我素，人们依旧生活在烘烤的炉子里度日如年。

傍晚时分，烈日西坠，一股乌云在人们长吁短叹的抱怨声里悄然而至，越聚越厚，越聚越浓，越聚越雄壮，逐渐遮住了天空。

空气逐渐稀薄，呼吸逐渐有了压迫感，豆大的汗珠宛若赶集的人流接踵而至，落在地上，隐约可以听到"啪啪"的声音。

一阵狂风骤然刮起，呼啸而来，一道闪电划破天空，炫人眼目，紧跟着一声炸雷响起，震动三川五岳，顷刻间，急促的雨点铺天盖地而来，劈头盖脸地砸向猝不及防的人群，雨雾笼罩了大地，天地之间好像被一张巨大的雨帘黏结。

欣喜若狂的人们像淘气的孩子，不顾湿透衣衫，忙不迭地钻入雨中，呐喊呼号，拥抱这来自上天的馈赠。

远处，风雨肆无忌惮地裹挟着草木，席卷着大地，抚弄着万物。雨阵听从大风的差遣，一会儿向东婆娑弄姿，一会儿飘向西边亦歌亦舞，一会儿又像整齐的三军方阵，排成威武的队列，攻击粉墙黛瓦、楼尖街角、沟塘库渠。雨阵偶尔还在街道的尽头拐个弯，打着旋涡，搔首弄姿，扬长而去。

我的小院的地面上积起了十几厘米深的积水，可雨水依然流连忘返，不愿离去。院子里的排水管在超负荷工作，入水口形成了一个大大的漩涡，编织成多层次的螺旋一样的空心水柱，震撼壮观，令人惊叹不已。

雨越下越大，天空像被捣漏了的洗脸盆，雨条不停地往下倾倒，雨点形成了雨帘，覆盖了每一个角落，大地成为一片泽国。

屋檐上溅起一层层雨雾，随风成浪，掠过屋顶，渐行渐远，远远望去，好似黄果树瀑布一般壮美，精彩好看，有气势。

豆粒大的雨珠从屋檐上淘气地跳到院子中、马路上、树枝间、花草里，嬉戏玩耍。形状各异的树叶、花朵、野草，有的被无情地打落，有的被吹打得东倒西歪，有的被吓得瑟瑟发抖，有的紧紧地抱着树干，有的匍匐在大地上，像落入大海的人抓住了唯一的救命稻草。

大雨伴随着电闪雷鸣，越来越疯狂，黑沉沉的天幕就像要崩塌下来。狂风追着暴雨，暴雨赶着狂风，风和雨又追赶着天上的乌云，你来我往，天地万物都沐浴在雨水中，享受着"养生理疗套餐"。

我身着短衣短衫，穿梭于小院花草之间，时不时弯腰去抚弄被雨点砸弯的枝叶，看着青翠欲滴的花草，纵使衣衫湿透，满脸雨水汗水纠缠不清，依然

兴致不减，乐在其中。

雨，纷纷扬扬下了一夜，第二天早晨终于偃旗息鼓。云开日朗，我迎着微风行走在乡间的小路上，举目四望，到处是白茫茫的积水和被大水淹没的秧苗、黄豆、芝麻、蔬菜，有些低洼的水泥路上积水已过膝，无法通行。

地里的庄稼成片成片地浸泡在水中，形态各异：秧苗像藏猫猫般没入水底看不见踪影；黄豆露出尖尖的小角在呼唤救援；山芋紧紧地伏在沟坎守住家园；玉米衣衫不整，无精打采地耷拉着脑袋，羞于见人……

大塘小沟水花四溅，浪涛汹涌，迫不及待地汇拢向西狂奔而去，唯有乐不可支的青蛙东蹿西跳，引吭高歌，叫声一片，带给大地一片勃勃生机。

画家好友戴世华老师看了我发的视频和拼凑的小诗，也即兴赋诗。

> 风卷残云压枝低，
> 一声惊雷汇成溪。
> 洗尽万物尘与土，
> 丛林远山着新衣。

我喜欢淋雨，喜欢夏天这来也匆匆去也匆匆的暴雨，虽然它没有冬雨的恬静透滑，没有秋雨的苍凉绵长，没有春雨的纠缠不清，但它独有酣畅淋漓的爽快和耿直。因此，倾盆而下也好，张扬疯狂也好，不遮不掩也好，以其所长，惠及物我，善莫大焉。

好雨知时节，在人们望眼欲穿的时候，它心领神会，狂奔着，张扬着，毫无顾忌地狂扫一切，排山倒海而来，宣泄着自己的力量，势不可当。

在它的洗礼下，天地澄澈，山河壮美，万物换上了一层新装，风采奕奕。

心有千重浪

雨，是一种牵动情感神经的精灵，具有一种像雾像雨又像风的神秘，常常让人浮想联翩，欣喜若狂。

黄梅时节家家雨，青草池塘处处蛙。这个时节淫雨霏霏，草木葱茏，花团锦簇，莺飞燕舞；这个时节衍生愁绪，触景生情，牵肠挂肚；历史上传颂千古的绝唱都与雨水休戚相关，都与其有千丝万缕的纠缠。

特别是在这样一个烈日炎炎的夏日，一个人斜倚着贴着窗花的斑驳窗棂，望着远处朦胧迷离的苍穹，听着近处雨打屋檐的曼妙叮咚声，想着他乡的牵挂，心儿便慢慢地由焦灼、烦躁、不安变得沉静、安稳，变得温暖而纯粹。

有人说，晴天适合见面，雨中适合思念，阴天适合怀想，对这句话我感触颇深。

雨，下得有条不紊，我，陶醉在雨中。一瓣落花氤氲了旧梦，一帘烟雨沧桑了时光，一声犬吠唤起童忆，一串蛙鸣惊醒了岁月，一只振翅的麻雀乱了视线。

那些魂牵梦绕的记忆又湿润了我的眼眶，那个尘封于心底的名字又款款而来，触动了我心底的柔软，刹那间，双眼迷茫，潸然泪下，不可收拾。

文字在这个季节常被文人墨客们驱逐着，追赶者聚单成双，汇句成段，句逗成文，根据每个人的牵挂与经历，呈现为喜剧或者悲剧，逐一上演，虽是虚构，但仍能让每个观剧的人对号入座，唏嘘不已。

今天，窗外正好淫雨霏霏，于是，思念就有了借口，凭窗眺望就有了名正言顺的理由。

"乱点碎红山杏发，平铺新绿水苹生。翅低白雁飞仍重，舌涩黄鹂语未

成。"古人面对霏霏细雨，隔岸望远，欲语还休，无可奈何，心思也在雨点中展露无遗。

文学大家朱自清先生说："雨是寻常的，一下就是三两天。可别恼，看，像牛毛，像花针，像细丝，密密地斜织着，人家屋顶上全笼着一层薄烟。"先生豁达宽广的胸怀，始终包含着积极的、阳光的正能量，给人无限遐想和启迪。

我是个与雨缘分不浅的卫道士，笔下关于雨的诗文有的怀想万千、洋洋洒洒，有的寥寥数语、麻溜简单，既有《子夜听雨》的独自感怀，也有《院中淋雨》的疯疯癫癫；既有《撑开你的伞》的二人世界的卿卿我我，也有《我帮你打伞》的萍水相逢的相见恨晚、情意绵绵；既有《好雨正当时》的心领神会，也有《跟着雨点向前》的喜不自禁。

在雨中，我什么都可以想，什么都可以做，什么都可以在谈笑间灰飞烟灭，我可以目空一切，旁若无人，放浪形骸，信马由缰，桀骜不驯。

于是乎，不管苦雨腥风，春夏秋冬，人生路上逶迤行，自信走，不停下奔跑的脚步。一切不顺都抛诸脑后，我始终相信阳光总在风雨后，风雨过后有彩虹。

心里泛起千重浪也罢，万重思也罢，只要心里有规划，有蓝图，有想法，有动力，崇山峻岭都是风景，千山万水皆是坦途，千言万语也不算啰唆。大雨滂沱也罢，路途泥泞也罢，山高路远也罢，坎坷路越走越宽广，云和天越看越精彩。

心有千重浪，做事才会掷地有声；心有千重浪，做事才会雷厉风行，扬帆远航，不达目标誓不收兵。

千里之行，始于足下，在风雨中义无反顾起航，你终会找到停泊的港湾，生活处处是美好，喜事连连，笑声朗朗。

落叶满堆

这几天在老家盘桓，品尝了小镇永不落幕的美食，垂涎欲滴的我味蕾大开，也算了却了这些年在外漂泊的遗憾，体验了落叶归根的痛快，心情如阳光般晴好。逡巡于街弄巷陌，访幽探秘，寻古追新，不亦乐乎。

晨起，步入院内，天晴日朗，微风习习，稍感寒凉。我习惯性地放水洗漱，并没感觉有什么异样，一如往常。

昨天，村委会通知我今天去为母亲办理大病补助二次报销手续，需要身份证、一卡通、户口本等资料，语气严肃，言之凿凿，时间紧急，不敢延宕。

我备齐所需资料，像平常一样，戴好头盔、手套、口罩，收拾停当，骑车出门。

车子穿行在乡村的水泥路上，随着车速的加快，胸部开始有凉气入侵，手指渐趋麻木，脚踝隐隐作痛，膝盖也开始不听使唤，身体的多数零部件都进入调适模式。

冬天的风擅长偷袭，总是在我们不经意的时候给我们迎头痛击，犹如闪着寒光的刀片在脸上一道道划过。今天早晨如果不是因为我搽了润肤霜，它肯定会给我留下些非红即紫的记号，让我在众目睽睽之下显得十分狼狈。

我放慢了速度，停车，熄火，将敞怀大衣的纽扣逐一扣紧，暖流逐渐开始涌入躯体，精气神回归，三魂七魄重登场，人又变得斗志昂扬。

继续前行，爬坡上坎，蓦然发现行道树下落叶成堆，一改往年零星散乱的面貌，树叶似乎一次性脱落完毕，光秃秃的枝干，变得形只影单，可怜兮兮。

这样的结局，最开心的是道路保洁人员，虽然一次性打理落叶会累一些，但总比每天都要打扫不间断的落叶要省事得多。

时近9点，气温竟然还在零下2摄氏度，乍寒天气，冻得人瑟瑟发抖，难以适应。这里毕竟地处淮水之南，秦岭余脉，江河入海口附近，不知为何凛冬就这样不声不响地对生活在这里的子民下了狠手，冻得人们若刺猬一般龟缩成球，到处是嘶嘶哈哈的声音，宛若合乐齐奏。

不知哪根神经骤然来电，想记录的念头突然来临，我又一次停下车，支好，立稳，径直走到一棵香樟树下，掏出手机，选好角度，咔咔咔地连续点击快门，留下了一幅幅记录落叶成堆的照片，权且当作对特殊季节、特殊气候、特殊境况和特殊节点的特殊纪念。

记忆中，往年这个时候，一些树枝上的叶子好像还想和风儿一起舞蹈，零星地打着转儿飞下来，如同一只只金色的蝴蝶上下翻旋；另一些调皮的树叶好像没晒足太阳，没疯够似的，只是在枝头轻微摇晃，不愿下嫁，不愿离开暖巢，不愿到基层锻炼改造。

仔细端详，我发现这些不幸的落叶有的已经枯萎了，有的还隐隐透着一丝绿意，有的已支离破碎，老态龙钟，让我顿生怜悯。

正在聚精会神地研究落叶的归宿，忽感风渐起，寒尚浓，树枝摇，俨然一幅充满禅意的画面，我像打了鸡血一样又来了劲头，沿着落叶铺成的脊岭，逆光继续拍照，至于是否融进了禅意，天知，地知，我知。

我虽不信佛，但有时也会有朝拜的念头。我知道，这个世间有很多东西，无论贵贱，虽不是我所能拥有的，但至少还能在剩下的日子里捡拾一些残留的甜蜜回忆，给生活增添一些慰藉。

落叶成堆，堆出来的是秋实满仓的喜悦，堆出来的是粒粒饱满的幸福生活，堆出来的是明天的好运，是金不换的美满日子。

就这样望着，想着，沉醉于一个梦幻般的世界——如果，我是说如果，世人在这寒风料峭的日子里，可以安心在家取暖，没有工作压力，没有上司埋怨，没有疲惫的身躯，有的只是轻松自在的好心情，有的只是陌生人的莞尔一笑，还有追求自由的步伐，那该多好。

想到这些，我笑了，喜上眉梢，忘记了寒凉，开锁、点火，加油门，驰向村委会为民办事服务中心。

秋雨一场凉一场

入秋以后，天气变得日益清爽，几场秋雨驱走了热浪，伴着微风，荷叶也发出阵阵清香。

今日晨起，日弱，云重，雨落。我径自走到院中，任风吹雨打，岿然不动，体验来之不易的阳光雨的滋润，饱尝来自天庭的呵护，彻底地淋雨，从肉体到心灵，面目全非，脱胎换骨。

要知道，随着日本将核污水排入大海，海洋生态环境难免也会受到影响，以后的天空会负伤，以后的雨水会感冒，以后的海鲜会藏毒，以后的环境会恶化，以后的一切都可能改变原先的样子，我们的一粥一饭、一菜一汤也难以幸免，每个人都宛若过雷区，要小心翼翼地生活。未来的日子里，想自由自在地淋一场雨，怕也会变得十分奢侈。

天凉了，不知是谁轻描淡写的一句话，感染了一群人，人们异口同声地附和，津津有味地规划着秋收冬藏。

我站在茂密健壮的一叶兰旁，任凭雨点自上而下地临幸，怡然自得，不亦乐乎。雨不大，却下个不停，这场秋雨似温柔的春风，却又似冷酷的冬霜，飘落在我身上，冲洗着内心深处的那份伤感。

我在憧憬中神魂飘逸，仿佛除了秋雨，这个世界的花红柳绿、草长莺飞、百鸟和鸣均与我毫无瓜葛。此时，任丝雨戏弄着我的头发，淋花了我的脸庞，我也毫不在意。不知为什么，很喜欢被雨打湿的那种丝丝入骨的感觉，在湿漉漉的空气里怀想着往事的美好。

我望着丝雨中飘飞的落叶，仿佛又看到了你。

我知道我们在同一个季节、同一场雨水里沐浴，只要你愿意，我便将我的思念变成雨滴，悄悄地告诉你，秋来寒近的更替毫不留情，你要时刻保重你自己。

地面上渐渐潮湿了，低洼处开始积水，我和缺少爱抚的各种花卉分享淋雨的心得。

一直以来，雨被视作思念的精灵，回忆的载体。当那记忆涌起时，多半是在一个秋雨连绵的天气里。

我轻轻伸出手，接一滴雨在手心，瞬间冰凉直入心底，一种远离喧嚣的清澈感油然而起，在秋风秋雨中，我还是敞开心扉，聆听这安静的秋雨，在抑扬顿挫的细语中，诉说着别样的心情，诉说着真诚与寂寞，诉说着对你的一腔牵挂。

秋雨，不像春雨般细腻温柔，也不像夏雨般豪爽热烈，却是如此地宁静、典雅。

秋雨中，我领略到了一种烟雾般的渺茫，一种水晶般的清爽。她犹如一位腼腆的小女孩，羞涩地却又如此静谧地倾听我的心事。

秋天的雨，带给我们的是无穷的想象。

秋雨绵绵，下得那么深刻，那么认真。它告诉我们，雨帘的背后，冬姑娘就要款款而来。四季更替，时不我待。

霜色连天

半片枯叶孤单地落下，犹如无家可归的孩子，无助，绝望。我听到一丝生命枯萎的声音。

大雁又要南飞，树干上只剩下残枝败叶，奔流不息的泉水渐渐干涸，寒意如小偷般悄然袭来，我身上裹着厚厚的保暖衣衫，脸红扑扑的，嘴里呵出的热气雾气缭绕，这一切都告诉我，秋已下岗，冬天到了。

唐代诗人白居易《村夜》云："霜草苍苍虫切切，村南村北行人绝。"诗句说的便是季节难遂人愿，霜天一色冷如虎，路上少见有行人。

早晨，我拉开窗帘，一股寒气迎面扑来，我激灵灵打了个冷战，好冷。

抬望眼，一股暖意又涌上心头。咦！窗玻璃上结了厚厚的一层霜花，有的像小花朵，有的像丛生的嫩草，有的像一窝窝茂密的灌木，有的像飘浮在碧空中的一片片碎云，有的像热带生长的椰子树，有的像连绵起伏的山峦，非常好看。

院子里的桂花树、槐树从根部到树梢都挂上了一层霜，就像开了一片白花花的梅花似的，耀眼夺目。

我冒着寒风的围追堵截，走在乡间的小路上，天地迷蒙，眼前是一片白茫茫的世界，令人心旌摇曳，纵然手脚麻木，依然满面春光，心情也宛若这纯洁无瑕的世界，澄澈、透明、广阔。

夜霜毫不吝啬地拥抱万水千山，路旁无名的花草上都铺满了一层薄冰。有几株娇艳一点的花，霜凝结在上面，姹紫嫣红，煞是好看，那些怯生生的小冰球，就如徐志摩先生说的"探春信的小天使"一般，让人过目难忘，不忍舍弃。

湖岸上的垂柳文静了许多，原本婀娜多姿的身段，此时已经僵硬了不少，那干枯了的枝条上竟也附着一层厚厚的白霜，如银花挂树，别有一番情趣。

我弯下腰，拔了一根结着霜的三叶草，仔细地看了看，结的霜原来是一个个的小冰粒，银色的、晶莹的，带着小茸毛，在阳光的照射下折射出点点光芒。然后，我又用手轻轻地摸了摸叶片，感觉很冰，很凉，眨眼间三叶草上的霜就变成了水珠，沾到了我的手指上。

顺着弯弯曲曲的小路，我来到农家的一畦菜地，地里整齐划一的乌菜（青菜）像盛开的牡丹花，更像齐刷刷打开的油纸伞，叶片上一层毛茸茸的白霜恰如银粉点缀玉颊，纯洁，庄重，惹人怜爱。

鸳鸯瓦冷霜华重，翡翠衾寒谁与共。佳人惹人爱，美食诱客尝，谁能有幸品尝如此原生态的佳肴呢？

吾爱霜色，爱它清灵、洁净，爱它洁身自好，爱它能报知响晴的天气，最爱的还是白霜过后如约而至喷薄而出的灿烂朝阳。

此时，只有寄情于霜色，遥送一瓣心香，盼望能有一丝新绿早早破土，长出青翠欲滴的草木，迎接春的七色阳光。

冬已至，春将来，就在咫尺间。

雪压东风

雨雪天气对于冬天来说太正常不过了，今天热明天冷，今日雨明日雪，轮番交替，纷至沓来，我们就如橱窗里的模特一样跟着指令添加衣物，默契地配合着季节的转换。

不过，任何事物都有例外，今年春节期间雨雪成了稀客，总是失约，枉费了人们提前准备好羽绒装、太空棉袄的辛劳。今冬的雨雪就像大禹治水一样三过家门而不入，总是不顾人们望眼欲穿的期盼，与众人擦肩而过，且无法给出下一次聚会的佳期。

春节假期就这样在盼望与失望的交替中度过，干冬的姿态毋庸置疑，干冬的神态趾高气扬，干冬的理由不可商榷。

天气就这样和人们玩起了捉迷藏，天气预报小姐也因为总是在游戏中捕获不到猎物而愧疚难当，甜美的笑容开始变得有些羞涩，有些语无伦次。

由于听多了"狼来了"的警示语，人们的耳朵开始变得疲软了，精神也变得松懈了，不再观望，而是产生了疑心，纷纷蹑手蹑脚地从天气预报的粉丝团逃离。

虎年春节，这个虎虎生威、如虎添翼的节日，估计是因为太过强势，吓退了百万雨雪大军，让人们心安理得地过了个暖洋洋的佳节。

虎年上班第一天，有点累，晚上早早睡觉，睡前电视里的气象小姐还笑容可掬地说明日阳光灿烂，微风和煦，可以到野外游玩。我心满意足地沉浸在她可爱的笑容中进入了甜美的梦乡。

第二天早上醒来，抬眼望向窗外，一片银装素裹的冰雪世界，天啊，下雪啦！

呵呵，去年的雪下在了今年春天，下在了上班的第一天。我异常兴奋，一骨碌爬起床。

空中纷纷扬扬的雪花还在继续发酵，继续发威，继续献艺，枝头、瓦上、草尖上都是白皑皑的，煞是好看。

问问行人，大家都说不太清楚昨晚是什么时候开始下雪的，只是一觉醒来发现雪花漫天飞舞，冰清玉洁，实实在在是一场大雪，一如微服私访的特使，轻车简从，明察暗访，不动声色地给民众一个普惠待遇，给人们发下节日的红包，也再一次让自信满满的气象小姐跌了一跤，下不来台阶。

看着人们乐不可支的样子，我知道，迟来的雪花终究填补了虎年的遗憾，此时我心如鹿撞，激动万分，止不住开始码字，六首《飞雪迎春到》小诗油然而生：

飞雪迎春到（六首）

一

寒潮不请自来到，
偏和立春试牛刀。
岂知梅先传消息，
保暖何惧雪花飘。

二

窗外颜色一笼统，
兰旁煮酒暖融融。
偏爱缭绕烟火味，

划拳涂鸦各轻松。

三

雪缠松梅竹不休，
满树银花眼底有。
素裹天地伴火烛，
檐下只鸟鸣啾啾。

四

春雪温柔添喜庆，
万物复苏和雪生。
虫害一去不复返，
夏丰秋种相辅成。

五

东风围日雪不临，
哪知原来等立春。
千树万树梨花开，
解铃还须系铃人。
瓢泼三千烦恼丝，
一朝换来晶莹心。
双手推开门对月，
雪融富裕国民兴。

六

雪中寻趣意翩翩，

老少妇幼乐癫癫。

栩栩如生造手绘，

凡人也能成大仙。

写于 2022 年 2 月 7 日大雪飘舞之时